가장 놀라운 치유 시리즈 02

너머 보고 기뻐하라

너머 보고 기뻐하라

초판 1쇄   2017년 10월 25일

지은이   박정환
발행인   김재홍
디자인   이근택
교정·교열   김진섭
마케팅   이연실

발행처   도서출판 지식공감
등록번호   제396-2012-000018호
주소   경기도 고양시 일산동구 견달산로225번길 112
전화   02-3141-2700
팩스   02-322-3089
홈페이지   www.bookdaum.com

가격   15,000원
ISBN   979-11-5622-317-7 03810

CIP제어번호   CIP2017025524
이 도서의 국립중앙도서관 출판예정도서목록(CIP)은 서지정보유통지원시스템 홈페이지(http://seoji.nl.go.
kr)와 국가자료공동목록시스템(http://www.nl.go.kr/kolisnet)에서 이용하실 수 있습니다.

불치병을 극복하고 건강교육학 박사가 되어 전하는
'시련을 극복하고 건강과 행복을 증진시키는 최상의 전략'
보는 것이 달라지면 모든 것이 달라진다

너머 보고 기뻐하라

가장 놀라운 치유 시리즈 02

박정환 지음

지식공감

머리말

초행길을 지도를 보면서 긴장하고 조심하며 갔을 때는 잘 찾아간 길을 두 번째는 아는 길이라고 쉽게 생각하고 찾아가다가 뜻밖에 길을 잃고 어려움을 겪었던 일들이 있었습니다.

미국 프린스턴대 심리학자들의 한 연구[1]에서는, 28명의 참가자들 중 절반은 읽기 어려운 글씨체로 된 정보를 보도록 하였고 나머지 절반은 읽기 쉬운 글씨체로 된 정보를 보도록 하였습니다.

그들에게 1분 30초 시간을 주고 정보를 기억하도록 한 후 테스트를 하였는데, 쉽게 볼 수 있는 자료를 본 참가자들의 정답률은 평균 72.8%이었던 반면에 어려운 자료를 받아 본 참가자들의 정답률은 86.5%에 달하였습니다.

이 연구가들은 고등학생 222명을 대상으로도 비슷한 실험[2]을 하였는데 그 결과 역시 앞의 실험과 유사하였습니다.

---

1 Oppenheimer, D. M., Diemand-Yauman, C., & Vaughan, E. B. (2011). Fortune favors the Bold (and the Italicized): Effects of disfluency on educational outcomes. Cognition. 118(1):111-5.

2 Oppenheimer, D. M., Diemand-Yauman, C., & Vaughan, E. B. (2011). Fortune favors the Bold (and the Italicized): Effects of disfluency on educational outcomes. Cognition. 118(1):111-5.

읽기 힘든 정보를 보았을 때 사람들은 해석하기 위해 더 많은 시간을 들여서 더 깊이 읽게 되고, 그것을 더 잘 기억하게 된다는 것입니다. 교육의 역설적인 면은 흔히 배우기 쉬운 것처럼 보이는 것이 반대의 효과를 가져온다는 것입니다.

삶에서도 마찬가지인 듯합니다. 사람은 어려움이 없고 쉬운 삶을 원하지만, 힘들고 불편한 상황에서 사람은 더 깊이 분석하고 창의적으로 문제를 해결하고 삶을 개척해 나갈 수 있다.

돌이켜 보면, 저는 10~20대 젊은 시절에 큰 복을 받았습니다.

끊임없는 통증과 씨름하고 수많은 치료에도 불구하고 불치병 굴레를 벗어나지 못하고 세월이 갈수록 몸이 굳어가고 쓰지 못하게 되어 인간의 한계에 절망하고 죽음을 갈망하던 나날들….

지나고 보니, 그러한 힘든 나날을 보내었던 것이 복이었습니다.

그것은, 제 생애 가장 큰 재난으로 여겨졌던 불치병 고난이 가장 큰 축복의 통로가 되었기 때문입니다.

왜냐하면, 청소년 시기부터 뼈저린 고통을 통해 삶을 깊이 있게 맛보았고 보다 폭넓게 관찰할 수 있었기 때문입니다. 그리고 밑바닥을 치지 않고는 하늘을 바라보지 못하기 때문이고, 밑바닥에 있을 때야말로 자신을 초월하여 새롭고 더 나은 생애를 시작할 수 있는 절호의 시간이 되기 때문입니다.

저는 15세에 시작한 관절염으로 고통과 씨름하며 여러 병원들에서 고통당하는 많은 병자들을 보았고, 고등학교를 중퇴한 후에 많은 책들을 읽으며, 세상에 고통이 많은 것과 고난이 인생사를 좌우하는 것을 보았습니다.

"인생 고통의 답은 무엇인가?"

이것은 자연스럽게 제 마음에 떠오른 질문이었습니다. 그래서 투병하고 고통과 씨름하던 17세에 하나님께 간절히 기도하였습니다.

"인생 고통의 답이 무엇입니까? 그것을 알려주시면 감사하겠습니다. 그리고 그것을 다른 사람들에게도 전하겠습니다."

그 질문은 그 후, 제가 철학, 신학, 건강교육학을 배우고 연구할 때도 늘 마음속에 있었습니다. 그리고 세월이 많이 지나 50대에 박사 논문을 준비하는 과정 중에 "인생 고통의 답이 무엇입니까?" 하는 질문에 대하여 하나님께서 응답해 주신 것을 깨닫게 되었습니다.

이 책은 하나님께서 알려 주신 인생 고통의 답에 대한 내용들이 담겨 있습니다. 이 문제에 대하여 나 자신 불치병으로 고통받던 10대부터 수십 년간 찾고 배우고 경험해 온 결과물이기도 합니다.

사람들은 고통을 싫어하고 시련을 최대한 멀리하고자 합니다. 그러나 시련과 고통은 다른 것이 결코 줄 수 없는 중요하고 고귀한 것들을 가져다줄 수 있습니다.

그래서 미국의 심리학자 에이브러햄 매슬로 Abraham Maslow 는, "삶에서 가장 중요한 배움은 비극, 사망, 장애의 경험으로, 그것들은 삶을 보는 시야를 바꾸게 하고, 결과적으로 그가 한 모든 것이 변하도록 만든다."고 하였습니다.

시련을 극복하고 그를 통한 배움과 성장이 중요한 것임을 생각할 때, 우리는 학교에서 오랜 시간 많은 것들을 배우지만, 시련을 어떻게 보고 잘 극복할 수 있는지 가르치는 과정이 없는 것이 이상하게 여겨질 정도입니다.

이 책은 스트레스와 시련을 이길 뿐만 아니라 시련이 놀라운 복이 되도록 이끄는 길을 제시합니다.

그것은 제 생애 최악의 재난이었던 불치병 시련이 생애 최상의 축복의 통로로 변한 기적을 체험하면서 그것이 가능함을 알게 되었습니다. 병고가 가장 가중되었던 1981년에는 온 세상이 회색으로 보였습니다. 모든 희망을 다 잃었을 때 보이는 세상은 회색뿐이었습니다.

15세에 관절염으로 시작한 질병이 불치병인 강직성 척추염 판정을 받고 10년 이상 수많은 치료들에도 불구하고 더 악화되고 불구가 진행되고 있었을 때, 더 이상 어떤 치료에도 새로운 기대를 하며 희망과 실망을 거듭하고 싶지 않았습니다.

그 당시는 식사하러 5분만 앉아 있어도 허리통증으로 고통스럽고, 오른팔을 들지 못하여 왼손으로 식사하고, 턱뼈가 아파서 음식 씹는 것도 힘들고, 때로 혼자 일어날 수 없어 화장실도 가지 못하기도 하였고, 온몸의 통증으로 밤에 잠도 잘 자지 못하였습니다.

차라리 죽는 것이 더 나은 삶. 이것은 사는 것이 아니라 죽는 것보다 못한 삶이란 생각이 들었을 때, 어떻게 죽을 수 있을까 생각하였습니다. 세상에서는 치유의 길, 살아갈 길이 하나도 보이지 않았습니다.

기독교인으로 자살할 수는 없고, 길은 조금도 보이지 않았을 때, 성경을 통하여 위를 보라는 소리가 들리는 듯하였습니다.

위는 유일하게 남은 방향이었습니다.

그래서 생명을 걸고 무기한 금식기도를 하며 위를 바라보기로 작심하였습니다. 더 이상 매일 매 순간 통증과 절망 가운데 살 수는 없었습니다. 굶어서 죽는 것이 차라리 나았습니다.

여러 날 금식기도를 하다 새로운 시야, 새로운 삶의 길이 열렸습니다. 그날 후로 지옥에서 천국으로 옮겨진 것 같은 느낌을 여러 달 느꼈습니다.

그 경험은 책 『가장 가까운 치유』에서 자세하게 기술하였습니다. 그 경험을 통하여, 그리고 그 후 많은 시간들을 통하여 무엇을 보는가가 결정적으로 중요한 것임을 깨닫게 되었습니다.

사람이 살아가면서 가장 바라는 것이 무엇일까?

행복인가? 건강인가? 장수인가?

성공적이고 의미 있는 삶인가?

저는 사람들이 소망하는 이 모두가 하나로 연관되어 있는 것을 발견하게 되었습니다. 그것은 바라보기만 잘하면 가능한 것입니다!

우리가 행복해지고 건강하고 성공적인 삶을 살려면 무엇보다 우리의 시야를 긍정적이고 행복한 방향으로 변화시키는 것이 우선적인 일입니다.

보는 것에 따라 모든 것이 달라집니다. 지난 40년간 저는 보는 것에 대해 관심을 가져왔습니다. 20대에 매일 병고와 씨름하면서 간절히 치유와 구원의 길을 찾던 저는 성경에 제시된 그 길이 보는 것_{구약에선 놋뱀을 보라, 신약에선 놋뱀이 상징하는 예수를 보라}에 달려 있는 것을 보았기 때문입니다.

그 후 오랜 세월을 통하여, 성경과 학문, 많은 사람들의 경험들과 문헌들을 통하여, 그리고 저 자신의 경험을 통하여, 저는 삶에서 '보는 것'이 결정적으로 중요함을 배웠습니다. 그래서 이 책은 '보는 것 시야'에 대한 책입니다. 보는 것이 달라짐에 따라 모든 것이 달라집니다.

저의 박사논문 역시 보는 것에 대한 것으로, 영적인 시야의 변화를 통한 환자 치유 프로그램에 관한 내용입니다[학위논문 제목: 너머 보고 기뻐하라: 생명을 위협하는 질병을 가지거나 만성통증 질환자들을 위한 영적 개입 Look Beyond & Rejoice: A spiritual intervention for patients with life-threatening illness or chronic pain].

이것은 병자들에게 스트레스와 시련을 너머 보고 감사하고 기뻐할 수 있는 원리와 방법을 전하고 영성·신앙을 통하여 질병을 치유하는 '너머 보고 기뻐하라' 프로그램에 대한 것입니다.

이것은 기독교 신앙의 바라봄으로 치유·구원받는 길을 최초로 과학적이고 이론적이며 체계적으로 적용하고 활용할 수 있는 프로그램이라 할 수 있습니다.

사실, 영성·종교는 다른 치료방법이 줄 수 없는 독특한 요소를 가집니다. 그래서 저명한 정신과 의사인 아이작 막스 Isaac Marks 박사는, "영적치유는 일반적인 정신치료 방법을 훨씬 능가하는 힘을 발휘할 것이다. 그 차이는 핵폭탄과 재래식폭탄의 위력 차이만큼 클 것이다."고 하였습니다.

예로부터 약을 써서 병을 고치는 약의 藥醫 보다는 음식의 섭생으로 병을 고치는 식의食醫를, 그보다는 마음을 다스려 병을 낫게 하는 심의心醫를 더욱 높게 평가하고 있습니다.

마음이 평안하고 기쁨과 즐거움이 넘칠 때에 생명력과 면역력이 강해지고 질병도 자연스럽게 사라질 수 있습니다. 그래서 성경은 "무릇 지킬 만한 것보다 더욱 네 마음을 지키라. 생명의 근원이 이에서 남이니라 잠언 4:23."고 하고, "마음의 즐거움은 양약 잠언 17:22"이라 하였습니다.

사람은 질병 나쁜 것에 집중하여 연구하고 고치는 데 초점을 맞추고 병을 없애려 하지만, 하늘 치유는 좋은 것에 초점을 맞추고 좋은 것을 취하도록 이끕니다.

'너머 보고 기뻐하라' 프로그램에 참여한 참가자들이 나쁜 것으로부터 눈을 돌려 좋은 것들을 바라보고, 그로 인해 감사하고 기뻐하였을 때, 스트레스가 감소하고 그들의 상태가 신속히 호전되고 질병이 치유되는 다양한 사례들로 인해 우리 부부도 놀란 적이 많습니다.

그렇지만, 질병 치유 효과는 부분적인 결과라 할 수 있고, 시야의 긍정적 변화는 가족 등 대인관계, 신神과의 관계, 일, 행복감, 자존감, 성취감 등 다양한 면으로 긍정적인 결과를 가져오는 것을 볼 수 있었습니다. 그래서 어떤 참가자는 인생에 꼭 필요한 내용들이 너무 많기에 아프지 않은 사람들도 이 프로그램에 참석하면 좋겠다고 하였습니다.

인생사에서 경제적 시련 역시 질병에 못지않게 인생에 지대한 고통을 야기시키는 것을 보고 저는 아내와 함께 경제적 위기 가운데 그것을 기회로 여기고 기도하며 위만 보는 실험도 많이 하였습니다.

저의 불치병을 낫게 하신 하나님의 기적을 경제적 시련 가운데서도 체험하고, 그런 고난 가운데서도 구원하고 시련을 축복으로 전환시키시는 하늘의 치유를 전하고 싶었기 때문입니다.

우리는 재정이 없는 가운데 위만 바라보고 나갔을 때, 앞의 홍해가 열리고 하늘에서 만나가 내리고 사막에 샘물이 흐르는 기적을 많이 체험하였고, 그러한 경험들도 이 책에 담았습니다.

어제나 오늘이나 내일이나 동일하신 하나님께서는 과거 성경시대와 마찬가지로 구하는 자에게 각종 기사奇事:기이한 일와 이적異蹟:이상한 행적을 체험케 하십니다.

거듭된 체험을 통해서 물질적세계와 마찬가지로 영적세계도 법칙이 있어 하나님께서 알려 주신 영적 법칙에 따라 구하면 하나님께서는 약속하신 대로 반드시 응답하심을 깨닫게 되었습니다.

이 책에서는 질병 등 다양한 시련을 겪은 이들의 경험들과 그들이 그것을 어떻게 극복하고 시련을 축복으로 변화시켰는지 보여 주며, 그 가운데 일맥상통한 요소들이 있음을 보여 줍니다.

그리고 어떤 시련 가운데서도 어려움을 극복하고 일어나서 화禍를 복福으로 만들 수 있는 공식을 전하고 질병을 치유하고 보다 행복한 삶을 살 수 있는 지름길을 전하고자 합니다.

스트레스와 각종 고난 가운데 있는 분들이 이 책을 통해 시련을 초월하고 전화위복의 경험을 하게 되기를 기원합니다.

CONTENTS

제2부 보이지 않는 것을 바라보라

제 1부

좋은 것을
바라보라

1장 보는 것이 좌우한다

시련의 4가지 결과

2000년 7월 30일 밤, 서울에서 한 음주운전자의 자동차가 6중 추돌사고를 냈다. 23세 여대생 이지선은 그로 인한 화재로 전신 55%의 화상을 입고 말았다.

그녀는 가까스로 죽음의 문턱에서 벗어났지만, 온몸에 화상을 입어 얼굴의 형체를 알아볼 수 없게 되었다. 너무 처참한 상태여서 차라리 곱게 죽는 게 낫다는 말까지 들었다.

그녀는 양손의 손가락을 절단하고 고통스런 11번의 대수술을 받는 고통을 통과하여야만 하였다. 얼굴 전체 화상을 입은 화상 환자들의 경우 대개 자살을 생각한다.

그렇지만, 시간이 지나면서 그녀는 거리를 당당히 걸어 다닌다.

"저게 사람의 얼굴이야?", "괴물이다!" 화들짝 놀라고 인상을 찌푸리는 얼굴들을 보아도 아랑곳하지 않는다.

미모의 여대생이었던 그녀가 거울을 통해 흉측해진 자신의 모습을 보며 "지선아, 사랑해"라고 부르며 그런 큰 시련 가운데서도 믿음으로 용감하게 살아가는 그녀의 모습은 TV 프로그램으로 방영되어서 많은 사람들을 감동시켰다. 그녀는 홈페이지와 베스트셀러가 된 자서전과 강연을 통해 사람들에게 희망과 믿음을 전하는 사람이 되었다.

이와 같이 어떤 사람들은 가장 큰 역경을 지나면서도 행복할 수 있음을 보여준다. 우리 중 누구도 인생의 시련에서 피할 수는 없다. 그러나 그중 어떤 사람들은 시련을 다르게 바라보고, 다른 태도를 취하고, 그들의 시련을 딛고 올라서서 행복을 찾는다.

그러면, 어떻게 하면 이러한 일이 가능할 수 있을까?

세상에는 시련을 통하여, 심리학에서 '외상 후 성장 Posttraumatic Growth'이라고 부르는, 더욱 성숙하고 강해지고 인생을 값지게 변화시키는 경험을 하는 사람들이 많이 있다. 심각한 질병, 에이즈, 사고, 사별 死別, 자연재해, 성폭행, 살해, 장애 등을 겪은 사람들에게서 그러한 경험들이 많이 보고되었다.

심한 시련, 비극적 사건은 지진에 비유되어 사람이 가지고 있던 기존 관념과 사고 체계를 흔든다고 본다. 그래서 그것은 삶의 우선순위와 의미와 목적에 대하여 의문을 불러일으켜서 종종 이제까지의 사고 체계를 뒤집고, 그것을 새로 재정립하게 만든다.

제 1부 좋은 것을 바라보라

그 결과, 어떤 심한 시련을 당한 사람들은 그들의 역경을 '자신에게 생겼던 최고의 일'이라고 하기도 한다.

스트레스 연구로 알려진 UC 버클리대학교 심리학자 리차드 나자러스 Richard Lazarus 박사는 같은 스트레스 요인이라 할지라도 받아들이는 사람에 따라 긍정적인 스트레스로 작용하거나 부정적인 스트레스로 작용할 수 있다고 하였다.

또한, 미국의 저명한 심리학자인 에이브러햄 매슬로 Abraham Maslow 는 이와 관련해 다음과 같이 말하였다.

"삶에서 가장 중요한 배움은 비극, 사망, 장애의 경험으로, 그것들은 삶을 보는 시야를 바꾸게 하고, 결과적으로 그가 한 모든 것이 변하도록 만든다."

이와 같이 시련은 사람의 삶을 통째로 변하게 할 수 있는 힘이 있으며, 그것에 어떻게 대응하느냐에 따라 그것은 새로운 삶의 계기가 되어 큰 축복이 될 수가 있다.

예일대학교 심리학자 오리어리 O'leary 박사와 아이코빅스 Ickovics 박사는 시련을 당한 후 다음과 같이 4가지 유형으로 달라진다는 결과가 올 수 있다고 발표하였다.[3]

---

3   O'Leary, V. E., Ickovics, J. R. (1995). Resilience and thriving in response to challenge; an opportunity for a paradigm shift in women's health. Womens Health. (2):121-42.

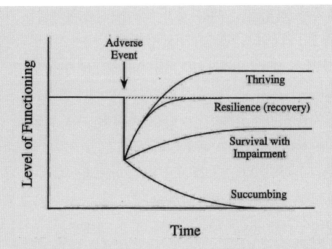

사람의 기능하는 수준이 시련을 겪을 때 아래로 떨어지고 시간이 지나면서 시련으로 인해 굴복 유형, 생존 유형, 회복 유형, 번영 유형으로 변하는 것을 보여준다.

❶ 첫째는, 굴복하는 유형이다. 이것은 시련으로 인해서 삶이 추락하여 다시 올라오지 못하는 유형이다.

❷ 둘째는, 생존하는 유형이다. 이것은 시련 후에 조금 올라오지만 상처를 계속 안고 생존해 가는 유형이다.

❸ 셋째는, 회복하는 유형이다. 이것은 시련 후에 시간이 지나면서 다시 시련 이전의 수준으로 올라가는 유형이다.

❹ 넷째는, 번영하는 유형이다. 이런 사람들은, 시련을 통해 회복하는 이상으로 시련 이전보다 더 발전하고 번영하는 유형이다.

학자들은 사람이 시련을 만나 아래로 떨어졌다 다시 뛰어오르는 것을 복원력 혹은 탄력성이나 회복탄력성이라고 하며 영어로 Resilience라 한다. 이 복원력은 변화될 수 있고, 교육과 훈련을 통하여 증가시킬 수 있는 것이 발견되었다.

복원력이 매우 높은 사람들은 어려움으로부터 회복할 뿐만 아니라 시련의 과정을 통해 배우고 단련하여 이전보다 더 성숙하고 강해져서 시련 전보다 더 올라가고 번영한다.

우리는 자신의 선택에 따라 위의 4가지 중 어느 유형의 결과든 얻을 수 있다.

시련의 결과로 인해 이와 같이 삶이 추락한 사람들의 사례를 살펴보자.

2차 세계대전 중 나치에 의해 아우슈비츠 등 죽음의 수용소에 수감된 유대인들만큼 하루아침에 삶이 바닥으로 떨어진 사람들을 찾기 어려울 것이다.

유대인 정신과 의사 빅토르 프랭클 Viktor Frankl 은 2차 세계대전 중 나치 강제수용소에 수감되어 하루하루 극한의 고통과 공포를 겪게 되었다.

그가 죽음의 위기를 수많이 넘기면서 발견한 것은, 나치가 사람들로부터 모든 것을 다 빼앗아 간다 할지라도 빼앗을 수 없는 하나가 있는데, 그것은 주어진 환경에서 자신의 갈 길을 위하여 스스로의 태도를 선택하는 자유였다.

프랭클은 사람이 운명에 무조건 굴복하기보다 시련을 직면할 때 반응을 선택할 수 있는 권한이 있는 것을 발견하였다. 그는 젊음이나 강건함, 건강과 같은 일반적인 척도로는 누가 생존할 수 있는지 예측하는 것이 불가능함을 보았다.

가장 유용한 측도는, 그가 앞날을 어떻게 바라보는가 하는 것이었다. 미래에 대한 희망과 삶의 의미를 잃은 사람들은 불행한 운명을 맞았다. 그들은 몸과 마음이 신속히 쇠약해져서 하루하루 시들어 죽어 갔다.

이에 반해, 죽음의 수용소에서 생존이 가능하게 했던 요인은 미래에 대한 기대이고 비전이었다. 살아서 이룰 사명과 중요한 일이 있다는 믿음은 이들을 끝까지 생존케 했던 것이다. 가장 효과적으로 시련에 대처한 사람들은 긍정적인 전망을 유지한 사람들이었다.

프랭클은 자신이 최악의 상황에서도 미래에 대한 목적과 전망을 가지고 살아남아 죽음의 수용소 경험을 책 『Man's Search for Meaning』으로 출판하고 의미요법 Logotherapy 을 개발하여 많은 사람들을 치유하는 일을 하였다. 그가 그런 경험을 하지 않았더라면 그와 같은 큰 업적을 이루지 못하였을 것이다. 그런 면으로 볼 때, 프랭클은 시련을 통해 번영한 사람이라 할 수 있다.

미래학자 조엘 바커 Joel Barker 는 긍정적이고 분명하고 강력한 미래 비전은 절망적인 무기력한 상태를 깨고 올라 가 보다 높은 희망적이고 유용한 상태로 이끈다 하였다.

바커는 '비전의 힘 The Power of Vision '에서 미래의 긍정적인 비전이 회사, 학교, 커뮤니티, 국가, 개인의 성공을 위하여 가장 강력한 변화

동기가 됨을 보여 준다.

우리는 흔히 큰 시련을 겪게 되면 나락으로 떨어지는 결과를 생각하게 되지만 보는 시야에 따라 그 결과는 판이하게 달라지게 된다. 즉, 좌절, 혼돈, 두려움으로부터 자유로워지거나 아니면 그런 부정적인 감정들이 자신의 생애 전반에 악영향을 미치도록 만들게 된다.

삼중고 三重苦 장애자인 헬렌 캘러 Helen Keller 는 "행복의 한 문이 닫히면 다른 문이 열린다. 그러나 종종 우리는 닫힌 문을 너무 오래 보고 있느라 우리를 위해 열린 문이 있는 것을 보지 못한다"고 하였다. 이와 같이 고난 가운데에서 보는 시야에 따라 시련의 결과는 달라진다.

캐나다 교육심리학자 벤자민 싱어 Benjamin Singer 는 『미래 중심의 역할 이미지 The Future-Focused Role Image 』라는 책에서 교육 분야에 있어서 앞날을 바라보는 시야의 중요성에 대하여 지적하였다.

그는 높은 성취를 하는 학생들과 낮은 성취을 하는 학생들 차이는 가족 배경이나 아이큐 IQ 와 같은 변수보다 미래에 대한 명확한 비전을 가진 것임을 발견하였다.

낮은 성취를 하는 학생들은 거의 미래에 대한 감각이 없었다. 그들의 초점은 단기간에 머물러 있었고 미래는 운명에 의해 좌우된다고 믿고 있었다. 이와 반대로 높은 성취를 이룬 학생들은 5년 혹은 10년 미래를 생각할 수 있었고, 그들 자신이 자신의 미래에 크게 영향을 미칠 수 있다고 믿었다.

나 또한 젊은 시절 십 년 이상 강직성 척추염 ankylosing spondylitis 으로 고통당하며 많은 치료를 하며 시간을 헛되이 낭비했다. 미래에 끊임없는 고통과 불구나 폐인이 되는 전망밖에 보이지 않았을 때, 죽음이 쉼으로, 더 나은 상태로 여겨져서 사고로 죽는 사람들을 오히려 부러워하였다.

오랜 세월 나는 치유를 위해 기도하다 20대 중반이 넘어서는 하나님이 기도를 들어 주셔서 회복시켜 주신다 할지라도 손해 보는 것과 같은 느낌이 들었다. 왜냐하면, 고등학교 1학년 때부터 청춘의 황금기의 10년 이상을 병과 씨름하느라 다른 것들을 하지 못하였기에 회복된다 할지라도 손해 보는 것으로 여겨졌다.

그래서, 그것을 만회하고자 나는 성경의 소경의 사례와 같이 나의 병도 하나님께 영광돌리는 병이 되게 해 주시기를 기도하기 시작하였다. 그러한 미래가 이루어진다면, 단순히 회복되는 이상 값진 것을 성취하고 보상이 되리라 생각하였다.

그래서 나는 그것을 고집스레 기도하였고, 후일, 내가 무기한 금식 기도를 하고 하나님께서 천연치유를 통하여 그분께 영광돌리는 방식으로 치유되도록 인도하셨을 때, 그 응답하심에 내 마음에 기쁨과 감사가 넘쳤다.

시련 가운데 떨어져서 미래가 보이지 않을 때, 위를 보아야 한다. 현실적으로 어둡고 보이는 미래가 없을 때 사람의 힘을 초월하는 신神의 능력이 필요할 때가 있다. 위를 볼 때, 희망이 생긴다. 올라갈 길이 열린다. 시야가 변하고 보이지 않던 길이 보이게 된다.

02

선택적 주의

우리는 눈에 보이는 대로 볼까? 아니면, 보고자 하는 것을 보는 것일까?

우리는 흔히 눈에 보이는 대로 보는 것으로 생각하지만 그것은 사실이 아니다. 심리학자들은 밝히기를 우리가 무엇을 보는가 하는 것은 이미 우리 뇌 속에서 결정한 대로 본다는 것이다. 예를 들어 고속도로를 달리다가 배가 고파서 음식점을 찾는 여행객은 도로 주위의 많은 풍경 가운데서도 음식점들 모습에 초점이 맞추어져 있어서 다른 풍경이 눈에 들어오지 않으며, 해수욕장에서 어린아이를 잃은 어머니의 눈에는 많은 사람들과 풍경 가운데서도 어린아이만 눈에 들어온다는 것이다.

이러한 현상을 심리학용어로 선택적 주의 Selective Attention 라고 한
다. 이것은 관심을 가지고 주의를 기울이는 것을 보게 되고, 그렇지
않은 것은 보지 못하게 되는 것을 말한다.

여러 연구들[4][5]을 확인하다가 이와 관련하여 심리학자들의 흥미로
운 실험을 찾았다. 관찰자들에게 두팀이 농구하는 비디오테이프를
보여주면서 검은 옷을 입은 사람이 공을 패스하면 키를 누르도록 지
시했다. 실험이 끝나고 우산을 쓴 여인에 대해서 물어보니 대부분의
관찰자들은 우산을 쓴 여인이 지나가는 것을 보지 못했다고 했다.

4   Becklen, R., & Cervone, D. (1983). Selective looking and the noticing of
    unexpected events. Memory and Cognition, 11, 601-608.

5   Neisser, U. (1979). The control of information pickup in selective looking.
    In A. D. Pick (Ed.), Perception and its development: A tribute to Eleanor
    J. Gibson (pp. 201-219). Hillsdale, NJ: Lawrence Erlbaum.

관찰자들은 검은 옷 입은 사람과 공에 주의를 집중하였기 때문에 나중에 다시 비디오테이프를 보면서 우산을 쓴 여인이 지나가는 것을 보고는 깜짝 놀랐다고 한다.

이와 같이 사람들은 자기가 주의를 기울이는 것을 보고 그렇지 않은 것은 지나치게 된다. 나 또한 다음과 같은 경험으로 그것을 새삼 느끼게 되었다. 아내가 몇 해 동안 머리를 잘라 주었는데 한번은 이발소를 찾게 되었다. 그런데 가까운 곳에 이발소가 3곳이나 있는 것을 보고 놀랐다. 왜냐하면 그곳은 자주 다니던 길이었는데도 내게 필요가 없었기에 눈에 띄지 않았기 때문이다.

즉, 사람은 보이는 것을 보는 것이 아니라 보고자 하는 것을 보게 되는 것이다. 신문을 보더라도 많은 정보 가운데 자신이 보고자 하는 것만 보게 되고 상점에 가더라도 자신이 관심을 가지는 상품 외에는 그냥 지나치게 된다.

듣는 것 역시 마찬가지이다. 얼마 전, 차를 운전하면서 라디오로 들리는 한 이야기를 흥미롭게 주의를 집중하며 들었다. 그때, 아내가 큰길 보도로 지나가는 것이 보였다. 그녀와 어긋나면 큰일이기에 급히 돌아갈 곳을 찾아서 그녀를 승차시킨 일이 있었다. 그런 후에 생각해 보니, 그 사이에 그 흥미롭게 듣던 이야기가 조금도 귀에 들어오지 않았다! 관심 집중이 다른 곳으로 이동하였기 때문이었다.

과학자들은 우리 뇌 아랫부분에 '망상 활성화 시스템 Reticular Activating System'이라고 불리는 부위가 있어서 감각기관을 통해 들어오는 수많은 정보들 중 중요한 것에만 관심을 집중시키고 기억할 수 있도록 해주는 장치가 있는 것을 발견하였다. 이 망상 활성화 시스템은 마치 뇌 속의 레이다와 같은 역할을 하여서 시각, 청각, 촉각 등으로 들어오는 정보들 중에서 자신에게 중요하고 필요한 정보를 선별하여 감지할 수 있도록 돕는 것이다.

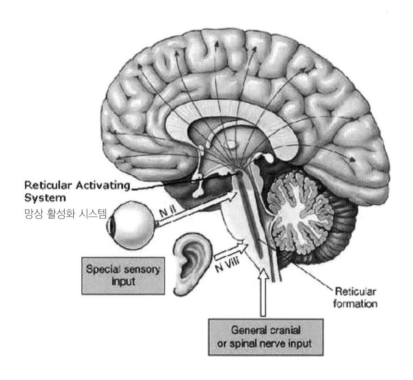

원스턴 처칠 Winston Churchill 은, "비관주의자들은 모든 기회에서 어려움을 찾아내고 낙관주의자들은 모든 어려움에서 기회를 찾아낸다."고 하였다.

저술가 아네이스 닌 Anaïs Nin 의 말, "우리는 사물을 있는 그대로 보지 않고, 우리는 우리 같이 본다 We don't see things as they are, we see them as we are."와 같다고 할 수 있다.

사람에 따라 반 잔의 컵을 보았을 때 컵에 물이 반밖에 안 남았다고 볼 수도 있는 반면에 물이 반이나 남았다고 볼 수도 있다. 물이 반밖에 안 남았다고 보는 사람, 즉 결핍된 것에 초점을 맞추는 부정적인 시야로 보는 사람은 불만스럽고 좌절하기 쉽다. 그와 반면에 컵에 물이 반이 있다고 있는 것에 초점을 맞추는 긍정적인 시야로 보는 사람은 시련과 좌절을 겪어도 극복해 나가기 쉽다.

그러므로 우리가 행복하고 건강한 삶을 살려면 보는 것을 잘 선택하는 것이 결정적으로 중요하다 할 수 있다. 같은 사건이라도 보고 해석하는 시야에 따라 천양지차가 날 수 있기 때문이다. 역경 가운데서도 밝고 좋은 면을 찾고 바라보면, 마음이 긍정적인 방향으로 변하고 건강도 증진되고 행복해지지만, 어둡고 나쁜 면을 바라보면 마음도 부정적으로 변하고 건강도 나빠지고 불행한 삶을 살게 된다.

외부적인 환경이나 문제보다는 자신이 무엇을 보는가에 따라 꼭 같은 경험을 하더라도 그 결과는 180도 달라질 수 있다.

한 친구 부부로부터 다음과 같은 이야기를 들었다. 한번은 그 부부가 타고 가던 비행기가 심하게 흔들리는 경험을 하였다. 너무나 크게 흔들려서 사람들은 비명을 질렀다. 그 순간 죽음의 공포를 심하게 느낀 부인은 그 뒤에 여러 해 비행기를 타지 않았다. 멀어서 힘들어도 자동차를 타고 이동하였다. 그와 대조적으로 남편은 그 뒤로도 비행기를 잘 타고 다녔다.

내가 그에게 그 순간 공포를 느끼지 않았느냐고 물었더니 그는 괜찮았다고 하였다. 그 순간 그는 자신이 할 수 있는 일이 아무것도 없다는 생각이 들었고, 하나님을 생각하며 죽으면 하나님 손안에 있을 거라고 생각되어 그것도 괜찮다고 생각하였다는 것이다. 공포를 그리 느끼지 않았으니 후유증이 없는 것은 당연한 일이었다.

이와 같이 시련과 위기의 때에 무엇을 바라보는가에 따라 스트레스 반응은 완전히 달라진다.

그래서 베스트셀러 저서 『질문 뒤의 질문 QBQ: The Question Behind the Question』의 저자인 잔 밀러 John G. Miller 는 다음과 같이 말한다:

"당신의 삶은 생애가 당신에게 가져다주는 것보다 당신이 생애에 어떤 태도를 취하느냐에 따라 결정된다. 당신에게 일어나는 것보다 당신이 일어나는 일을 보는 시야에 따라 결정된다."

또한, 이것을 중국 고전인 역경 易經 에서는 "발생한 사건은 중요하지 않고, 그 사건에 대한 반응이 모든 것이다."라고 서술하였다.

일전에 한국을 찾은 닉 부이치치 Nick Vujicic 의 힐링캠프 인터뷰를 통해 매우 비극적인 일을 겪은 그의 가족의 경험에 대해 들었다.

닉이 태어났을 때 그에게는 팔과 다리가 없었다. 간호사였던 어머니는 건강한 아기 출산을 위해 최선을 다했고, 목사인 아버지는 그를 위해 날마다 기도했다. 그런데 비극이 생긴 것이다. 간호사들은 모두 울었고 아버지는 나지막이 신음했다. 어머니는 아기를 보고 싶지 않다고 4달 동안 아기를 안지 않았다.

그런데 아버지는 아기를 자세히 보고는 엄마에게 "아기는 아름다워요. 괜찮아요. 하나님이 우릴 도우실꺼요. 아기는 실수로 태어난 게 아니어요." 라고 했다.

닉은 아버지가 처음부터 강하였다고 하며, 자라면서도 아버지의 지지와 조언이 없었다면 세계 사람들에게 희망과 용기를 주는 강연자가 된 지금의 자신이 없을 것이라 단언하였다.

돌이켜 보면, 기형의 아기 모습 가운데서도 아름다움을 보는 아버지의 긍정적인 시야가 비극으로 끝났을 사건을 세상과 그 가족에 오히려 복된 일로 변화시켰다 할 수 있다. 이와 같이 시련에 대한 반응에 따라 행불행이 바뀔 수 있다.

그러나 이런 시야가 하루아침에 갑자기 생기는 것이 아니다. 시련을 당하면 누구든 자신이 이미 가지고 습관화시켜 온 시야로 바라보고 반응한다. 그러므로 시련이 닥치기 전에 시련을 잘 극복할 수 있는 사람으로 자신을 습관화시키는 것은 얼마나 중요한 것인가?

일상에 닥치는 작은 어려움들을 긍정적인 시야로 보고 극복해 나가는 경험들이 축적되어 큰 시련이 닥칠 때 긍정적인 시야로 반응하도록 만들게 된다. 그러므로 평소에 어려움들이 올 때, 긍정적인 시야로 바라보고 해석하고 대처하는 훈련을 하는 것이 요긴하고 유익하다.

03

보는 대로 변화한다

BP 프로케어 Procare 라는 미국 자동차 서비스 회사는 소비자 만족도가 79%라는 결과가 나오자 이를 높이려고 21%의 불만족 소비자들을 대상으로 인터뷰하여 그 결과를 조직 내에 발표했다.

결과는 어땠을까?

일정 시간이 지난 후 다시 조사해 보니 소비자 만족도는 물론이고 직원들의 사기도 떨어졌다. 그 후 방식을 바꾸어 만족한 소비자들을 대상으로 왜 서비스에 만족했는지 인터뷰해 이를 직원들에게 알리고 이를 확산시키도록 장려했다. 그리고 8개월 후 실시한 조사에서 소비자 만족도는 95%로 올라갔다.

이렇게 문제점과 결함 중심의 접근에서 벗어나 가지고 있는 강점을 중심으로 조직을 개발하는 것이 미국의 경영학자 데이비드 쿠퍼라이드 David Cooperrider 교수가 개발한 긍정탐구 Appreciative Inquiry·AI 라고 부르는 방법론이다.

긍정탐구 방법론은 조직의 경험적 강점을 기반으로 하여 공유된 이상적 미래 이미지를 통해 변화를 추구하는 것으로, 1980년대부터 유엔, 보잉, GE 캐피탈, 브리티시 에어웨이, 노키아, 모토롤라, 맥도날드 등 기관 및 기업들에서 세계적으로 활용되고 있다.

1980년대 박사과정 학생이었던 쿠퍼라이더는 환자의 가족들을 위해 병원 근처 옴니 호텔을 구입하였던 클리블랜드 클리닉의 컨설턴트로 고용되었다. 옴니 호텔은 구입 전에 싸구려 호텔이었는데 클리블랜드 클리닉은 호텔을 개조하느라 많은 돈을 지출했다. 그렇지만, 이전의 옴니 호텔 직원들과 운영방법을 유지했었는데, 그들은 싸구려 호텔 방식으로 운영하였다.

그때, 쿠퍼라이드가 참여하였다. 그런 상황에서 전통적인 방식이라면, 기존 직원들과 운영방법을 없애고 새로 교체하는 것이 필요한 때라고 말할 것이다. 그 대신 쿠퍼라이더는 1주일 동안 5성급 호텔에 직원들을 데리고 가서 자신의 호텔에 대해서는 생각하지 말고 5성급 호텔이 잘하고 잘 운영되고 있는 것에만 주의를 집중하도록 지시하였다. 예로 들자면 안내 직원의 친절하고 정중함, 도어맨이 항상 웃는 모습, 청소 직원의 뛰어난 청결성, 대기 직원의 상냥함과 효율성 등.

주말이 되자 직원들은 5성급 호텔에서 본 모든 좋은 비즈니스 관행을 그들 자신의 호텔로 돌아가서 시도해 보는 것에 대한 기대감으로 가득했다. 그들은 돌아와 모두가 함께 본 가능성에 의해 흥분되어 열성적으로 일하였다. 그리고는, 매우 짧은 기간 안에 직원들의 교체가 없이 옴니 호텔은 4성급 호텔이 되었다.

쿠퍼라이드는 이 프로젝트를 돕다가 흥미로운 현상을 보게 되었다. 조직의 문제점을 파악하고 발견할수록 사람들은 실망하고 서로 비난하게 되는 경향이 있고, 조직의 강점과 생명력을 탐구한다는 마음가짐으로 접근할 때 긍정적 변화가 잘 일어난다는 사실을 발견하였다.

긍정탐구 방법론에서 조직은 이미 내부에 아직 활용하지 않은 긍정적인 요소들 자원, 기술, 강점, 잠재력 등 을 풍부하게 가지고 있고, 이러한 요소들은 과거, 현재, 미래의 역량이 된다. 따라서 조직은 이러한 긍정적 요소들을 찾고자 추구하고 이를 구성원들이 공유해야 함을 강조한다.

이는 문제점과 결함 중심에서 떠나 긍정적인 질문들을 통해 강점과 잠재력의 최상의 것 등 긍정요소들을 찾아내게 하고, 구성원들이 하나가 되어 도전적인 미래를 상상하고, 실행해 나가는 데 초점을 맞추고 있다. 이러한 점에서 장점과 잠재력에 초점을 맞추는 긍정탐구 방법론은 전통적인 문제해결 접근방법과 극명히 대조된다.

나는 살면서 때때로 어릴 때 교과서에서 읽었던 나다니엘 호손 Nathaniel Hawthorne 이 쓴 '큰 바위 얼굴[6] 이야기가 생각난다.

---

6   https://en.wikipedia.org/wiki/The_Great_Stone_Face_(Hawthorne)

인자한 모습을 가진 큰 바위가 있는 고을에 그 바위를 닮은 인물이 나타날 것이라는 전설이 내려오고 있었다.

세월이 흐르는 동안 돈 많은 부자와 유명한 장군, 말 잘하는 정치인 등 인물들이 나타나 큰 바위 얼굴과 닮았다는 소문이 돌지만, 결국 그 누구도 큰 바위 얼굴을 닮지 않은 것으로 드러난다. 큰 바위 얼굴을 닮은 인물을 만나기를 소망하는 마을 소년은 실망하지 않고 자신의 삶을 성실히 살아간다. 그러던 어느 날 성인이 된 그 소년의 설교를 듣던 시인이 그가 바로 큰 바위 얼굴이라고 외친다.

날마다 큰 바위 얼굴을 바라보던 소년 자신이 결국 큰 바위 얼굴의 주인공이 된 것이다.

이 이야기는 사람이 바라보는 대로 생각하게 하고 변하게 만드는 속성을 보여 주고 있다.

707명 청소년을 17년 동안 추적 조사를 한 연구에 의하면, TV를 하루 한 시간 이하, 1~3시간, 3시간 이상 본 청소년들을 비교하였을 때 TV를 많이 볼수록 성인이 된 후에 폭력을 많이 행사한 것을 보여주었다.[7]

오래전, 한 남자 고등학생이 TV에서 폭력물을 보고는 바로 칼을 들고 삼각관계에 있는 남학생에게 다가가서 찔러 죽인 사건이 신문에 난 것을 읽고 나는 보는 것의 영향을 새삼 느꼈었다.

---

7   Jeffrey, G. Johnson, Patricia Cohen, Elizabeth M. Smailes, Stephanie Kasen, and Judith S. Brook. (2002). "Television Viewing and Aggressive Behavior During Adolescence and Adulthood",Science 295: 2468-2471.

'생각이 반복되면 행동이 되고, 행동이 반복되면 습관이 되고, 습관이 반복되면 성품이 되고, 성품이 결국 운명을 만든다'는 말이 있다.

생각 ▶ 행동 ▶ 습관 ▶ 성품 ▶ 운명

즉, 사람은 생각에 따라 행동과 습관과 성품과 운명이 다 좌우된다는 것을 알려 주는 것이다.

그러면, 그러한 생각은 어떻게 만들어질까?

생각은 보는 것으로 형성된다.

사람은 보는 것이 무엇이든 그것을 생각하게 된다.

그리고 생각은 행동으로 이끈다.

보는 것 ▶ 생각 ▶ 행동 ▶ 습관 ▶ 성품 ▶ 운명

스티븐 코비 박사의 『성공하는 사람들의 7가지 습관』에는 보는 것이 얼마나 생각과 반응을 변화시키는지 잘 보여 주는 저자의 경험담이 나온다.

나는 뉴욕에서 지하철을 탄 어느 날 아침 경험한 미니 패러다임 전환을 기억한다. 사람들은 조용히 앉아있었고 평화로웠다. 갑자기 한 남자와 그의 아이들이 지하철로 들어 왔다. 아이들은 너무 시끄럽고 거칠어서 즉시 모든 분위기가 변했다.

그 남자는 내 옆에 앉아서 눈을 감았고 그 상황을 알지 못하는 듯하였다. 아이들은 소리를 지르며 물건을 던지며 심지어 사람들의 신문지를 움켜쥐기까지 하였다. 그것은 매우 혼란스러웠다. 그런데도, 내 옆에 앉아 있는 사람은 아무것도 하지 않았다.

짜증이 나지 않지 않을 수 없었다. 지하철에 있는 다른 모든 사람들도 짜증을 느꼈다는 것을 쉽게 알 수 있었다. 결국 나는 그에게 말했다. "선생님, 당신 자녀들은 정말로 많은 사람들을 힘들게 하고 있습니다. 그들을 좀 제지할 수 없습니까?"

그 남자는 처음으로 그 상황에 대해 감지하는 것처럼 눈을 뜨고는 부드럽게 말했다.

"아, 당신 말이 맞습니다. 내가 뭔가를 해야 한다고 생각되네요. 우리는 저 애들 엄마가 1시간 전에 사망한 병원에서 막 오는 길입니다. 나는 무엇을 생각해야 할지 모르겠네요. 그리고 아이들도 그것을 어떻게 감당해야 할지 모르는 것 같습니다."

그 순간에 내가 느낀 것을 상상할 수 있는가? 나의 패러다임이 바뀌었다. 갑자기 나는 그 일을 다르게 보았고, 다르게 보았기 때문에 다르게 생각했고, 다르게 느꼈고, 다르게 행동했다.

내 짜증이 사라졌다. 나는 나의 태도와 나의 행동을 통제하는 것에 대해 걱정할 필요가 없었다. 내 마음이 남자의 고통으로 가득찼다.

동정심과 연민의 감정이 자유롭게 나왔다.

"부인이 방금 죽었나요? 오, 유감이네요! 내게 말해 주시겠어요? 내가 뭘 도와줄 수 있나요?"

모든 것이 순식간에 바뀌었다. 이와 같이 보는 것이 달라지면, 모든 것이 달라진다.

하버드대학의 저명한 심리학자인 윌리엄 제임스 William James 는 "당신이 보는 것이 당신이 갖는 것이다 What you see is what you get !"라고 하였다. 이 말은 보아야만 가질 수 있으며, 보지 못하는 것은 가지지 못한다는 말이다. 실제로 보든, 상상으로 보든 보아야 갖게 된다.

저술가 엘렌 화잇 Ellen White 은 이러한 '바라봄의 법칙'에 대해 다음과 같이 말한다.

"우리가 바라봄으로 변화하는 것은 지적, 영적 본성의 법칙이다. 사람의 마음은 숙고하는 대상에 점차적으로 맞추어 나간다. 그것은 사랑하고 존중하도록 길들여진 대상에 점차적으로 동화된다."[8]

우리가 무엇을 계속 바라보게 되면 생각도 그와 같이 변하게 된다. 청소년들이 팝스타를 좋아하면 모양까지 그와 같이 변하고, TV 연속극을 많이 보면 그 속에 나오는 세속적인 가치관을 자신도 모르게 받아들이게 되어 '세속적인 사람'이 되고 만다. 반면, 영적인 것들을 좋아하면 영적으로 변하고, 예수 그리스도를 바라보고 좋아하

---

8   White, E. G. (1939). The Great Controversy. Nampa, ID: Pacific Press Publishing Association.

다 보면, 그리스도와 같이 변화한다. 성경은 이를 "우리가… 주의 영광을 보매 저와 같은 형상으로 화하여 영광으로 영광에 이르니 고린도후서 3:18"라고 묘사한다.

그러므로 무엇을 보면서 사느냐에 따라서 우리의 생각이 변화되고, 그것은 또한, 우리의 행동과 습관, 성품과 운명까지 바꾼다고 할 수 있다. 한 마디로, 보는 것을 선택하는 것이 우리의 전체 삶을 좌우하게 되는 것이다.

그래서 성경은 보는 것을 중요시한다. 구약시대에 이스라엘 백성에게 하나님의 율법을 "네 손목에 매어 기호를 삼으며 네 미간에 붙여 표를 삼고 또 네 집 문설주와 바깥 문에 기록할지니라." 하였다.

즉, 늘 율법을 바라봄으로 자연스럽게 율법에 맞는 사람이 되도록 이끈 것이다. 그러므로 '무엇을 바라보며 사는가'가 모든 것을 결정한다고 할 수 있고, 그런 의미에서 그것은 무엇보다 중요하다고 할 수 있다.

행복해지는 것은 쉽다 할 수 있다.

바라보는 것만 잘하면 된다.

좋은 것을 바라보며 살아가면 가능하다.

사람은 보고자 하는 것을 보게 되고 보는 대로 변하기 때문이다.

어려움, 문제를 계속 보면서 행복해질 수 없다. 불가능하다.

그것들을 좋게 해석하고 좋게 바라보는 것을 연습할 때 그렇게 변하게 된다.

여러 해 전에 치과의사 한 분이 자신의 어려움을 토로하며 조언을 구하였다. 본인은 신앙을 가지고 어려움을 극복하고자 노력하고 늘 긍정적으로 바라보려고 하는데 때로 다가오는 시련이 긍정적인 방향이 아닌 부정적인 방향으로 자신을 이끌었다고 하였다.

나 자신의 경험을 돌이켜 볼 때, 많은 어려움들이 있었고 실패의 경험들도 있었지만 그런 경험들은 나를 약화시키기보다는 강화시켜 주고 교훈을 주고 긍정적인 방향으로 이끌었다. 그래서 그런 시련들로 인해 감사하였다.

무엇이 이런 차이가 나게 하는 것일까?

그것은 시련 가운데 보는 시야가 달라서 그랬던 것으로 생각된다. 나는 시련이 오기 이전에 어떤 어려움 가운데서도 '좋은 것만 보기로 미리 선택'하였다.

그 결과, 나는 시련들 가운데서도 좋은 것, 선한 것, 감사한 것들을 보게 되었고 그러한 것들을 기억하게 된 것이다. 나쁘고 힘든 문제는 바로 기도로 하나님께 맡기고 좋은 것을 찾고 바라보는 것이다. 그것이 하나님의 뜻이기 때문이다.

성경은 "항상 기뻐하라. 쉬지 말고 기뻐하라. 범사에 감사하라. 이것이 그리스도 예수 안에서 너희를 향하신 하나님의 뜻이니라 데살로니가전서 5:16-18"고 한다.

하지만 문제는 나쁜 것을 보면서 항상 기뻐하는 것은 불가능하다. 하나님은 우리가 행복하시기를 바라신다. 박사 과정 때, 박사 논문 프로그램을 준비하던 중, 상담을 받아 보라는 권유를 받았다.

생명을 위협하는 환자 혹은 만성질환자들을 위한 영적 치유 프로그램 너머 보고 기뻐하라 을 하기 전에 상담을 받아 보는 경험을 하는 것이 도움될 것이라는 이유였다.

학교에서 무료로 심리상담 전문가로부터 9회까지 상담받을 수 있기에 상담을 해보고자 하였으나 2년 이상 미루게 되었다. 왜냐하면, 상담할 문제가 없었기 때문이었다.

유학생활을 하면서 학업, 가족, 재정 문제 등 여러 문제들이 생겼지만, 그 즉시 기도로 하나님께 다 맡기고 하나님께서 선히 잘 처리하고 도와주실 것을 바라보았기 때문에 걱정하지 않고 편안하였기 때문이다.

결국, 박사과정을 마치고 나면 무료 상담 경험을 할 수 없기 때문에 마치기 전에 약속을 하여 한 심리학박사와 상담을 시작하였다.

일부러 상담할 문제를 생각해 가서 말하였지만, 사실 상담하게 된 동기와 기도로 문제들을 다 해결함을 이야기하였다. 결국 9회 내내 서로의 경험과 정보들을 나누는 시간들을 가졌고, 그는 내가 책을 발간하면 사서 보고 싶다는 이야기를 하였던 기억이 남는다.

어려움이 있다면 즉시 하나님의 약속대로 기도로 그분의 전능하신 팔에 맡기고 가장 선히 응답하실 것을 믿고 그 안에서 쉬는 것보다 더 좋은 대처 방법이 어디 있겠는가?

만일 우리가 "하나님을 사랑하는 자, 곧 그 뜻대로 부르심을 입은 자에게는 모든 것이 합력하여 선을 이루느니라 로마서 8:28." 등 하나님의 약속을 믿는다면 어떤 역경에서도 긍정적인 면만 볼 수 있지 않을까 한다.

부정적인 것, 나쁜 것은 하나님께 기도로 다 맡기고 우리는 좋은 것을 바라보고 좋은 것을 생각하라고 하나님은 다음과 같이 우리에게 말씀하신다. 왜냐하면, 보고 생각하는 대로 우리가 변하므로.

"마지막으로 형제자매 여러분, 무엇이든지 참된 것과, 무엇이든지 경건한 것과, 무엇이든지 옳은 것과, 무엇이든지 순결한 것과, 무엇이든지 사랑스런 것과, 무엇이든지 명예로운 것과, 또 덕이 되고, 칭찬할만한 것이면, 이 모든 것들을 생각하십시오 빌립보서 4:8."

우리의 행복은 결국 좋은 것을 보며 사는가, 나쁜 것을 보며 사는가에 달려 있지 않는가?

제 1부 좋은 것을 바라보라

2장 건강과 바라보기

노시보와 플라시보

철도국에서 일하던 닉 시즈먼이라는, 아내와 두 아이를 가진 건장한 남자가 우연한 실수로 냉동열차에 갇혔다. 그는 문을 두드리고 고함쳤지만 모두 퇴근한 이후라 아무 소용이 없었다. 얼어 죽어갈 자신의 운명을 감지한 그는 칼로 바닥에 글을 새기기 시작했다. 그의 글은 자신의 손가락이 얼기 시작하여 더 이상 쓸 수 없어 이 글이 마지막이 될 것이라는 말로 마쳐져 있었다.

다음 날, 그의 시체와 그가 남긴 글이 발견되었고, 검시 결과는 그가 동사한 것으로 판정났다. 그런데 놀라운 사실은 그 냉동열차가 고장으로 인해 작동하지 않았고, 섭씨 13도 이하로 결코 떨어지지 않았다는 것이다. 이 불행한 남자는 동사하며 죽어 가는 자신의 모습을 상상했고, 상상한 그대로 사망한 것이다.

지난 40년간 놀랍게 발전해 온 정신신경면역학은 마음과 몸이 하나로 연결되어 있다는 것을 보여준다. 몸과 마음은 뇌신경계, 내분비계, 면역계 사이에 상호작용을 통하여 교신하는 것을 보여준다. 몸과 마음은 서로 메시지를 주고받으며, 이런 메시지는 건강을 가져오거나 병을 가져오는 생화학적이며 생리적인 변화에 영향을 미친다.

닉 시즈먼의 사례와 같이 사람이 앞날에 대하여 가지는 심상心象: 마음의 이미지 은 사람에게 막강한 영향력을 미친다. 왜냐하면, 심상은 심신의학의 근본 바탕이 되기 때문이다.

앞날에 대한 긍정적 심상을 가지고 기대하는 것은 종종 플라시보 효과로 나타나는데 의학자들은 모든 약 및 수술 치료의 30%에서 60%가 플라시보 Placebo 현상이라는 것을 밝혀내었다. 그것은 환자가 약 혹은 수술을 통하여 자신이 나을 것을 믿고 바라보기 때문에 치유 효과가 일어나는 것이다. 그것은 사람의 내부에 놀라운 치유의 능력이 내재해 있는 것을 보여준다. 심상치료는 의료전문가들에 의해서 천식, 출산통, 관절염, 당뇨병, 암, 두통 등 각종 질환치료를 위해 많이 사용되고 있으며 현저한 효과를 보여준다.

플라시보 효과는 마음속의 믿음과 희망과 같은 긍정적 감정이 몸의 형편을 뛰어넘어 얼마나 신속하고 강력하게 몸에 작용할 수 있는지 보여 준다.

1970년대에 한 남자에게 말기 간암 진단을 하고는 단지 수개월만 살 수 있다고 말해 주었다. 그 환자는 비록 그 예고한 시점에 죽었지만, 부검 결과는 의사들이 실수하였다는 것을 보여 주었다. 그곳에는 전이되지 않은 작은 종양만 있었다. 의사들의 진단이 사망의 저

주가 된 것으로 보였다.[9]

이러한 반응을 의학계에서는 노시보[Nocebo: 라틴어nocēbō, '나는 해를 입을 것이다 I shall harm 로부터 유래']라고 부른다. 노시보는 나빠질 거라는 믿음과 기대감 때문에 몸이 나빠지게 된다. 비록 그것이 순전히 심리적인 요인으로 생긴 것이지만, 신체적인 반응을 동반할 수가 있다.

이와 반대로, 플라시보[Placebo: 라틴어placēbō, '나는 즐거워질 것이다 I shall please'로부터 유래]는 좋아질 것이라는 믿음과 기대감 때문에 긍정적 효과를 발휘한다.

밤중에 불면증 환자들에게 소화제를 수면제로 위장하여 주면 이내 편안하게 잠드는 사례, 열이 나는 환자에게 증류수를 해열제로 위장하여 주사하면 열이 내리는 것과 같은 것이다.

679명의 의사를 대상으로 한 연구 조사 결과, 약 과반수 46%–58% 의 내과 및 류마티스 의사들이 정기적으로 플라시보 약을 처방한다고 하였으며, 대부분 62% 의사들이 그에 대해 윤리적으로 허용될 수 있다고 믿는다고 답하였다.[10]

1987년에 발표된 한 사례에 의하면, 한 여성은 메스꺼움과 구토

9   13 more things: The nocebo effect. New Scientist. (02 September 2009). 2724.

10   BMJ–British Medical Journal. (2008). U.S. Doctors Regularly Prescribe Real Drugs As Placebo Treatments, Study Claims. ScienceDaily. Retrieved May 26, 2014 from www.sciencedaily.com/releases/2008/10/08 1023195216.htm

증세가 심하여 고통을 호소하였다.[11] 의사들은 도울 수 있는 방법이 없자 그녀에게 '새로운 지극히 강력한 경이적인 약'이라고 하며 한 가지 약을 주면서 메스꺼움이 의심할 바 없이 낫게 할 것이라 하였다.

그녀가 약을 먹은 후 20분이 되지 않아 메스꺼움은 사라졌고, 객관적인 위장 테스트 결과는 정상을 보여주었다. 그런데 실상 그녀에게 준 약은 메스꺼움을 덜어 주는 약이 아니고 도리어 메스꺼움을 일으키고 구토를 야기시키는 토근제 시럽이었다.

이 경우에 있어서 약이 구토를 완화시킬 것이라고 믿고 기대하는 위약효과가 그 약 자체의 약리작용의 정반대 효과를 낼 정도로 강력하였던 것이다.

1957년 미국 캘리포니아 롱비치의 한 병원에서 라이트 Wright 라는 환자는 오렌지 크기만 한 6개 암덩어리가 있어 곧 죽게 되었는데, 기적적인 암치료로 알려진 크레바이오젠 Krebiozen 을 필립 웨스트 Philip West 의사에게 주사해 주기를 간청하였다.

그 약을 주사해 준 의사는 놀랍게도 사흘 후, 암덩어리들이 '난로 위의 눈덩이'같이 녹아 없어진 것을 발견하였다. 숨쉬기 위해 산소마스크를 써야 했던 환자가 전용비행기를 몰고 다닐 정도로 나았다.

그런데 두 달 후, 그는 그 약이 암치료에 효과 없다는 기사를 읽었

---

11 Ornstein, R. E., & Sobel, D. S. (1987). The Healing Brain : Breakthrough discoveries about how the brain keeps us healthy. New York : Simon and Schuster.

고, 그 직후 다시 암이 퍼졌다. 이번에는 의사는 그를 살리고자 새로 나온 더 강력한 크레바이오젠을 주사해 준다고 말하고는 식염수를 주사하였다. 그런데 다시 암덩어리들은 놀랍게 사라졌고 라이트는 회복하였다. 그런데 두 달이 지난 후, 그는 미국의학협회에서 크레바이오젠이 효과가 없다고 최종결론을 내린 기사를 읽게 되었고, 그 이틀 후에 사망하고 말았다.

의학전문지에 소개된[12] 이 환자의 사례는 사람의 마음과 몸이 얼마나 밀접한 관계가 있고 마음가짐에 따라 병의 예후 역시 얼마나 달라질 수 있는지 잘 보여 준다.

정신신경면역학의 발전을 통하여 우리는 생각이 감정과 호르몬 변화를 가져오고 그것은 또한 우리의 면역을 약화시키거나 강화시키므로 건강과 장수에 직접적인 영향을 주게 된다는 것을 알게 되었다.

두려운 전망을 가지고 앞날을 내다보면, 부정적인 감정의 영향으로 인하여 면역력이 떨어져서 건강이 악화된다. 그와 반대로 희망찬 전망을 가지고 앞날을 바라보면, 긍정적 감정의 영향으로 인하여 면역력이 증가하고 건강이 증진되고 생존률이 높아지게 된다.

이 정신신경면역학은 1970년대 의학계를 발칵 뒤집어 놓은 한 연구[13]로부터 시작하였다.

---

12 Klopfer, B. (1957). Psychological Variables in Human Cancer. Journal of Projective Techniques, 21, No.4, pp. 331-340.

13 Ader, R., & Cohen, N. (1975). Behaviorally conditioned immunosuppression. Psychosom. Med. 37:333-40.

로체스 대학의 심리학자 아더 Robert Ader 박사는 쥐를 대상으로 구역질 유발 약물인 사이클로포스파마이드 cyclophosphamide 를 설탕물에 녹여 계속 투여함으로써 조건반사를 유도하는 실험을 하고 있었다.

그런데 나중에는 설탕물만 주어도 쥐들은 구역질을 하였고, 더 나아가 이상한 일이 벌어졌는데 놀랍게도 설탕물에 의하여 쥐들이 모두 죽어 버린 것이다.

쥐들이 설탕물을 마시는 것만으로도 약물의 부작용으로 알려진 면역계의 파괴작용이 일어난 것이다.

아더는 이러한 현상을 사람에서도 관찰할 수 있었다.

아더는 이 이상한 현상, 즉 설탕물이 면역계를 파괴할 수 있다는 연구결과를 정리하여 1981년 '정신신경면역학 psychoneuroimmunology'이라는 이름으로 한 권의 책을 발표하였는데 이것이 정신신경면역학의 시초가 되었다. 다시 말하면, 정신신경면역학이란 생각, 믿음, 감정이 신경을 통해 면역에 영향을 끼친다는 내용과 관련된 학문이다.

2002년에는 브루스 모슬리 Bruce Moseley 정형외과 전문의가 주도한 의료팀이 관절경 무릎 수술 비교실험을 한 결과를 발표하였다.[14]

180명의 관절염 환자들을 무작위로 나뉘어서 한 집단은 무릎 수술을 받게 하였고, 또 다른 집단은 정교하게 고안된 가짜 수술을 받

---

14 Moseley, J. B., O'Malley, K., Petersen, N. J., Menke, T. J., Brody, B. A., Kuykendall, D. H., Hollingsworth, J. C., Ashton, C. M., Wray, N. P. (2002). A controlled trial of arthroscopic surgery for osteoarthritis of the knee. New England Journal of Medicine. 347 (2): 81-8.

게 하였다. 가짜 수술을 받은 집단은 진짜 수술과 동일하게 무릎 부위를 절개하고, 타인의 수술 장면을 자신의 수술처럼 비디오로 보여주었다. 세척 과정에서 나는 소리를 내고 물을 튀기기까지 했다. 그리고 무릎을 봉합하여 수술 자국이 남게 하였다.

그 결과, 예상대로 진짜 수술을 받은 환자의 3분의 1에게서 무릎 통증이 사라졌다. 그런데 놀랍게도 가짜 수술을 받은 환자 집단에서도 동일한 효과가 나타났다.

즉, 미국에서 매년 70만 건 시술되고 건당 $5,000이 들어 총 40억 달러가 소비되는 관절경 무릎 수술이 수술로 나을 것이라고 믿었기 때문에 환자들이 나은 위약 플라시보 효과보다 낮지 않은 것을 보여주었다. 그 후의 여러 가짜 무릎 수술 연구들에서도 동일한 결과를 보여 주었고, 연구가들은 위약 효과를 경시하지 말라고 권고하였다.

하버드 대학교 교수이며, 36년간 위약효과에 대해 연구해 온 어빙 커쉬 박사 Irving Kirsch 는 CBS 60 Minutes 프로그램 February 19, 2012 '우울증을 치료하는데 위약 효과가 있는가?'에 출연하여 다음과 같이 말하였다.

"사람들은 약을 사용할 때 나아진다. 그렇지만, 그것은 약의 화학적 성분 때문에 나아지는 것이 아니라 주로 위약 효과 때문이다. 위약 효과와 항우울제 약의 효과 차이는 대부분의 사람들에게 있어서 거의 없다."

위약효과는 진통제뿐 아니라 편두통, 요통, 궤양 등 다양한 질병 치료에 사용된다.

앞의 모슬리 박사팀 연구에서는 골다공증 환자의 무릎 수술 효과에 대해 연구하였는데, 실제로 수술한 그룹과 무릎을 열고는 바로 꿰매는 가짜 수술을 한 그룹을 비교하였다. 그런데 수술 후 2주 후와 1년 후에 가짜 수술을 한 환자들이 진짜 수술을 한 환자들보다 더 잘 걷고 더 잘 올랐으며, 2년 후에는 진짜 수술과 가짜 수술의 차이가 없었다.

이러한 위약효과는 환자가 자신이 나을 것이라 믿고, 낫는 모습을 바라보고 기대한 결과로 생긴 것이며, 믿음, 희망, 기대의 힘이 강력하고 신속한 치유력을 발휘한다는 것을 알 수 있다.

이와 관련하여 하버드 의대 제롬 그룹맨 Jerome Groopman 박사는, "희망의 진정한 생리학이 있다. 믿음과 기대 희망의 핵심 요소인 는 뇌의 엔돌핀과 엔케팔린을 분비시켜서 통증을 차단시킴으로써 모르핀의 효과를 모방케 한다."고 한다.

미국 성인 3만 명을 대상으로 8년간 시행된 한 연구[15]에 의하면 전년도에 스트레스를 많이 경험한 사람들 중 '스트레스가 건강에 큰 영향을 미친다'고 대답한 사람들이 '스트레스가 건강에 적은 영향을 미친다'고 대답한 사람들보다 사망 위험이 43% 더 높았다.

이 연구는 특히 스트레스 자체가 아닌 '스트레스가 건강에 해롭다

---

15 Keller, A., Litzelman, K., Wisk, L. E., Maddox, T., Cheng, E. R., Creswell, P. D., & Witt, W. P. (2012). Does the Perception That Stress Affects Health Matter? The Association With Health and Mortality. Health Psychology. 31(5): 677-684.

는 믿음'이 그러한 차이를 만들어 낸 것에 주목하고 그러한 믿음으로 인해 8년 동안 약 18만 명의 미국인이 사망하게 되었고 그것은 미국인 사망원인 15번째에 해당한다고 볼 수 있다고 추정하였다.

이와 같이 동일하게 스트레스 사건을 겪는다 할지라도 그 사건을 보는 시야에 따라 반응이 변하고 건강도 달라질 수 있다. 이것은 우리의 믿음과 보는 시야에 따라 건강 상태가 크게 달라질 수 있다는 사실을 보여준다.

나는 아내의 변모를 보면서도 그것을 느끼게 된다. 여러 해 전까지 아내는 어느 곳이 아프다 느끼면 그에 대해 이야기하고 좋지 않은 방향으로 상상하고 걱정하곤 하였다. 그렇게 아픈 곳을 민감하게 느끼고 생각할 때는 종종 아픈 곳들이 있었다.

그런데 언제부턴가 그렇게 아픈 것에 민감하여 주의 집중하고 언급하는 것이 자신의 건강에 도움이 되지 않고 해로운 것을 깨닫게 되었다. 그 후에는 아픈 것에 대해 민감하게 반응하여 부정적인 상상을 하며 말하지 아니하고 오히려 잘 나을 것이라 말하며 문제없을 거라고 여길 때부터 더 건강하고 튼튼해진 것을 보았다. 이제 사람들이 건강을 물어보면, "저는 무쇠예요."라고 답하는 데, 정말 자신의 생각과 반응대로 이전보다 건강하고 튼튼해진 것을 보게 된다.

그리고 흔히 병에 걸릴까, 위생 등 여러모로 신경 쓰는 사람들이 오히려 병약한 것을 흔히 볼 수 있다. 이와 같이, 우리가 어떤 시야로 살아가는가 하는 것은 우리의 행복, 건강, 수명, 업무 성취, 인간관계, 시련을 극복하는 데 있어서 절대적인 영향을 미친다.

비관적 시야·낙관적 시야와
건강과 수명

 미국의 심리학자 마틴 셀리그만 Martin Seligman 은 1960년대에 24마리의 개를 세 그룹으로 나눠 각기 다른 상자 속에 집어넣고 바닥에 전기 충격을 주는 실험을 하였다.[16] A그룹은 전기 충격을 받지만, 코로 지렛대를 누르면 전기 충격이 꺼지도록 했다. B그룹은 상자 속에 지렛대가 없어 어떻게 해도 전기 충격을 막을 수 없었다. C그룹은 전기 충격이 가해지지 않는 비교 집단이었다.

---

16 Seligman, M.E.P., & Maier, S.F. (1967). Failure to escape traumatic shock. Journal of Experimental Psychology, 74, 1-9.

24시간 이후 개들을 다른 상자에 옮겨 놓고 다시 전기 충격을 주었다. 개들은 상자 중앙에 있는 나지막한 담을 넘으면 쉽게 전기 충격을 피할 수 있다. A그룹은 담을 넘어 탈출했지만, B그룹은 담을 넘을 시도도 하지 않고 전기 충격을 당하고 있었다. 자신이 뭘 해도 상황을 극복할 수 없다는 무기력에 빠진 것이다. 이 현상을 셀리그만은 '학습된 무기력 learned helplessness'이라고 불렀다. 무기력도 학습된다는 의미이다.

'학습된 무기력'이라는 것은, 반복되는 실패의 경험으로 인해 자신이 충분히 극복할 수 있는 상황조차 그것을 극복하려 하지 않고 자포자기해버리는 상태를 말한다.

새끼일 때 발이 밧줄에 묶여 움직이는 것이 제한된 코끼리는, 커서도 작은 밧줄 하나만으로도 무기력해지는 것 역시 '학습된 무기력' 현상이다.

그와 연관된 한 실험[17]에서는, 쥐들에게 암세포를 주입시킨 후에 다음 날 전기쇼크를 피할 수 있는 그룹, 피할 수 없는 전기쇼크를 가한 그룹, 전기쇼크가 없는 그룹으로 나누어 관찰하였다. 한 달 후, 전기쇼크를 받아도 지렛대를 누르면 피할 수 있는 그룹은 63%가 암을 거부하였다. 피할 수 없는 전기쇼크를 받은 그룹은 23%만 암을 거부하였고, 전기쇼크가 없는 그룹은 54%가 암을 거부하였다.

---

17 Visintainer, M.A., J.R. Volpicelli, & M.E.P. Seligman. (1982). "Tumor Rejection in Rats After Inescapable or Escapable Shock",Science 216: 437-39.

예상된 대로, '학습된 무기력' 쥐들의 암 거부율은 최저였다. 그런데 이 실험에서 주목할 것은, 전기쇼크가 없었던 그룹보다 전기쇼크를 받아도 그것을 스스로 관리한 그룹의 암 거부율이 더 높은 것이었다.

이 실험을 통해 알 수 있는 교훈이 있다. 암 환자에게 편안한 환경을 만들어 주는 것보다, 비록 암에 걸렸을지라도 자신이 고칠 수 있다고 생각하여 암에 도전하는 긍정적 자세가 훨씬 치유 효과가 크다는 사실이다.

암에 걸렸을지라도, '암은 죽는 병이다. 피할 방법이 없다. 속수무책이다.'라고 수동적으로 대처하는 환자와 '암은 반드시 낫는다. 피할 방법이 있다.'라고 믿고 능동적으로 대처하는 환자와는 치유 결과에 있어서 큰 차이가 난다.

많은 질병들, 특별히 암은 속절없고 희망없는 시야로 야기된 만성적이고 지속적인 부정적인 감정과 연관된다.

예일대 의대 버나드 시걸 Bernard Siegel 암전문의는 "암은 세포의 수준에서 경험된 좌절감이다. 만일 우리가 우리의 좌절감을 무시한다면, 몸은 사망 메시지를 받게 된다. 만일 우리가 통증을 다루면서 도움을 찾는다면, '삶은 힘들지만 바람직한 것이다.'라는 메시지를 받게 되고 면역계는 우리가 삶을 유지하도록 일하게 된다."고 하였다.

병리학의 창시자로 불리는 19세기 의사 루돌프 버쵸 Rudolph Virchow 는, "많은 질병은 생리적 깃발을 달고 항해하는 불행이다."라고 하였다.

저명한 정신과 의사 폴 튜어니어 Paul Tournier 박사는 "일반적인 많은 질병들은 생애에서 얻어진 심각한 불만족의 표현 외에 아무것도 아니다."고 한 것 역시 같은 의미라 할 수 있다.

랜체스터 대학교 경영대학 연구팀은 근로자들을 대상으로 자신의 직무에 대한 불만족과 신체적 정신적 웰빙과의 상관관계를 연구하였다. 연구 결과는 직무에 대해 불만족할수록 질병에 걸릴 가능성이 높은 것으로 나타났다.[18]

즉, 25만 명 대상의 방대한 자료들은 직무에 대한 만족도가 근로자들의 건강에 결정적으로 영향을 미치며, 직무에 대한 불만족도는 그들의 정신건강을 결정적으로 위태롭게 함을 보여 주었다.

이 연구는 근로자들에게 직접적으로 중요한 것으로 우울증과 불안감이 허리 통증과 같은 근골격계 질병들을 제치고 근로자들이 장기 질병 급여 신청을 시작하는 가장 일반적인 원인이 됨을 보여 주었다.

또한, 직업 만족도와 건강과의 관계에 대해 485개의 연구를 메타분석 Meta-analysis: 기존 연구 결과들을 분석한 연구는 총 267,995명을 대상으로 직업 만족도 정도와 건강과의 연관성을 찾아보았다.[19]

---

18 Faragher, E. B., Cass, M., & Cooper, C. L. (2005). The relationship between job satisfaction and health: a meta-analysis, Occupational Environmental Medicine, 62, 108.

19 Faragher, E. B., Cass, M., & Cooper, C. L. (2005). The relationship between job satisfaction and health: a meta-analysis. Occupational Environmental Medicine, 62, pp. 105-112.

이 연구는 직업 만족도가 전반적으로 모든 건강 척도와 상관관계가 있으며, 정신적 문제들, 탈진감, 자아존중감, 우울증, 불안감에 대해 상관관계가 강하게 나타났고, 주관적인 신체적 질환은 어느 정도 상관관계가 있었다.

그래서 이 연구는 직업 만족도 수준이 근로자의 건강에 영향을 미치는 중요한 요인임을 시사하고, 조직들은 근로자의 건강 증진을 위하여 직무의 불만감을 일으키는 대부분의 작업 관행을 근절하기 위해 스트레스 관리 정책의 개발을 포함해야 한다고 하였다.

스트레스의 결과에 미치는 요인이 무엇인가에 대해 학자들이 다각도로 연구하여 왔는데, 가장 큰 영향을 미치는 것은 스트레스가 만든 상황을 어떻게 보고 반응하는가에 달려 있었다. 그리고 그것은 건강과 수명에도 큰 영향을 미치는 것을 발견하였다.

메이요 클리닉 연구팀이 829명의 환자들을 30년간 조사하여 2000년에 발표한 결과에 의하면, 부정적인 시야로 보는 것이 조기 사망률을 19% 증가시키는 위험 요인으로 발견하였다. 나이와 성별 요인를 조절하고 난 후에도 비관주의자들은 낙관주의자들보다 사망률이 높았다. 사람들이 자신의 삶에서 일어난 사건들을 긍정적 시야 혹은 부정적 시야로 설명하는 방법이 그들의 사망률과 직접적인 연관성이 있었다.[20]

---

20 Maruta T, Colligan R. C., & Offord, K. P. (2000). Optimists vs pessimists: survival rate among medical patients over a 30-year period. Mayo Clin Proc, 75(2):140-3.

다양한 연구들은 긍정적인 시야를 가지고 살아가는 것이 전반적인 건강과 장수에 좋은 영향을 미친다는 사실을 보여 준다. 유럽과 미국의 연구들은 생애 초기의 긍정적 시야가 15~40년 후에 보다 좋은 건강과 사망률을 예고해 줄 수 있음을 보여 준다.[21] 이는 긍정적인 시야를 가지고 사는 것이 얼마나 중요한지 잘 보여주는 것이다.

성경은 "비전이 없으면 사람은 망한다 Where there is no vision, the people perish, Proverbs 29:18, King James Version "고 한다.

앞날에 대한 희망, 믿음을 가져다주는 비전이야말로 질병 등 각종 시련들을 극복하게 할 수 있는 원동력이 된다.

한번은 건강 강의를 마친 후에 한 목사 사모님이 본인의 경험을 이야기해주셨다. 이분은 큰 소리로 인해 고통당한 후에 한쪽 귀가 들리지 않게 되어 어지럽고 몸의 균형이 잡히지 않고 울리기도 하여 괴로워서 죽고 싶은 심정을 가졌다. 그로 인해 가족과 함께 기도를 많이 하셨다 한다.

그러던 어느 날, 내가 1990년대에 발간한 '재창조 Re-Creation' 건강지를 읽었는데, 그 기사에서 사람이 믿는다면 그것이 우리의 몸을 변화시키는 놀라운 치유력을 가져다준다는 내용을 읽게 되었다고 했다. 그 기사를 읽으면서 갑자기 자신의 귀도 나을 수 있겠다는 생

---

21 Harvard Health Publications. (2008). http://www.health.harvard.edu/
    newsletters/Harvard_Mens_Health_Watch/2008/May/optimism-and-
    your-health

각과 기대가 생기고 나을 수 있다는 전망에 힘이 나고 용기가 생겨, 춥고 눈이 쌓인 밖으로 나가서 활발하게 걸었다고 한다.

그런데 걷고 있던 중, 전화가 와서 무심코 휴대폰을 들고 아들과 통화를 하였는데, 도중에 깨닫고 보니 자신이 전혀 들리지 않던 귀로 통화를 하고 있었다고 한다. 그리고 그 시간으로부터 귀가 완전히 나았다고 하셨다.

자신이 믿고 바라보는 대로 몸의 세포들이 즉시로 반응하여 기적적인 치유가 일어난 것이다. 이와 같이 믿는다면 볼 수 없는 것을 보고, 들을 수 없는 것을 듣고, 경험할 수 없는 것을 경험할 수도 있다.

하버드 대학교 연구팀은 200개 이상 연구들을 조사 분석한 결과, 긍정적인 시야 주로 낙관적, 삶의 만족, 행복 를 가지고 살아가는 것이 심혈관 질환 위험을 효과적으로 낮추는 것을 발견하였다. 연구가들은 삶에 대한 긍정적인 시야가 식생활, 체중, 운동 등 영향을 미칠 수 있는 요인들을 감안하고도 심혈관질환 위험을 50%나 줄이는 것을 발견하였다.[22]

또한, 수술 후 건강에 대한 환자들의 태도와 관련된 16개 연구를 조사한 한 연구는 환자가 수술 후에 자신의 건강에 대한 기대가 높을수록 건강 상태가 더 좋아진 것으로 나타났다. 다양한 환자 컨디션들 허리통증, 심근경색, 비만증 등 에 있어서 환자들이 두려워하거나 수동

---

22 Boehm, J. K., & Kubzansky, L. D. (2012). The heart's content: The association between positive psychological well-being and cardiovascular health. Psychological Bulletin 138.4: 655–691.

적인 경우에는 자신이 나아질 것이라고 기대한 환자들과 같이 신속히 회복되지 않았다.[23]

또 1,566명의 상해를 입은 근로자들을 조사한 연구에 의하면, 근로자들이 전망하고 기대하는 진전 시일, 상태 변화, 정상활동으로 돌아가는데 소요된다고 기대하는 시간은 그들이 얼마나 빨리 잘 회복하는가를 보여주는 가장 중요한 예측 변수가 되었다.

이 연구는 환자의 기대가 그들의 회복에 영향을 주는 직접적인 요인인 것을 보여 주었는데, 자신의 회복이 더 나아질 것이라 생각한 사람들이 그렇지 않은 사람들보다 30% 빨리 회복하고 직장으로 속히 돌아갔다. 또한, '3주 안에 평상시 활동을 할 수 있을 것이다.'고 기대한 사람들은 '모르겠다.'고 생각한 사람들보다 37% 빨리 회복하고, 자신이 완전히 회복할 것이라고 생각한 사람들은 자신이 더 나아지지 않을 것이라 생각한 사람들보다 25% 더 빨리 회복한 것을 보여주었다.[24]

한 연구는 차 사고로 목 골절상을 당한 사람 2,335명을 대상으로

23 Mondloch, M., Cole, D., & Frank, J. (2001). Does how you do depend on how you think you'll do? A systematic review of the evidence for a relation between patients' recovery expectations and health outcomes. CMAJ 165: 174-179.

24 Cole, D. C., Mondloch, M. V., Hogg-Johnson, S., & The Early Claimant Cohort Prognostic Modelling Group. (2002). Listening to injured workers: how recovery expectations predict outcomes — a prospective study. CMAJ. 166(6): 749-754.

일자리로 복귀를 기대하는 사람들이 긍정적인 기대를 하지 않은 사람들보다 42% 빨리 회복한 것을 보여 주었다. 이것은 사회적 여건, 초기 통증과 증상, 사고 후 기분, 이전 건강 상태, 차 사고 관련 요인들과 같은 편차 요소들을 조정한 이후에 나타난 결과였다.[25]

『암의 정신-신체적인 면』이라고 하는 책을 저술한 데오도르 밀러 Theodore Miller 라고 하는 외과 의사는, 암환자를 전문으로 수술을 많이 진행했다. 그는 오랜 수술 경험을 가지고 말하기를, "자신의 병에 대해 두려워하는 환자들은 암 초기 단계에서 치료한다 해도 대부분 상태가 나빠지고 속히 사망한다. 나는 수술 후 살아남지 못할 거라고 두려워하는 환자는 더 이상 수술하지 않는다."고 하였다.

이같이, 꼭 같이 수술을 받고 치료를 받아도 환자의 마음가짐에 따라 완전히 결과가 달라질 수 있다. 그만큼 환자들의 마음가짐의 영향이 외과수술의 영향을 능가하는 것을 보여 준다.

그래서 '현대의학의 아버지'라 불리우는 윌리암 오슬러 박사 William Osler 가 "환자가 어떤 종류의 질병을 가졌는지 아는 것보다 어떤 종류의 환자가 질병을 가졌는지 아는 것이 훨씬 더 중요하다."고 한 것이 시대를 앞선 정확한 통찰력이었던 것을 우리는 이해할 수 있다.

많은 연구들은 낙관적 시야를 갖는 것이 심장병, 고혈압, 뇌졸중

25 Ozegovic, D., Carroll, L. J., & Cassidy, J. D. (2009) Does expecting mean achieving? The association between expecting to return to work and recovery in whiplash associated disorders: a population-based prospective cohort study. Eur Spine J. 18:893-899.

등 질병 위험 감소, 건강과 면역 상태 증진, 수명 증가와 직접적인 연관성이 있다는 것을 발표하였다.

하버드 대학교와 보스턴 대학교는 1,306명의 남자들을 대상으로 한 연구를 통하여 낙관주의자들이 심장 질환과 관련하여 크게 유리한 것을 보여 주었다.[26]

이 연구가 시작하였을 때 조사 대상자 중 아무도 관상동맥질환으로 진단받지 않았다. 10년이 지난 후, 다른 위험 요인들을 조정하였음에도 불구하고, 가장 비관적인 남자들은 가장 낙관적인 남자들과 비교하여 관상동맥 질환이 2배 더 발생하였다.

메요클리닉 Mayo Clinic 연구가들은 낙관주의가 실제 생존률과 연관된 것을 발표하였다.

그들은 1960년대 초에 839명의 환자들을 대상으로 낙관주의-비관주의 성향에 대한 심리 조사를 실시하였다. 30년 후에 다시 조사해 본 결과, 낙관주의는 장수와 연관되어 있었으며 비관주의 성향이 10점 증가할 때마다 사망률은 19% 증가하였다.[27]

다양한 연구들이 미래에 대해 밝고 긍정적인 전망을 가지는 것이 어둡고 냉소적인 전망을 가지는 사람들보다 건강하고 장수한다는

26 Optimism and Your Health. (2008, May). Harvard Health Publications. Retrieved October 30, 2016, from http://www.health.harvard.edu/heart-health/optimism-and-your-health

27 Mayo Clinic. (2002). Mayo Clinic Study Finds Optimists Report A Higher Quality Of Life Than Pessimists. ScienceDaily, 13 August 2002. http://www.sciencedaily.com/releases/2002/08/020813071621.htm

연구결과를 보여 주었다.

1921년부터 1,500명의 건강한 소년들을 추적해 온 캘리포니아대의 장기적 연구에 의하면 항상 최악을 예상하는 것이 65세 이전 사망률을 25% 높인 것과 연관된 것을 보여 주었다.[28]

비관적인 시야와 낙관적인 시야가 왜 이런 차이를 가져오는 것일까?

1970년대 미국국립보건원 뇌신경과학자 캔더스 퍼트 Candace Pert 박사는 이런 현상들을 설명할 수 있는 단서를 발견하였다.[29]

퍼트 박사는 우리가 어떤 생각을 하면 그 생각에 해당하는 신경전달물질 뉴로펩타이드 이 뇌에서 만들어진다고 하였다 예로, 희망을 가지면 '희망 물질', 기쁨을 느끼면 '기쁨 물질', 슬픔을 느끼면 '슬픔 물질'이 뇌에서 만들어짐 . 이 화학 물질들은 혈액을 타고 온몸으로 전해진다. 즉, 마음 상태가 인체 생화학작용을 통해 온몸의 신경계, 내분비계, 면역계에 영향을 미치게 된다.

퍼트 박사는 감정 분노, 기쁨 등 호르몬 분자를 받아들이는 수용체가 뇌뿐 아니라 온몸의 세포에 있어서 감정 호르몬 분자가 세포 수용체에 붙기만 하면 그 세포의 능력이 변하는 것을 발견하였다!

그래서 퍼트 박사는 감정으로 인해 발생한 화학물질을 '물질로 전

---

28 Seligman, M. E. (2000). Mayo Clin Proc. 75:133-4.

29 Pert, C. (1997). Molecules of emotion : Why you feel the way you feel. Scribner, New York.

환된 생각'이라고 부르고, '몸에 마음이 있고, 마음에 몸이 있다.'고 하였다. 그리하여 생각과 감정 변화에 따라 세포들도 약화되거나 힘을 얻어 아프거나 낫기도 할 수 있음을 보여 주었다.

온몸의 근육, 심장, 장 등 세포들에 감정 분자 분노, 걱정, 슬픔, 행복, 기쁨 등를 받아들이는 많은 수용체가 존재하는 것이 발견되었다. 그로 인해 감정은 뇌, 심장, 장, 근육에도 직접적 영향을 미치게 된다. 만일, 감정분자가 수용체에 붙기만 하면 그 세포의 실행능력이 변한다.

마음이 우울하고 절망을 느끼면 몸의 세포들 역시 우울과 절망감을 느껴 면역력이 떨어져 병약해지고, 기쁘고 즐거운 마음은 몸의 세포들을 기뻐하고 힘있게 만들고 면역을 강화시켜 건강한 몸을 만든다.

사람이, 앞날에 대해 '이제 다 끝났다.'고 절망하는 순간, 온몸의 세포들 역시 포기하기 시작한다. 그 반면에, 희망을 가지고 '반드시 살아야 하겠다.'고 결심하고 나아갈 때, 온몸의 세포들 역시 이전에 없던 힘을 내기 시작한다.

이러한 발견들은 우리에게 중요한 암시를 주는데 그것은 우리가 우리의 마음, 즉 생각과 감정을 조절함으로써 우리의 건강을 획기적으로 변화시킬 수 있다는 것이다. 그리고 생각과 감정 변화는 시야를 변화시킴으로써 가져올 수 있는 것이다.

마음은 인체의 모든 조직과 장기와 연결되어 있기 때문에 마음을 잘 이용하면 인체의 어떤 조직이나 장기에 생긴 질환도 치료 가능할 수 있다.

뇌에서 좋은 화학물질들이 지속적으로 나올 수 있도록 이끄는 중요한 한 방법은 긍정적인 생각과 믿음과 낙관적인 시야를 가지고 살아가는 것이다. 좋은 글을 읽고, 명상하고, 기도하고, 좋게 해석하는 등 실천을 통하여 장기적인 뇌 화학물질들의 긍정적인 변화를 촉진시킬 수 있다.

건강과 즐거움 바라보기

미국 켄터키대 연구진이 긍정적 감정과 수명과의 상관관계를 연구 발표한 '수녀 연구 Nun Study'는 긍정적 생각과 감정에 대한 가장 영향력 있고 알려진 연구 중 하나로 손꼽히고 타임지 표지기사로도 알려졌다. 수녀들은 식생활, 교육, 건강관리, 습관, 수입 등에 있어서 거의 비슷하다는 점에서 행복감과 수명과의 상관관계를 확인할 수 있는 좋은 연구대상이었다.

이 연구에서 심리학과 드보라 대너 Deborah D. Danner 박사 등 연구진은 1930년에 20대 수녀 180명이 쓴 짧은 문장들을 읽고 긍정 감정 단어를 포함하고 있는 문장과 부정 감정 단어를 포함하고 있는 문장의 수를 계산하여 감정 점수를 측정하였다.

연구진은 60년 전에 기록된 수필의 감정 내용이 생존 여부와 관련되는지를 조사하였는데, 가장 행복했던 수녀들은 가장 적게 행복했던 수녀들보다 평균 10년 더 살았다. 긍정적 감정을 보인 수녀 중 54%가 93살까지 장수한 반면에 가장 행복지 않았던 수녀들은 15%만이 93살까지 살았다.[30]

이는 건강하기 때문에 행복한 게 아니라, 행복하기 때문에 건강 장수할 수 있다는 메시지를 던져준다. 또한, 흡연 여부가 평균수명에 7년 정도의 차이를 가져온다는 점에 비추어볼 때, 행복은 수명에 더 강력한 영향을 미친다는 것을 보여 준다.

다양한 연구들이 다음과 같은 눈에 띄는 결론을 보여 준다. 행복한 사람들이 오래 산다.

그중 160개 이상의 연구들을 분석한 한 연구에 의하면, 행복은 우리 삶을 7–8년 증가시킨다. 그리고 그것은 단지 수명을 연장시키는 것이 아니라 좋은 건강과 높은 주관적 웰빙 기간이라는 것이다.[31]

이 행복이 건강에 미치는 연구를 주도한 일리노이 대학교 애드 디너 Ed Diener 교수는 다음과 같이 말한다. "우리는 8종류의 다른 연구들을 검토하였는데, 각 종류의 연구로부터 얻은 일반적인 결론은 당

30 Davis, M. (2009). Building emotional resilience to promote health. Am J Lifestyle Med. 3(1 Suppl):60S–63S.

31 Diener, E., & Chan, M. Y. (2011). Happy people life longer: Subjective well-being contributes to health and longevity. Applied Psychology: Health and Well-Being, 3, 1–43.

신의 주관적 웰빙 즉, 당신의 삶을 긍정적으로 느끼고, 스트레스로 지치지 않고, 우울하지 않은 것 은 건강한 일반인들에게 있어서 장수와 더 나은 건강 두 가지 모두에 기여하였다."

건강에 대해, 그리고 건강해지는 길에 대해 다시 한번 생각해 볼 때가 되었다. 세계보건기구 WHO 는 건강에 대해 다음과 같이 정의한다.

'건강이란 단순히 질병이 없고 허약하지 않은 상태만을 의미하는 것이 아니고 육체적, 정신적 건강과 사회적으로 완전한 안녕 상태이다.'[32]

그러므로 진정으로 건강하려면 단순히 병을 고치는 데 초점을 맞추어서는 안 된다. 병이 없어도 심신이 평안하지 않고 건강하지 않은 사람이 많다. 병을 고치는 것을 목표로 하지 말고 진정으로 건강하여 평안하고 행복한 삶을 목표로 해야 한다.

생화학자 브랜던 오리건 Brendan O'Regan 박사가 이미 수십 년 전 그의 글 『정신신경면역학: 새로운 분야의 탄생』에서 다음과 같이 예고한 대로 의료계는 서서히 그러나 확실히 변화해 가고 있다.[33]

---

32 World Health Organization. WHO definition of Health, Preamble to the Constitution of the World Health Organization as adopted by the International Health Conference, New York, 19-22 June 1946; signed on 22 July 1946 by the representatives of 61 States (Official Records of the World Health Organization, no. 2, p. 100) and entered into force on 7 April 1948. In Grad, Frank P. (2002). "The Preamble of the Constitution of the World Health Organization". Bulletin of the World Health Organization. 80 (12): 982.

33 O'Regan, B. (1983) Psychoneuroimmunology: the birth of a new field.

"우리는 더 이상 증상을 줄이거나 부정적인 것을 제거하는 데 초점을 맞추지 않게 될 것이다. 그 대신, 어떤 긍정적인 것의 실재로서 건강과 웰빙 Welling-being: 참살이 에 초점을 맞출 것이다. 그것은 긍정적 과학, 즉 인류를 위한 과학이라고 불리워질 수 있는 발전으로의 첫 단계가 될 것이다."

20세기 동안 정신의학자들은 병적 病的 심리와 같은 부정적인 면에 초점을 맞추고 그것을 고치고 없애는데 몰두하였으나 지난 20년 사이에 인간 심리의 긍정적인 면을 과학적으로 연구하고 인간의 행복과 성장을 지원하는 '긍정심리학 Potitive Psychology'이란 새로운 학문 분야가 탄생하였다.

이 긍정심리학은 부정에서 긍정으로 초점을 바꾸도록 기여하였다. 예로, 우울증과 같은 고통의 문제를 해결하기 위해서는, 우울증의 증상 해결에 몰두하지 말고, 문제를 해결하는 근본적인 마음의 힘을 키우는 데 노력하는 것이 효과적이라는 것이다.

긍정심리학은 단순히 사람이 병적인 상태에서 정상으로 돌아오도록 돕는 것이 아니라 최적의 기능과 발달을 할 수 있도록 노력하는 것이다.

사람들은 단순히 문제를 고치고 약점을 보완하는 데 온 일생을 바치지 않고, 사는 동안 진정으로 의미 있고 충만한 삶을 사는 것을 바란다. 이것이 진정한 기쁨과 행복을 주는 삶이다.

Investigations. A Bulletin of the Institute of Noetic Sciences, 1: 1-11.

심리학자 로렌스 르샨 Lawrence LeShan 박사의 책 『Cancer As a Turning Point』에는 다음과 같은 이야기가 나온다.

르샨 박사가 만난 캐롤이라는 환자는 30대에 큰 기업의 부사장이 된 성공적인 전문직 여성이었다. 그런데 그녀의 척추에서 암이 발견되었고, 치료될 가능성이 없었다.

르샨 박사는 그녀와 대화를 나누는 가운데 그녀가 자신의 일을 싫어한다는 것을 알게 되었다. 그녀는 정상을 향해서 사력을 다해 열심히 일 해왔지만, 같이 일하는 사람들의 이기적이고 무자비한 생리에 염증을 느끼고 자신도 그런 사람들처럼 될까 두려워하였다. 계속 일해도 자신이 원하는 행복과 평화를 얻지 못할 것으로 여겨져 막다른 골목에 다다른 느낌이었다.

르샨 박사는 그녀의 생애 최상의 순간들과 경험들을 들어본 후에 그녀가 대학교 다닐 때 한 과정에서 장애자를 돕는 일을 하였는데 그것을 좋아한 것을 발견하였다. 그녀는 그런 일은 지금도 좋아하고 성취감을 줄 수 있으리라 여겼다.

그리하여 캐롤은 특수교육학과 야간 수업에 등록하여 공부를 시작하였는데, 이 분야가 여전히 관심을 사로잡는 것을 느꼈다. 부모의 놀라움과 반대에도 불구하고 그녀는 결국 부사장직을 사임하고 공부에 전념하며 그것을 즐겼다.

그 과정에서 친한 친구와 애인도 생기게 되었다. 그녀는 더 이상 르샨 박사와 이야기할 필요를 느끼지 못하여 치료를 중단하였다. 치료를 받는 첫 수개월 동안은 암 종양의 크기가 커지다가 성장이 멈추었고, 그 후 점차 줄었다가 완전히 사라졌다. 10년 후에 우연히 만난 캐롤은 비영리단체에서 열정적으로 일하며 의미 있고 충만한 삶을 살고 있었다.

이와 같이, 사람은 자신이 싫어하는 일을 계속하면 우울하고, 앞날에 대해 암담하게 여기게 된다. 낙담하고 절망하는 마음을 계속 가지면 면역은 약해지고 몸은 암이 자라기 좋은 환경이 된다.

그와 반면에 삶에서 즐거움을 찾고 살맛 나는 일을 하고, 앞날에 희망을 가지고 기쁘고 즐겁게 산다면 온몸의 세포가 살맛이 나고 면역이 강화되어 건강하게 된다.

또 다른 한 사례를 보자. 위암 말기 6개월 내 사망선고를 받은 조규성 씨는 자신과 같은 시한부 삶을 사는 사람들이 모인 요양소를 방문한 후 위암에 걸린 사람들이 대부분 내성적이고 모든 스트레스를 겉으로 표출하지 못하는, 자기와 비슷한 사람들이 주류였다는 것을 깨달았다.[34]

"많이 놀랐어요. 저처럼 담배도, 술도 안 하는 사람들이 암 판정을 받았는데 성격이 모두 내성적이었죠. 병의 근원이 스트레스였다는 걸 알게 됐어요. 이때부터 저는 변하기 시작했어요. 과거의 기억은 모두 지웠습니다. 즐거운 상상만 하며 오늘과 내일만 생각했죠. 말을 많이 하고 주위 사람들에게 매일 행복하고 긍정적인 말만 했어요. 그리고 기적이 일어났죠."

---

34 성승제. (Jan 29, 2012). "동안이시네요" 위암말기 6년, 그의 극복기 생존율. 2012 다시 시작하는 사람들/위암 말기 극복한 조규성씨. 머니위크.

매일 행복하다 생각하고, 행복하다 느끼고, 긍정적인 말들을 하니 기적이 일어났다. 그는 그로부터 6년을 더 살았고, 시한부라는 꼬리표를 뗐다. 지금도 사람들을 만날 때마다 늘 이렇게 말한다.

"어제의 일은 생각하지 마세요. 오로지 즐거운 일이 가득할 오늘과 내일만 생각하세요."

위스콘신 의대의 세포생물학 교수인 브루스 립튼 Bruce Lipton 박사는 그의 저서 『신념의 생물학 The Biology of Belief 』[35]을 통하여 유전자는 세포 내의 사정과 관계없이 그 사람의 마음 상태에 따라 영향을 받는다고 하였다.

개인의 세상을 보는 시야와 믿음에 의해 세포의 활동과 유전자의 후생적 표현이 변한다는 것이다. 우리의 신념과 지각이 유전자의 활동성에 결정적으로 영향을 미치므로 결과적으로 유전자 코드를 변화시키게 된다는 것이다. 만일, 마음이 두려움으로 닫혀 지내게 된다면 신체 시스템도 닫혀 결국 질병으로 가게 되고, 반면에 마음이 열려 긍정적이고 건강한 신념과 지각을 가지게 된다면 신체 시스템도 건강하고 긍정적인 결과를 가져온다는 것이다.

립튼 교수는 마음을 변화시킴으로 몸의 세포를 변화시킬 수 있으며, 사람이 유전자에 의해 영향을 받기보다 사람이 유전자를 변화시킬 수 있음을 보여 준 것이다. 그의 세포생물학 실험을 통해 입증한 이 새로운 학설은 세계 생물학계를 100년 동안 지배해 온 DNA

---

35 Lipton, B. (2005). The Biology of Belief: Unleashing the Power of Consciousness, Matter & Miracles. Santa Rosa, CA: Elite Books.

결정론을 뒤집어 버린 위대한 생물학적 업적으로 평가받고 있다.

이제까지 살펴본 바와 같이 과학은 이제 사람이 가지는 생각, 감정, 시야, 태도에 따라 우리 몸이 어떻게 영향을 받고 얼마나 크게 달라질 수 있는지 알려주고 있다. 같은 질병이라 할지라도 개개인의 반응에 따라 그 예후는 크게 달라질 수 있는 것이다.

그러므로 우리는 어떤 중병 가운데 있거나 어떤 상황이든 간에 두렵고 어두운 방향을 보기보다 밝고 건강하고 즐거운 방향을 보아야 한다.

*3*장 행복과 바라보기

행복은 선택이다

신학자 잔 폴린 Jon Paulien 박사는 한 요양원을 방문하면서 그곳의 할머니들이 같은 환경에 대하여 매우 다른 반응을 나타내는 것을 보고 놀랐다. 어떤 분들은 항상 화가 나서 요구 조건이 많고, 음식이나 TV의 위치 등 매사에 불만인 반면에, 어떤 분들은 항상 명랑하며 일이 혹 잘못되었을 때라도 감사를 표하였다. 그래서 한 할머니에게 어떻게 그렇게 항상 기뻐할 수 있는지 물어보았는데 그 할머니는 이렇게 답하였다.

"내가 방을 좋아하고 싫어하고는 가구가 어떻게 놓였느냐에 달려 있지 않아요. 정작 관계되는 것은 내 마음을 어떻게 다스리느냐에 달려 있지요. 매일 아침 내 앞에는 선택이 놓여 있습니다. 하루 종일 누워 말을 잘 안 듣는 지체 肢體를 탓하며 지낼 수도 있고, 침대에서 일어나 말 잘 듣는 지체를 감사할 수도 있답니다."

이렇게 같은 상황에서도 사람들은 자신의 선택에 따라 행복하게, 혹은 불행하게 살아가게 된다. 외부적인 조건보다는 내면적으로 어떻게 볼 것인가, 선택하는 것이 행복과 불행을 좌우함을 볼 수 있다.

심리학자인 헤롤드 그린왈드 Harold Greenwald 박사는 많은 행복한 사람들을 인터뷰한 후에, 그 결과를 담은 책『행복한 사람 The Happy Person』[36] 서문에서 다음과 같이 적었다.

"내가 발견한 가장 놀라운 사실은, 많은 행복한 사람들이 내가 만난 불행한 환자들과 마찬가지로 마음에 상처를 받았고, 좌절하고 실패한 사람들이라는 사실이었다. 내가 발견한 것은 같은 환경이 한 사람에게는 깊은 좌절감을 가져다주고, 또 다른 사람에게는 즐거움의 원인을 가져다줄 수 있다는 것이다… 내가 인터뷰하였던 행복한 사람들은 모두 불행의 희생자가 되는 것을 거절하고 행복하기로 선택하였다. 종종 대부분의 그러한 선택은 그들의 삶에 있어서 치명적 사고 혹은 이혼 등 가장 심한 감정적 혹은 신체적 위기의 고비에서 이루어졌다.

바로 이러한 환경들이 많은 슬픈 사람들이 그들의 불행을 설명하는 데 사용하는 환경들이다. 그런데 왜 이 사람들은 슬퍼하지 않는가? 내가 거듭 발견한 것은 그들은 그러한 환경 가운데서 세상을 바라보는 방식을 재점검하고, 의식적 혹은 무의식적으로 자신의 행복에 대해 책임을 지기를 선택하였다는 것이다."

---

36 Greenwald, H., & Rich, E. (1984). The Happy Person. New York: Stein and Day.

즉, 그린왈드 박사가 인터뷰한 행복한 사람들은 시련의 희생자가 된 불행한 사람들과는 달리 자신의 삶과 행복은 자신에게 달렸다고 보았던 것이다.

두 정신과 전문의인 프랭크 미니스와 폴 메이어 Frank Minirth & Paul Meyer 의사는 이러한 문제에 대하여 연구한 후 같은 결론을 내리고 『행복은 선택이다 Happiness is a Choice 』[37] 라는 제목의 책을 발간하여 50만 부가 넘는 베스트셀러가 되도록 하였다.

실제로 자신의 문제와 삶에 대해 자신이 책임감과 주인의식을 가지는 것은 중요한 일이다.

심리학에서는 통제 위치 Locus Control 라는 말을 잘 사용한다. 이것을 두 가지로, 즉 외적통제위치 External locus of control 가 있는 사람들과 내적통제위치 Internal locus of control 가 있는 사람들로 나눌 수 있다. 외적통제위치가 있는 사람들은 내 삶을 이끄는 것들이 다른 사람이나 운運 등 내 외부에 있다고 여기는 사람들이며, 내적통제위치가 있는 사람들은 자신이 자신의 삶을 결정하고 이끈다고 여기는 사람들이다.

외적통제위치가 있는 사람들은, 어려움이 생기면 자신의 책임은 생각지 않고, 다른 사람이나 환경에 책임을 전가하고 이유와 변명을 한다. 반면에 내적통제위치가 있는 사람들은 자신의 책임감을 느끼고 자신감과 효능감이 높다.

---

37 Minirth, F. B., & Meier, P. (1978). Happiness Is a Choice. Grand Rapids, Mich.: Baker Book House.

이 두 가지 중에 심리학자들은 일반적으로 내적통제위치를 가진 사람들이 심리적으로 더 건강할 수 있다고 본다.

외적 요인들로 책임을 돌려봤자 바뀌지 않는다. 반면에 내 안에서 원인을 찾고 자신의 잘못된 것들을 고쳐나가고 대처 방안을 찾는 것이 시련을 극복할 수 있는 지름길이 될 수 있다.

동기 부여 전문가 존 밀러 John Miller 의 "우리가 서로 비난하는 것을 그치고 개인적인 책임을 실천하기 시작할 때까지는 완전한 잠재력에 도달할 기회가 없다."는 말을 되새겨 볼 필요가 있다.

그래서 나는 "~ 때문에"라는 말보다 "~ 함에도 불구하고"라는 말을 우리가 더 하여야 한다고 생각한다. 그러한 사고와 태도를 가지고 살아갈 때 시련들을 더 잘 극복할 수 있고 더욱 성장하고 강하여지게 된다. 어떤 상황에서든 우리에게는 선택할 수 있는 자유가 있다. '변화의 문을 여는 손잡이는 자기 안에 있다.'는 말과 같이.

에이브러햄 링컨 Abraham Lincoln 대통령의, "대부분 사람들은 그들이 마음먹는 만큼 행복하다." 말과 같이 행복은 마음먹기에 달려 있고, 그것은 선택 가능한 것이다.

보지도 듣지도 말하지도 못하는 삼중고 三重苦 를 겪었던 헬렌 켈러 helen keller 는 다음과 같이 말한다. "당신의 성공과 행복은 당신에게 달려 있다. 행복해지기로 결심하라. 그러면, 당신의 기쁨과 당신은 어려움을 대항하는 무적의 주체로 만들게 될 것이다."

유태인 정신과 의사인 빅토르 프랭클 박사는 나치에 의해 아우슈비츠 수용소에 끌려갔다. 아내와 다른 가족들이 수용소에서 죽었지만, 그는 살아남았다. 그는 그 경험을 말하면서 "사람에게는 어떠한 상황에서도 자신의 태도를 선택할 자유가 있다."고 했다.

인간으로서 최악의 삶의 조건 가운데서, 어떤 사람들은 다른 사람들의 음식을 훔쳐먹고 자식도 아버지가 죽어도 모른 척하는 등 야수와 같이 변하는 사람들이 있었다.

그와 반면에, 어떤 사람은 다른 사람을 위해 자신을 희생하는 사람들이 있는 것을 보았다. 어떤 사람들은 비명을 지르며 가스실에 들어갔고, 다른 사람들은 감사의 기도문을 외우면서 평안히 들어가는 것이었다. 그런 모습들을 보며, 운명이 사람에게서 모든 것을 다 뺏어간다 할지라도 한 가지 빼앗아 갈 수 없는 것이 있는데 그것은 자신의 태도를 선택할 수 있는 자유라고 하였다. 아우슈비츠 수용소에서조차 자신의 태도를 선택할 자유가 있었던 것이다.

또한 하버드대학의 저명한 심리학자이며 철학자인 윌리엄 제임스 William James 는 "내 세대의 가장 중요한 발견은 태도를 바꿈으로 인생이 변화될 수 있다는 사실이다."고 말한다.

우리가 어떤 종류의 어려움 가운데 있다 할지라도 앞에서 언급한 바와 같은 시련의 결과 4가지 굴복, 생존, 회복, 번영 중 하나를 선택할 수 있다.

사실, 인생사에서 나쁜 일이 좋은 일이 될 수 있고, 좋은 일이 나쁜 일이 될 수 있다. 절대적 선이란 없다. 선택과 태도에 따라 과정과 결과는 변화한다. 그래서 다음과 같은 작자미상의 말이 있다.

"당신의 생애 가운데 어떤 날을 탓하지 말라. 좋은 날들은 당신에게 행복을 줄 것이며, 나쁜 날들은 당신에게 경험을 준다. 최악의 날들은 당신에게 교훈을 준다."

자, 그러면 우리가 시련을 겪을 때, 어떻게 그 시련을 넘고 회복 이상으로 번영할 수 있을까?

그것은 모두 어떻게 보는가에 달려 있다.

시련과 행복

임종을 앞둔 환자 연구로 저명한 정신과 의사인 엘리자벳 퀴블러-로스 Elisabeth Kubler-Ross 박사의 책, 『인생수업 Life Lessons [38]』에는 열여덟 살 된 아들을 둔 한 어머니가 경험하였던 이야기가 나온다.

매일 저녁 그녀가 집에 돌아오면 아들은 여자 친구에게서 받은 보기 싫은 티셔츠를 입고 식탁에 앉는 것이다. 이 엄마는 이웃 사람들이 아들이 입은 티셔츠를 보고 옷도 제대로 못 입힌다고 흉볼까 봐 내심 걱정이 되었다. 그래서, 매일 저녁 티셔츠로부터 시작하여 이것 저것 꼬투리를 잡아 혼내고 언성이 높아졌다. 그래서 아들과의 관계는 늘 좋지 않았다.

---

[38] Kubler-Ross, E., & Kessler, D. (2000). Life lessons : two experts on death and dying teach us about the mysteries of life and living. Scribner.

그런데 어느 날 퀴블러-로스 박사의 죽음에 대한 세미나를 참가한 후 돌아오며 생각해 보았다.

"만일 내가 내일 당장 죽는다면, 내 삶에 대해 어떤 생각이 들까?"

돌이켜 보며, 그런대로 괜찮았다는 생각이 들었다.

"만일 아들이 내일 죽는다면 어떻게 느끼게 될까?"

그러자 그동안 두 사람 관계에 대해 크나큰 후회와 상실감과 같은 감정들이 몰려왔다.

"만일 아들이 죽는다면, 그 티셔츠를 그의 관에 넣어야 하지 않을까? 아마 그렇게 하게 될 거야. 이유야 어찌 됐든 그 건 그 애가 좋아하는 옷이니까. 그것이 그 애를 존중하는 일이 될 테니까. 그런데 아이가 죽고 나면 애가 좋아하던 것을 해 줄 거면서 살아 있는 지금은 왜 안 해주지?"

그러면서, 갑자기 그 티셔츠가 아들에게는 큰 의미가 있을 것이라는 생각이 들었다.

"어떤 이유에서건 그 아이가 좋아하는 것이니까."

그날 밤 집으로 돌아가서 아들에게 그 티셔츠를 마음대로 입어도 좋다고 말해 주었다. 그리고 아들을 있는 그대로 사랑한다고 말하였다. 아이를 고치려 하지 않고 있는 그대로 사랑하였을 때, 정말 좋았다. 아들은 있는 그대로 사랑스러웠다. 정말 행복했다.

매일 불행하게 살던 엄마는 하루아침에 행복한 사람으로 바뀌었다. 믿기 어렵게도 쉽게 변화되었다. 바뀐 것은 하나도 없었다. 단지 죽음 앞에서의 자신과 아들을 바라본 것뿐이었다.

이 실화는 불행한 사람이 행복해지고 치유되고 삶이 변하는 것이 시야의 변화로 인해 아주 쉽게 이루어질 수 있다는 사실을 보여준다.

그럼, 행복이란 무엇인가?

행복의 사전적 정의는 '만족감에서 강렬한 기쁨에 이르는 모든 감정 상태를 특징짓는 안녕의 상태'라고 한다.

행복은 누구나 원하는 것으로 행복 연구의 권위자로 손꼽히는 심리학자 애드 디너 Ed Diener 박사는, "역사를 통틀어 철학자들은 행복을 인간 행동의 가장 좋고 궁극적인 동기"로 간주하였다고 하였다.

그러면, 무엇이 행복을 가져다줄까?

'경제적으로 부유해지면, 행복해질 것이다.'라는 생각을 하는 사람들이 많다. 그러면, 경제적 수준이 높을수록 행복감도 증가하는 것일까? 소득과 행복의 연관성 조사한 연구결과에 따르면 행복감은 소득이나 재산에 비례하지 않는다는 것이 밝혀졌다. 돈은 가난을 벗어나서 의식주와 질병 치료와 같은 기본적 욕구를 채울 때까지만 행복감에 큰 영향을 미치지만, 그 후부터 행복감에 미치는 영향은 미미하다는 것이다.

객관적으로 판단되는 국가의 국민소득과 행복지수와는 비례하지 않는 경우들이 종종 있는데, 특히 한국에 대한 조사결과에서 확연하게 드러난다. 한국은 경제적인 큰 성공에도 불구하고 주관적 행복지수가 크게 낮다. 이렇게 낮은 한국의 행복지수는 크게 물질주의와

경쟁적 환경이 심하고 문화적 환경 영향 때문으로 보인다.

돈과 명예와 권력 등과 같은 외부적인 요인들로 행복감을 얻고자 하는 사람들은 한계효용체감의 법칙에 따라 어느 정도가 지나면 행복감을 더 크게 느끼지 않게 된다. 그리고 더 가진 사람들과 비교하여 상대적 부족감을 느끼는 경우가 많다. 물질적인 가치를 지나치게 추구하는 사람들의 행복감은 그렇지 않은 사람들보다 낮았다. 나 자신의 즐거운 감정에 집중하여 추구하다 보면, 다른 사람과의 관계가 멀어질 수 있고, 그것은 행복감을 떨어뜨리게 된다.

많은 연구 조사들에 의하면, 행복한 사람들은 행복하지 않은 사람들보다 경제적 성공, 협조적인 인간관계, 정신적 건강, 효과적인 대처, 신체적 건강, 장수와 같은 삶의 여러 중요 분야에 있어서 더 나은 결과를 보여 주는 것으로 나타난다.

다양한 연구들은 사람들이 이러한 더 나은 결과로 인해 행복하여진 것이 아니고 행복이 종종 이런 긍정적인 결과들 앞서 있었던 것을 보여 준다.[39] 다시 말해, 행복하였기에 삶에서 더 나은 결과들을 얻게 되었다는 것이다.

그러므로 행복한 삶은 건강하게 더 오래 살고, 사회적, 성공적으로 살 수 있도록 이끌며, 개인의 행복감이 사회 전반에까지 긍정적 영향력을 끼치게 되는 중요한 역할을 하게 된다.

---

39 Lyubomirsky, S., King, L., & Diener, E. (2005). The benefits of frequent positive affect: Does happiness lead to success? Psychological Bulletin, 131, 803-855.

제 1부 좋은 것을 바라보라

이러한 현상은 노스 캐롤라이나 대학교의 바버라 프레드릭슨 Barbara Fredrickson 교수의 '긍정 정서의 확장 및 구축 이론 The Broaden-and-Build Theory of Positive Emotions'에서 설명할 수 있을 것이다.[40] 이 이론에 의하면, 기쁨, 감사, 희망, 사랑과 같은 긍정 정서는 두려움이나 걱정과 우울과 같은 부정적 정서 상태와 달리 사람의 마음과 생각을 열어주고 수용성과 창의성을 높여줌으로써 새로운 기술과 인맥, 지식 및 존재 방식을 발견하고 구축하도록 도와주고, 장기적인 성공과 웰빙을 위한 자원들을 만들어 준다. 이렇게 긍정정서는 건강, 장수, 부, 성공과 같은 결과를 얻도록 자원들을 구축하도록 돕는다는 것이다.

미국심리학회장을 역임하였고 긍정심리학의 아버지로 불리우는 마틴 셀리그만 Martin Seligman 박사는 행복은 즐거운 삶 Pleasant Life, 좋은 삶 Good Life, 의미 있는 삶 Meaningful Life 이라는 3종류의 삶을 통해 얻어지는 것으로 묘사하였다.[41]

즐거운 삶은 좋은 집이나 차, 맛있는 음식, 쇼핑 등 감각을 즐겁게 하는 삶이며, 좋은 삶은 자신의 강점과 덕성을 개발하고 잘하는 일에 몰두하여 즐기고 자신감이 높아지는 삶이며, 의미 있는 삶은 자신의 장점을 자신보다 더 큰 목적을 위하여 헌신함으로 성취감을 깊

---

40 Fredrickson, B. (2001). The role of positive emotions in Positive Psychology: The broaden and build theory of positive emotions. American Psychologist. 56(3): 218-226.

41 Seligman, M. (2004). Authentic Happiness. New York: Atria Books.

이 느끼는 데서 행복을 느끼는 삶이다. 이러한 행복을 단계로 나눈 다면, 즐기는 삶에서 행복을 느끼다가 좋은 삶에서 행복을 느끼고, 더 나아가 마지막으로 의미 있는 삶에서 행복을 느끼게 되는 단계 로 발전하게 된다고 한다.

현대 사회는 지구촌 시대라 세계적 차원의 경쟁 및 불확실성의 시 대이다. 그로 인해, 현대에 사는 사람들은 100년 전 살았던 사람들 보다 약 10배 스트레스를 많이 받고 산다는 말이 맞는 듯하다.

그 말이 실감 나는 것은 오늘날 우리는 거대한 변화의 소용돌이 속에 살고 있기 때문이다. 세계화와 빠른 속도로 진행되고 있는 4차 산업혁명 물결 속에 우리는 지금 무한경쟁, 급격한 변화의 시대를 살고 있다. 바로 어제 발명된 신기술이 내일이 되면 낡은 기술이 될 정도로 혁명의 속도는 빠르다.

이런 급격한 변화는 어느 때보다 높은 불확실성을 야기하고 있고, 어느 때보다 극심한 삶의 불안감을 낳고 있다.

그 결과, 세계적으로 스트레스성 질병들 및 정신질환자들이 급증 하고, 자살률 역시 높아지고 있다. 미국 질병 통제 예방 센터 CDC 에 따르면, 모든 의사 방문 요인 중 스트레스가 75%를 차지한다고 추정 하고 있고, 직업 건강 및 안전 뉴스 Occupational Health and Safety news 및 전국 보험위원회의 보험 보상 National Council on compensation of insurance 에 따르면 주치의에 대한 모든 방문 중 최대 90%가 스트레스 관련 불 만 사항이다.

특히, 한국인들은 스트레스 지수와 자살률이 세계 최고 수준이다. 이런 스트레스가 많은 사회에서 스트레스와 시련과 고난을 잘 극복해나가지 못하면 행복할 수도 건강할 수도 없다.

그래서 스트레스와 연관하여 '복원력 Resilience'이라는 말은 근자에 심리학자들이 많이 사용한다. 그것은 시련을 당하여 내려간 후에 다시 튀어 오르는 능력을 말한다. 복원력이 주목을 받는 이유는 복원력이 높은 사람일수록 역경을 잘 극복하고 역경 후에 이전보다 더 성장하고 발전하기까지 하기 때문이다.

그래서 커뮤니케이션 전문가인 폴 스톨츠 Paul Stoltz 박사는, "21세기 들어 지능지수보다는 역경지수가 높은 사람이 성공하는 시대가 왔다."고 말한다.

스톨츠 박사는 어려움에 대응하는 사람들의 유형을 등산에 비유하여 다음과 같은 세 가지로 분류하였다. 포기하는 사람 퀴터: Quitter, 안주하는 사람 캠퍼: Camper, 도전하는 사람 클라이머: Climber.[42]

'포기하는 사람'은 역경지수가 낮은 이들로 산에 오르다 힘들면 등반을 포기하고 내려가고 만다. 이들은 어려움이 나타나면 극복하고자 하는 동기부여가 되어 있지 않은 유형이다. '안주하는 사람'은 장애물을 만나면 피하거나 그 자리에서 더 이상 오르기를 멈추고 그 자리에 머무는 사람들을 말하며, 보통 조직의 80% 정도가 이 부류에 속한다.

---

42 Stoltz, P. (1997). Adversity quotient: Turning obstacles into opportunities. New York: Wiley

마지막으로 어려움이 생기면 자신의 능력을 십분 발휘해서 그것을 정복하려고 하는 '도전하는 사람'이 있다. 이들은 어려움을 만나면, 적극적으로 문제를 해결하고자 하고 그것을 오히려 즐기기도 한다. 불리한 환경을 통해 자신을 더욱 발전시킬 수 있는 사고방식과 태도를 갖춘 사람들이다.

폴 스톨츠 박사는 성공을 하기 위하여 갖추어야 할 3가지 지수인 지성지수 IQ, 감성지수 EQ, 역경지수 AQ 중에서, 성공하는 사람들에게 나타나는 가장 강한 힘이 시련과 절망, 실패를 딛고 일어나는 힘을 보여 주는 역경지수라는 것이다.

그래서 폴 스톨츠 박사는, "사실, AQ는 IQ, 교육 또는 사회적 기술 EQ 보다 성공을 달성하는 데 있어 더 나은 지수이다."라고 한다.

사람들은 누구나 시련과 역경을 통하여 배우고 성장한다. 그러므로 시련과 역경은 보다 성숙한 인물이 되는 것에 필요한 과정이라 할 수 있다.

이와 관련하여 미국 심리학자 에이브러햄 매슬로 Abraham Maslow 는, "삶에서 가장 중요한 배움은 비극, 사망, 장애의 경험으로, 그것들은 삶을 보는 시야를 바꾸게 하고, 결과적으로 그가 한 모든 것이 변하도록 만든다."고 하였다.

나의 시련의 경험 역시 마찬가지 역할을 하였다. 나는 10대로부터 20대에 걸쳐 여러 해 병고로 많은 고통을 겪으면서 평안을 찾았다. 지속되는 고통과 불안정과 미래에 대한 불안감이 겹쳐져 참되고 흔들리지 않는 평안을 갈구하였다.

그런 나에게는 예수님의 모습 중 가장 부러운 모습이 어떤 위험 앞에서도 흔들리지 않고 평안하셨던 모습이었다. 큰 풍랑이 이는 갈릴리 호수 뱃속에서 잠을 주무시고 자신을 십자가로 사형시키고자 하는 권력자들과 폭도들 앞에서도 동요하지 않고 평안하셨던 예수님이 정말 부러웠다.

그러다 목숨을 걸고 무기한 금식기도를 시도한 후에 하나님을 만났을 때 나의 시야는 변하였고, 참된 평안을 맛볼 수 있었고, 그뿐 아니라 넘치는 기쁨과 행복감을 느낄 수 있었다.

그리고 그것은 시련이 아니고서는 얻을 수 없었던 평강과 기쁨과 행복감이었고, 보이는 환경이나 상황을 초월한 보이지 않는 것을 보는 영적 시야를 통하여서만 얻을 수 있는 초월적인 것이었다. 흔들리지 않는 행복 역시 세상을 초월하는 영적인 힘으로부터 나온다.

아인슈타인이 "문제의 해결은 문제와 같은 수준에 있지 않고 다른 차원에 있다."고 한 말처럼 고난의 답은 한 차원 높은 영적인 곳에 있다.

하버드대학교의 심리학자인 윌리엄 제임스 William James 박사는 말한다. "행복! 행복! '종교'는 사람이 그 선물을 얻을 수 있는 방법 중 유일한 길이다. 그것은 쉽고, 영구히, 성공적으로, 종종 가장 참을 수 없는 비극을 가장 완전하고 가장 지속적인 행복으로 변화시킨다."

스트레스 연구로 저명한 뉴욕대학교 심리학자 수잔 코바사 Suzanne Kobasa 박사는 스트레스에 대한 연구에서 결론짓기를, 스트레스의 강도나 사회적 지원 여부보다는 개인의 사람됨이 사건의 결과에 더

영향을 미친다고 하였다.[43]

그것은 외부 환경이나 스트레스 요인보다 나 자신을 변화시킴으로 인하여 결과를 좋게 만들 수 있다는 것을 시사한다.

나 자신도 10여 년 고통과 씨름하면서 20대 후반에 얻게 된 깨달음은 "인생에서 진정 중요한 것은 어떤 시련을 겪느냐가 아니라 그 시련에 어떻게 반응하는가"이었다. 왜냐하면, 같은 시련을 겪어도 반응과 사람에 따라 그 결과가 천양지차가 나는 것을 많이 보았기 때문이다.

스트레스가 병을 일으킨다고 많이 알려졌지만, 스트레스 요인 자체가 건강 문제를 일으키지 않는다. 실상 문제가 되는 것은 우리가 그것을 어떻게 바라보고 어떻게 해석하느냐에 달려 있다.

심리학자들은 스트레스 문제 자체는 결과에 10% 영향을 미치고, 사건에 대한 해석과 반응이 90% 영향을 미친다고 한다. 그리고 장기적 행복의 90%는 외부 세계에 의해서가 아닌 뇌가 외부 세계를 어떻게 받아들이고 반응하는가에 달려 있다고 한다.

미국에서 10년 동안 1,700명을 추적한 한 연구에 의하면 불행한 결혼생활을 겪으면서 감정까지 억제한 여성들은 감정을 표출하며 지낸 여성보다 4배나 사망률이 높았다.[44]

---

43 Kobasa, S. C., Puckett, & M. C. (1983). Personality and social resources in resistance. Journal of Personality and Social Psychology, 45, 839–850.

44 Eaker, E. D., Sullivan, L. M., Kelly-Hayes, M., D'Agostino, R. B., & Benjamin, E. J. (2007). Marital Status, Marital Strain, and Risk of Coronary Heart Disease or Total Mortality: The Framingham Offspring

또한, 펜실베니아 주립대 연구진에 의하면, 스트레스 요인에 대해 어떻게 반응하는가가 향후 10년 후 건강에 영향을 미친다는 것이다.[45]

연구진은 2,000명을 대상으로 전화통화 조사와 스트레스 호르몬인 코르티솔 cortisol 의 분비 정도를 알아내기 위해 통화자의 타액 조사를 통하여 10년 전 일어난 일들과 현재 건강상태 사이에 상관관계가 있음을 발견하였다.

연구진은 일상에서 일어나는 스트레스의 요인들로 인해 감정이 상하고, 그러한 상태를 유지하는 사람들은 10년 후 관절염이나 심장혈관 관련 질병과 같은 만성질환을 겪을 확률이 더 높다는 점을 밝혀냈다.

이 연구는 스트레스 요인에 대한 노출을 감소시키는 것에서 답을 찾을 것이 아니라 더 나은 스트레스 관리법을 찾아야 할 것임을 보여준다.

이와 같이, 과학자들은 생각하는 방식을 변화시키는 것이 건강을 증진시키는 최고의 방법 중 하나임을 발견하고 있다.

각종 연구들은 긍정적인 생각 낙관주의, 자신감, 통제감, 감사 등 은 건강에 아주 유익함을 보여 준다. 그것은 면역, 질병 민감성 및 수명에까지 긍정적인 영향을 미친다는 것이다.

Study. Psychosomatic Medicine 69:509−513.

45 Piazza, J. R., Charles, S.T., Sliwinski, M.J., & Almeida, D. M. (November 2, 2012). Reactions to everyday stressors predict future health. ScienceDaily.

좋은 것을 바라보기

동기부여 전문 강연자 키스 해럴 Keith Harrell 은 그의 책 『태도의 경쟁력 Attitude is Everything 』에서 자신이 어렸을 때 말을 더듬은 경험을 나누었다.

그가 유치원에 간 첫날 자기소개를 하게 되었을 때 말을 심히 더듬었고, 아이들은 놀려대었다. 그는 도중에 집으로 달려와서 엄마에게 울먹이며 말했다.

"나는 말을 못해요. 그래서 아이들과 어울리지 못해요."

엄마는 대답하였다.

"선생님께서 전화하셔서 이야기를 들었단다. 그런데 애야. 좋은 소식을 알려주마."

그는 울음을 그치고 생각했다.

'무슨 좋은 소식? 이제 유치원에 안 가도 되나?'

엄마가 말했다.

"좋은 소식은 네가 자기소개를 했다는 거야. 엄마는 네가 자랑스럽구나. 네가 당당하게 자기소개를 했고 최고 실력을 발휘하지는 못했지만 그건 별문제가 아니야. 우리가 함께 열심히 노력하면 어느 날 모든 애들이 네가 네 이름을 크고 분명하게 말하는 것을 듣게 될 거야. 네가 특별하다는 것을 결코 잊지 말아라."

부정적인 사건에서 긍정적인 면을 찾아 강조한 엄마의 전략은 부정적인 사건을 긍정적인 사건으로 바꾸어 주었다. 그는 갑자기 말더듬이가 아닌 도전하는 용기 있는 남자아이로 변하였다. 그는 새로운 생각과 태도를 가지게 되었고 희생자가 아닌 승리자로 변하였다.

키스 해럴은 엄마의 자신을 항상 그렇게 긍정적으로 대한 태도가 말더듬이였던 자신을 세계적인 강연자로 변화시켰다고 한다.

사람들을 변화시키는 2가지 큰 동기유발 요인으로 '두려움'과 '즐거움'을 꼽을 수 있다. 그 중, 두려움은 일시적으로 변화를 일으킬 수 있으나 자발적인 변화가 아니기에 지속성이 떨어진다.

나 자신이 사람들에게 건강습관 변화를 가르치면서 깨닫게 된 것은 '사람들은 좋아하는 것을 위해 살아간다.'는 것이다. 암에 걸린다든지 고통이 닥치면 두려운 결과를 피하기 위해 변화를 시도하지만, 자신이 진정 좋아하고 자원하는 변화가 아니면 조금 지나 두려움이 사라지면 다시 이전으로 돌아간다. 때로는 위험을 감지하고도 좋아하는 것을 버리지 못하는 경우도 종종 보게 된다.

그러므로 문제에 초점을 맞추기보다 더 좋은 것에 초점을 맞추어서 내면적으로 자발적인 변화를 가져와야 지속적이고 진정한 변화를 경험할 수 있다.

성경은 "범사에 헤아려 좋은 것을 취하라 Test all things; hold fast what is good, 데살로니가전서 5:21 "고 한다.

이것저것 헤아려 보고는 그중 좋은 것에 초점을 맞추고 그것을 놓치지 말고 꽉 붙들라고 하는 것이다. 그런데 많은 사람들이 그와 반대로 "범사에 헤아려 나쁜 것 과거의 나쁜 기억, 현재의 문제들, 미래의 두려운 장면 을 취하여" 불행하게 살고 있다.

이것이 많은 사람들이 불행하게 살고 있는 이유이다. 그렇다면, 매일의 삶에서 부정적인 문제들을 만날 때, 어떻게 할지 한번 살펴보자.

세계적인 베스트셀러이며 한국에서도 큰 반향을 일으킨 책『칭찬은 고래도 춤추게 한다 Whale Done!: The Power of Positive Relationships 』는 고래 훈련의 원리를 통하여 긍정적인 삶을 위한 효과적인 방법을 설명하고 있다. 이 책에서는 고래를 조련사가 원하는 대로 움직이게 훈련시키는 3단계 전략을 다음과 같이 설명한다.

❶ 신뢰 관계를 구축한다.
❷ 긍정적인데 초점을 맞춘다.
❸ 잘못하면 처벌하는 것보다 목적한 방향으로 방향전환시키는 데 초점을 맞춘다.

제 1부 좋은 것을 바라보라

특별히 이 책에서 강조하는 것은 긍정적인데 초점을 맞추고, 잘못할 때 잘못한 것에 초점을 맞추고 질책하기보다는 좋은 방향으로 이끌며 격려하고 칭찬하는 데 초점을 맞추는 것이다.

그런데 긍정적인데 초점을 맞추는 것이 좋다는 것을 안다 할지라도 그것을 실천하는 것은 쉽지 않다. 부정적인 것밖에 보이지 않는 상황에서 어떻게 긍정적인 것에 초점을 맞출 수 있을까?

앞서 키스 해럴과 엄마의 경험과 같이 부정적인 사건에서 긍정적인 면을 찾아 초점을 맞추는 것이다.

특별히 주의해야 할 것은 긍정적인 감정과 좋은 관계를 유지하는 것은 성공 여부를 좌우하는 관건이 될 수 있다. 행동심리학은 두려움과 수치심, 자기존중감 저하, 거리감과 같은 부정적인 감정이 발생되는 질책이나 제지 등 부정적인 면에 초점을 맞추는 방법은 긍정적인 면에 초점을 맞추고 기대와 칭찬과 격려하는 방법만큼 효과적이지 못하다는 것을 보여 준다.

1960년대, 하버드대학교 로버트 로젠탈 Robert Rosenthal 박사는 실험[46]에서, 한 초등학교 교사들에게 그들이 지도할 학생들이 '지적능력이나 학업성취의 가능성이 가장 높은 아이'임을 믿게 하였다. 그러나 사실은 무작위로 선발한 다른 반 아이와 똑같은 집단이었다. 그런데 8개월 후 놀랍게도 80%의 학생들이 다른 반 평균보다 점수가 높게 나오고, 학교 평균도 크게 높아졌다. 이는 학생들에 대한 교사의 기

---

46 Rosenthal, R. & Jacobson, L. (1968). Pygmalion in the Classroom. New York: Holt, Rinehart & Winston.

대와 격려가 크게 작용한 것이다.

피그말리온 Pygmalion 효과로 불리는 이것은 기대와 칭찬 그리고 격려가 갖는 중요성을 깨닫게 해준 것이라 할 수 있다. 즉 긍정의 놀라운 효과를 보여주는 것이다. 무언가를 바라고, 그것이 이루어질 것이라는 간절한 기대는 현실을 변하게 한다.

나쁜 습관이라고 생각하는 바를 비판함으로써 다른 사람을 개혁하고자 시도하는 일은 별로 효과를 거두지 못한다. 그런 노력은 흔히 큰 부작용을 가져오고 관계가 나빠지게 한다.

성적이 왜 떨어졌느냐는 부모의 꾸중을 듣고 가출하거나 자살하는 청소년 소식이라든지, 잔소리로 인한 부부싸움 끝에 이혼 심지어 살인 등 불행한 일이 발생하는 등 간섭, 비판, 질책, 통제 등으로 빚어지는 부작용 소식을 흔히 접하게 된다. 이러한 사례들은, 부정적인 면에 초점을 맞춘 해결 방법이 오히려 더 부정적인 감정을 야기시켜 빚어진 결과인 것이다.

잘못된 점에 초점을 맞추고 교정하려다 보면, 화나게 되거나, 낙심하게 되고, 부정적인 면을 계속 생각하게 만들어서 원래 의도와 달리 부정적인 방향으로 변하게 된다. 또한, 두 사람 관계에 거리감이 생기게 하고 더 악화되기 십상이다.

그래서 우리는 가족부터 더 나아가 우리가 접하는 사람들에게 믿음으로 긍정적 치유 방법을 사용하여야 효과적이고 진정으로 우리가 원하는 것들을 얻게 될 것이다.

한번은 게임 중독에 빠져 전교 꼴찌인 아들을 전교 1등으로 만든 어머니가 자신의 비결을 방송에서 공개하는 것을 본 적이 있다.

고등학교 1학년 때 아들은 학교가 재미없다고 학교를 자퇴하고 프로 게이머가 되겠다고 떼를 썼다. 고민하던 엄마는 제주도에 함께 여행 가서 첫날은 왕같이 먹이고, 둘째 날은 거지 같이 잠만 재웠다.

"이게 뭐야 엄마?"

아들이 투덜거렸을 때, 엄마는 말했다.

"네 미래는 네게 달려 있다. 왕같이 살 수도 있고, 거지같이 살 수도 있다. 네게 선택할 자유가 있어. 네 인생은 네게 달려 있고 네가 책임져야 할 거야"

"꼭 공부해야 돼?"

"아니, 네가 좋아하는 거 해. 다만, 가족회의를 하고 한 달만 사람들의 의견을 충분히 듣고, 결정해라."

아이는 한 달 동안 사람들의 말을 많이 들은 후에 게임 대신 공부에 몰두하였고 고등학교 3학년에 전교 1등을 하고 명문대학교 인기 학과에 4년 장학생으로 합격하였다.

엄마는 자신의 비결로, 첫째, 아들을 믿어줬다고 한다. 그리고 자신이 먼저 변했다고 한다. 아들과 함께 공감을 나누려고 힙합, 여행, 요리와 같은 다른 재미있는 것들을 함께 하였다고 한다.

둘째, 질문과 경청, 피드백을 하는 대화를 계속하였고, 잘하면 칭찬하고 못하면 격려하였더니 아들과 싸울 필요가 없었고, 아들은 서서히 변하였다고 한다.

이 엄마는 아들이 미래를 바라보도록 하였고, 선택의 자유를 주고 그 결과를 스스로 책임져야 할 것을 깨닫게 하였다. 그리고 고래 훈련의 방향전환 방법처럼 신뢰 관계를 구축하고 좋은 것에 초점을 맞춤으로 아들의 놀라운 변화를 이루어 내게 되었다.

뇌신경과학에 의하면, 인체 내에서 정보전달은 뇌세포의 가지돌기 신경 세포에서 세포질이 나뭇가지처럼 뻗은 것 를 통하여 축삭 신경세포에서 뻗어나온 긴 돌기 을 지나서 기관이나 근육의 운동신경세포의 끝 부분인 종말단추 축삭의 끝에 위치하여 신경전달물질을 가지고 전달 를 통하여 전달된다. 단추와 유사한 모양인 부톤은 습관이 반복될수록 굵어져서 커진다.

한번 습관화되어 굵어지고 커진 이 길은 시간이 지나도 없어지지 않는다. 없애려고 해도 없어지지 않는다. 다만 다른 새로운 길을 만들어서 새 습관으로 대체되어 새 길이 활성화되다 보면 옛길은 절로 잊혀지고 퇴화된다.

앞 사례의 아들이 게임 중독이 되었던 길이 사라지지 않지만, 새로운 더 좋은 길로 대체되었을 때 그것은 잊혀지는 것이다.

부부 관계 등 대인 관계의 문제 역시 마찬가지이다. 부딪치게 된 차이점과 부정적인 문제에 초점을 맞추게 되면 더 악화되지만 긍정적인 점에 초점을 맞추고, 문제가 생길 때 좋은 쪽으로 방향전환을 시도하고, 나 자신부터 상대의 좋은 점을 보고 기대와 칭찬과 격려를 하는 것이 관계회복의 첩경이다.

사람마다 일정한 사고 패턴, 습관이 있어서 낙관적인 사람은 낙관적으로, 비관적인 사람은 비관적으로 바라보고 해석하고 대처한다. 같은 반 컵의 물을 보면서 비관적인 사람은 반밖에 없다고 보고, 낙관적인 사람은 반이나 있다고 본다.

그러므로 우리가 행복하고 건강한 삶을 살려면, 보는 것을 잘하는 것이 결정적으로 중요하다. 시련 가운데서도 밝고 좋은 면을 찾고 바라보면, 마음이 긍정적인 방향으로 변하고 건강도 증진되고 행복해지지만, 어둡고 나쁜 면을 바라보면 마음도 부정적으로 변하고 건강도 나빠지고 불행한 삶을 살게 된다. 그래서 범사에 헤아려 항상 좋은 것을 바라보도록 자신을 훈련시켜야 한다.

사람은 쉽게 변하지 않고 마음먹어도 변하기 어렵다는 사실을 받아들이고 상대를 있는 그대로 받아들이고 좋은 점을 찾아 칭찬하고 격려해 주는 것이 관계 개선의 지름길이다.

어느 날, 춘천 문화방송국에서 가정문제 방송을 여러 해 동안 하셨던 최형복 목사님은 방송 후에 상담 요청 전화를 받았다. 만나 보니, 남편이 의처증으로 때려서 견딜 수가 없어서 이혼하겠다는 사연이었다.

그래서 남편을 칭찬해보라고 권하였다. 그랬더니 "미워 죽겠는데 무슨 칭찬이 나옵니까?" 하였다. 그래도 옛날 연애하고 결혼하던 시절 좋아하던 적이 있었지 않는가? 남편이 잘하는 일이 있지 않느냐, 예로 옷을 단정히 입는다든가 구두가 깨끗하다든가, 넥타이를 바르게 매는 일 등 칭찬거리를 찾으라고 했다.

그러자 그 부인은 다시 "미워 죽겠는데 무슨 칭찬입니까?" 하고 다시 반문하였다. 그래도 꾹 참고 한 달만 하라고 했다. 아내는 억지로 했다. 갑자기 달라진 아내의 모습에 처음엔 의심하던 남편이 칭찬이 지속되고 진지한 아내의 태도에 감동되어 마음이 변했다. 정말 내가 아내를 잘못 봤구나 하면서 서서히 태도가 바뀌어 아내를 사랑하고 이해하였고, 아내도 남편에 대한 증오가 애정으로 변하였다.

몇 달이 지난 후 그 부인이 떡을 가지고 최 목사님을 방문하였다. 남편과의 관계가 궁금하여 부인에게 물으니 달라진 얼굴로 남편은 많이 변했고 지금은 자기를 사랑한다고 했다. 그때, 최 목사님이 부인에게 "이제 이혼하십시오. 처음 만났을 때 이혼으로 복수하겠다고 하셨으니까요."라고 하였다. 그랬더니 부인이 "이젠 제가 하기 싫어졌어요."라고 하였다.

바뱀바 Babemba 족은 남아프리카 고산지대 부족인데, 이 부족은 범죄율이 아주 낮아서 학자들의 연구대상이었다.

연구해보니, 그 비결은 마을에서 일탈행위자나 범죄자가 생기면, 역발상으로 부락민들이 그 사람을 공개적으로 칭찬 릴레이를 하는 기발한 의식에 있었다.

부족 중 한 사람이 잘못을 저지르면 그를 마을 한복판 광장에 데려다 세운다. 마을 사람들은 모두 일을 중단하고 남녀노소 할 것 없이 광장에 모여 죄인을 중심으로 큰 원을 이루어 둘러선다. 그리고 한 사람씩 돌아가며 모두가 들을 수 있는 큰소리로 한마디씩 외친다.

그 외치는 말의 내용은 죄를 지어 가운데 선 사람이 과거에 했던 좋은 일들이다. 그의 장점, 선행, 미담들이 하나씩 열거된다. 어린아이까지 빠짐없이 말한다. 모든 이웃이 그 범인의 현재의 잘못 대신, 그의 과거를 더듬어 찾아낼 수 있는 모든 선행을 소개하게 한다. 과장이나 농담은 일체 금지된다. 심각하고 진지하게 모두 그를 칭찬하는 말을 해야 한다. 말하자면 판사도 검사도 없고 변호사만 수백 명 모인 법정과 같은 것이다.

죄지은 사람을 비난하거나 욕하거나 책망하는 말은 결코 한마디도 해서는 안 되고, 반드시 좋은 것만 말하게 되어 있다. 몇 시간이고 며칠이고 걸쳐서 칭찬의 말을 바닥이 나도록 다하고 나면 그때부터 축제가 벌어진다.

실제로 이 놀라운 칭찬 폭격은 죄짓고 위축되었던 사람의 마음을 회복시켜주고 가족과 이웃의 사랑에 보답하는 생활을 하겠다는 눈물겨운 결심을 하게 만든다. 이런 방식은 사람의 심성을 개선하는 데 커다란 효과가 있다. 이것이 효과가 크다고 단정 짓는 이유는 이 마을에 범죄행위가 거의 없어서 이런 행사를 하는 일이 극히 드물다는 사실이 그 증거이다.

이 기발한 긍정적 치유방법을 자녀 혹은 부부 사이 등 가정이나 직장, 사회에서 실행해보면 어떨까?

책망하고 벌하는 것 이상의 효과가 있을 것이다.

저명한 하버드대 심리학자 윌리암 제임스는, "스트레스를 이기는 가장 강력한 무기는 다른 생각을 선택할 수 있는 능력이다."라고 하였다. 시련을 겪을 때, 부정적인 면을 보지 않고 긍정적인 면을 찾고 바라보는 것이 가장 강력한 전략이 될 수 있는 것이다.

시련 가운데 유익을 찾는 것은 '선택적 평가'로서 상황의 유익한 점들에 초점을 맞추는 것으로 그것은 시련의 희생자가 되는 가능성을 최소화시킨다.

수년 전, 한 주부가 인간관계로 너무 힘들고 스트레스를 받아서 아프고 식사도 제대로 못하고 있다고 방문해 달라는 요청을 지인으로부터 받아 방문한 적이 있다.

그분의 사연을 대략 듣고는 그분이 기독교인이므로 문제와 원인에 초점을 맞추어서 잘잘못을 분석하거나 고치려 하기보다는 그런 일이 일어나도록 허락하신 하나님을 바라보도록 권하였다. 하나님의 사랑과 시련을 통해 단련시키고 성장하고 축복하시려는 선하신 섭리를 보도록 권유하였다.

하나님은 시련을 통해 하나님을 찾고 알게 하시는데, 하나님을 아는 것은 영생을 얻는 것이다. 그러므로 시련을 통해 천국으로 부르시는 길이며, 그것을 온 가족에게 전하여 천국으로 이끌라고 하시는 부르심이라고 하였다.

그 주부가 시련을 넘어 하나님을 바라보고, 그분의 사랑과 섭리를 보게 되자 희고 창백하던 얼굴에 혈색이 돌고, 말에 힘이 있어졌고, 걷기도 힘들어하던 분이 집 밖 계단 위까지 배웅하였다.

이와 같이 진정 중요한 것은 무엇을 보는가이다.

*4*장 시련과 바라보기

시련을 긍정적으로
바라보기

'인생은 고해 苦海'라는 석가모니의 말이 있듯이 시련이 많은 세상이다. 그러므로 살다가 시련을 만나는 것은 자연스러운 일이다.

아무리 시련을 피하려 해도 갑작스럽게 만나 고통을 겪을 수 있다. 땅에서도 하늘에서도 바다에서도 대형 혹은 소형 사고들이 그치지 않고 일어나며 각종 질환, 경제적 시련, 이혼, 사별 등 다양한 고통스런 일들이 많다.

갑작스런 역경을 만나는 사람들이 그로 인해 분노, 좌절, 우울, 부인 등 반응을 일으킨다. 그중 많은 사람들이 '왜, 나에게 Why me?' 하는 질문과 씨름하게 된다.

그리고 나만 겪는 고통으로 여기면서 공평치 않다고 여기고 분노하고 좌절하는 등 그러한 생각들과 그로 인해 파생되는 감정들로 인하여 더욱 괴로움을 당하게 된다.

이러한 역경을 만날 때, '왜, 나는 아니어야 하나 Why not me?'하고 생각하는 것도 도움이 될 수 있다. 이 세상은 고해와 같고 다른 사람들과 마찬가지로 나도 역경을 만날 수 있다고 생각하고 분노하거나 부인하지 않고 그 역경을 받아들이는 것이다.

어려움과 고통이 없는 상태를 정상으로 생각하고, 고통이 생기는 것을 비정상으로 여기게 된다면, 어려움이 생길 때마다 힘들게 된다. '왜 나만 힘들지.' 하면서 형편이 나은 사람들과 비교하면 스트레스가 더 많이 쌓이고 짐이 더 가중된다. 그와 반면에 이 세상 사는데 '시련을 겪는 것은 자연스러운 일이다.'라고 생각하면 견디기가 훨씬 나아진다.

한 분이 IMF 경제위기 경험을 쓴 것을 신문에서 읽었다. 그분은 IMF 때 실직하고 너무 힘들었을 때, 아이가 전한 학교 선생님의, "다 함께 겪는 시련은 어려움이 아니다."라는 말을 듣고는 힘을 얻어 어려움을 이겼다고 하였다. 인생 살면서 시련은 누구에게나 다가오고 시련을 통하여 사람은 성숙하고 발전할 수도 있음을 아는 것은 큰 도움이 된다.

많은 사람들이 자신에게 고난이 없어야 하고, 고통은 부당한 것으로 보고 그것을 회피하려고 하기 때문에 더욱더 힘들어지게 된다. 그것을 회피하려다가 약물을 사용하기도 하고, 신경증 질환을 가지게 된다. 그러므로 고난을 어떻게 보는가 하는 것이 중요하다. 고난을 보는 시야에 따라 시련을 겪을 때 받아들이는 생각과 느낌도 다르고 반응도 달라지고 그 결과도 달라지기 때문이다.

일단 인생에서 시련과 고통을 자연스러운 일로 받아들인다면, 역설적으로 인생은 생각보다 고통스럽지 않고 시련을 축복으로 변화시켜 나갈 수 있는 힘과 여유를 얻을 수 있다.

우리가 일어날 사건들을 조절할 수 없으므로 일어날 사건들에 대하여 보다 생산적이고 좋은 방향으로 해석하고 반응할 수 있는 역량을 키우는 것이 우리 삶을 윤택하게 하고 성공적으로 이끄는 데 중요하다.

삶에는 고통이 많다. 그렇지만 고통이 없다면 어떻게 될까?

나는 허리가 이상이 생기거나 치아에 이상이 생겼는데 아프지 않다면 어떨까 상상해 본다. 그에 대한 답을 저명한 나환자 의사 폴 브랜드 Paul Brand 박사는 『고통은 선물 Gift of Pain 』이라는 책을 통하여 알려 준다.

그는 나환자의 경우 나병이 통증을 느끼는 능력을 파괴하여 손가락이나 발가락이 불에 타도 느끼지 못함으로 결국 그것을 잃게 되는 결과를 초래한다고 하며, "고통은 훌륭하게 고안된 훌륭한 체계이며, 하나님이 인간에게 주신 가장 놀라운 선물 가운데 하나"라고 한다.

미국 건국의 아버지로 불리우는 벤자민 프랭클린 Benjamin Franklin 이, "고통을 주는 것이 곧 교훈을 주는 것이다."라고 한 것과 같이,

인생이 피하려고만 하는 고통 가운데 많은 값진 보화들이 그 가운데 숨어 있는 것이다.

동양의 고전인 맹자 고자 孟子 告子 편에도 고난의 가치에 대하여 다음과 같이 말한다.

"하늘이 정히 큰 임무를 사람에게 내리려 할 때에는 반드시 먼저 그 심지를 괴롭히고 그 근골 筋骨 을 고되게 하며 그 배를 주리게 하고 그 몸을 궁하게 하며 그 하는 일을 방해하느니라."

헬렌 켈러는, "비록 세상이 고통으로 가득 차 있지만, 그것은 또한 고통의 극복으로 가득 차 있다. 성품은 쉽고 조용한 가운데서는 발달되지 않는다. 시련과 고통의 경험 가운데서만 영혼은 강해지고, 대망이 품어지게 되고, 성공이 달성된다."고 한다.

시련 자체를 받아들이지 못한다면, 고통스럽지만 그것으로 인하여 얻을 수 있는 여러 가지 배움과 좋은 점들을 얻을 수 있는 기회를 받아들일 수 있는 문을 닫는 것과 같다.

로마의 철학자였던 세네카 Seneca 는 역경 없는 인생에 대해 이와 같이 말한다.

"나는 그대를 불행하다고 여기오. 그대는 불행해 본 적이 없기 때문이오. 그대는 역경 없이 인생을 통과했소. 아무도 그대의 능력을 알 수 없을 것이오. 그대 자신조차 말이오."

실제로, 시련을 겪기까지 자신의 약점을 모르는 경우가 많고, 시련을 통해 그것을 이기고자 분기하는 과정을 통하여서만 개발되는 능력도 있다. 시련을 극복하고 뛰어오르고자 하는 희망과 비전은 인간의 능력을 한층 증대시킨다.

이러한 과정을 통하여 이전에 생각지 못한 생애를 경험하는 사람들이 많이 있다. 폴란드 언론인 라이스자드 카푸스신스키 Ryszard Kapuscinski 는 말한다. "인생은 고통, 손실을 겪고, 역경을 견디고, 패배를 거듭하여 비틀거린 사람에게만 진정으로 알려진다 Life is truly known only to those who suffer, lose, endure adversity and stumble from defeat to defeat ."

어려움을 통해 우리는 나아가던 것을 중지하게 된다. 그리고 나가는 코스가 잘못된 것인가 확인하고 생각하며 수정하는 시간을 가지게 된다. 문제가 없이 그대로 나갔다면 낭패하고 큰 고초를 겪었을 것을, 문제로 인해 보다 나은 코스로 가고 유익을 얻게 되었을 때 우리는 장애물에 대해 감사하게 된다.

삶 가운데 생각지 못한 문제를 만났을 때 좌절하고 분노하는 등 부정적으로 반응하지 말라. 뜻밖의 장애물을 만나는 것이 인생이다. 그것으로 인해 더 좋은 코스를 발견하고 가게 될 것을 꿈꾸고 그 길로 걸어야 한다.

시련 가운데 좋은 것을 찾고 바라보아야 한다.

스트레스는 그것을 받아들이는 사람에 따라 커질 수도 있고 적어질 수도 있다. 시련을 어떻게 받아들이느냐에 따라 더 많이 스트레스를 느끼기도 하고, 도전을 느끼며 오히려 즐거워하는 사람도 있을 수 있다. 같은 시련을 당해도 사람에 따라 결과가 크게 차이가 날 수 있다.

C. S. 루이스 Lewis 는, "우리는 고통받도록 예정되어 있다. 그것은 프로그램의 한 부분이다. 우리는 애통하는 자는 복이 있다."라고까지 한다.

나는 10대부터 20대에 걸쳐 십여 년간 끊임없이 고통을 느끼며 투병하였을 때 주위 사람들이 평생 경험하는 고통보다 몇 갑절이나 고통을 느낀 것 같이 여기고 희망이 없다고 여겼다.

그러나 시간이 지나면서 생애 최고의 재난이 오히려 생애 최고의 축복이었고 가장 절망적으로 여겼던 순간에 하나님께서 가장 가까이 계셨던 것을 깨닫고 진정 감사하게 되었다.

인생은 화와 복이 섞여 있어서 간단하게 판단할 것이 아니라 화 가운데 복을 찾고 복 가운데 화를 조심하는 것이 좋은 듯하다. 그것은 우리의 선택에 따라 선이 악으로 변할 수도 있고, 악이 선이 될 수도 있기 때문이다.

1938년, 하버드 의대 연구진은 건강하고 뛰어난 하버드 남자 대학생 268명을 대상으로 그들의 평생을 추적하는 최장기 그랜트 연구 Grant Study 를 시작하였다.

아직까지 75년 이상 진행되어 오고 있으며 2천만 달러 이상 투입된 이 연구는, '무엇이 사람을 행복하고, 건강하고, 성취감 있는 인생을 살게 해 주는가?' 라는 한 가지 질문의 답을 찾기 위한 것이었다.

하버드대학교 죠지 베일런트 George Vaillant 박사는 그랜트 연구 결과를 발표하였는데,[47] 그 결과를 보면, 하버드의 엘리트 남학생들 역시 살면서 각종 질병과 이혼, 경제적 파산, 알코올중독, 자살 등 다양한 시련들을 경험한 것을 볼 수 있다. 그리고 20대에 부자였던 것이 후년의 성공과 건강을 보장하지 않았다.

건강과 성공적인 삶에 핵심적인 역할을 한 두 가지는 사랑 좋은 인간관계 과 시련에 대한 성숙한 대처법이었다.

사랑은 행복과 성취감이 있는 생애의 주 요소였다. 인간관계가 중요하였으며, 긍정적인 인간관계가 없이는 사람은 행복할 수 없었다. 그리고 삶의 시련에 대한 성숙한 대처는 행복하고 건강하고 성공적인 삶으로 이끌었다.

시련을 성숙하게 대처하였다고 하는 것은, 다른 사람들을 고려하여 이타적으로 대처하든지, 아니면 유머를 가지고, 또는 스트레스가 생길 때 그것을 승화 피아노 치기, 기도 등 시킨다든지 하는 것을 말한다.

이렇게 시련을 성숙하게 대처한 사람들이 그렇지 않았던 사람들보다 60세가 되었을 때 훨씬 건강하고 성공했으며, 한 사람도 만성병 환자가 없었다. 그와 반면에, 시련을 성숙하게 대처하지 않은 사람들 중 1/3은 만성병환자가 된 것을 발견하였다.

이러한 결과를 볼 때, 시련에 잘 대처하는 것이 건강하고 성공적인 삶을 사는 데 있어서 무엇보다 중요한 요소인 것을 우리는 알 수 있다.

---

47 Vaillant, G. E. (2012). Triumphs of Experience: The Men of the Harvard Grant Study. Belknap Press.

이 하버드 남학생들 중 99명을 대상으로 조사한 한 연구는 25세에 불행한 일을 비관적으로 해석한 사람들은 낙관적으로 해석한 사람들보다 45세가 되었을 때 병자가 많았으며, 60세에는 더 큰 차이가 났고 더 빨리 사망한 것을 발견하였다.[48]

심리학자 수잔 톰슨 Suzanne Thompson 박사는 화재로 집을 잃은 32명을 사건 직후와 1년 후에 설문조사 했는데, 재난을 긍정적으로 재평가한 사람들이 더 잘 대처하였으며, 긍정적인 감정을 더 많이 가졌고 부작용이 적은 것을 발견하였다.[49]

이러한 점들은 일어나는 사건들을 긍정적인 시야로 해석하고 바라보는 것의 중요성을 알려준다. 또한, 우리가 사건을 보는 시야는 우리의 면역에 직접적으로 영향을 미쳐서 건강에 지대한 영향을 미친다는 것을 알려 준다.

다양한 연구들은 '긍정적인 시야'를 가지는 것이 스트레스와 시련에 대한 복원력을 높여준다고 한다.

시련을 당할 때 긍정적 시야를 가지는 것은 회복을 예고해 주는 요소가 될 뿐만 아니라 그를 위한 가장 중요한 요소가 된다. 복원력이 높은 사람들은 복원력이 낮은 사람들보다 더 긍정적이고 낙관적

48 Peterson, C., Seligman, M. E. P., & Vaillant, G. E. (1988). Pessimistic explanatory style is a risk factor for physical illness: A thirty-five-year longitudinal study. Journal of Personality and Social Psychology, 55, 23-27.

49 Thompson, S. C. (1985). Finding positive meaning in a stressful event and coping. Basic and Applied Social Psychology, 6, 279-295.

인 경향이 있으며, 자신의 감정을 잘 조절하고, 어려움으로 인해 쉽게 굴복하지 않는다.

마운트 사이나이 의대 Mount Sinai School of Medicine 학장 데니스 차니 Dennis Charney 박사는 베트남 전쟁 중 6~8년 동안 포로로 고문을 당하고 독방에 감금되었던 750명의 퇴역 장병들을 조사, 연구하였다.[50]

복원력이 높은 장병들은 동일한 조건에 처했던 다른 장병들과 달리 우울증이나 외상 후 스트레스 장애를 겪지 않고 뛰어난 복원력을 보여주었다.

무엇이 그들을 다르게 만들었는지 심도 깊은 인터뷰와 테스트를 거친 후에 10가지 요소들을 발견하였는데, 그중 첫째 요소가 '낙관적'이었다. 그다음으로 이타주의, 유머, 생애의 의미·목적, 신앙·영성과 같은 요소들이 발견되었다.

낙관적이라는 말은 '인생이나 사물을 밝고 희망적인 것으로 보고, 앞으로 좋은 일이나 희망하는 일이 일어나는 것으로 여기는 것'을 의미한다. 낙관적인 사람은 어려움을 겪거나 실패를 해도 다음에는 잘할 수 있을 것이라고 생각한다. 그렇다고 현실을 무시하는 것은 아니고, 문제를 있는 그대로 받아들이고 꼼꼼히 검토해 본다. 그런 다음 자신의 상황을 변화시키거나 개선하기 위해 행동한다.

---

50 Charney, D. (2005). The psychobiology of resilience to extreme stress: Implications for the prevention and treatment of mood and anxiety disorders. (Grand rounds presentation.) New York: Mt. Sinai School of Medicine.

그와 반대로 비관적인 사람은 불행한 일을 당할 때 환경을 탓하거나 자신을 탓한다. 그리고 불행이 앞으로도 계속될 것으로 생각하고 낙담하고 어려움을 이기지 못하게 된다.

이와 같이 긍정적이고 낙관적인 시야를 가지고 살아가는 것은 삶의 시련들을 이겨나가는 데 있어서 핵심적으로 중요한 요소라고 할 수 있다.

성경은 특별히 시련을 긍정적으로 보도록 이끈다. 이런 어려움들이 우리에게 축복이 될 수 있는 것은, 어려움으로 인해, 하나님을 더욱 찾고, 기도하고 바라보면 인내하고 겸손하고 온유하신 예수님을 닮아가고 하늘나라에 들어가서 살 수 있는 성품으로 다듬어지기 때문이다. 믿음과 온유와 사랑의 완전한 열매는 흔히 풍파와 역경 속에서 가장 잘 성숙된다고 한다.

그렇기 때문에 하나님께서 인생에게 고통을 허락하시는 것이다. 또한, 하나님께서 현재 고통을 허락하시는 것은 하나님의 자녀이기 때문에 채찍질하심이며, 징계가 당시에는 즐거워 보이지 않고 슬퍼 보이나 후에 그로 말미암아 연달한 자에게는 의의 평강한 열매를 맺는다고 한다 히브리서 12:5-11 .

그러므로 시련을 하나님의 훈련 방법이며, 성공의 조건으로 받아들여야 한다고 한다. 이렇게 다른 시야로 역경을 바라보게 될 때, 시련은 전혀 다른 사건으로 다가오는 것이다.

그것은 피하고, 분노하고, 좌절하고, 슬퍼해야만 하는 사건이 아니라 그것을 넘어서서 아직 잘 이해하지 못하고 알지 못할지라도 더 귀중하고 아름다운 미래를 위해 하나님께서 이끄시는 손길로, 은혜로 받아들여질 수 있다.

성경은 "주께서 인생으로 고생하며 근심하게 하심이 본심이 아니시 예레미야애가 3:33"라고 하며, "하나님의 뜻은 재앙이 아니라 곧 평안이요 저희 장래에 소망을 주려 하는 생각이라 예레미야 29:11"고 한다.

한나 W. 스미스 Hannah W. Smith 는 많은 사람들에게 영향을 미친 비범한 기독교인 여성이었지만 고통을 많이 겪으며 살았다. 그녀는 자녀 일곱 중 넷을 잃었다. 나중에 그녀는 류머티즘으로 거동이 불편했고 휠체어를 타고 살아야 했다. 그러나 그녀는 기쁘게 살았으며 하나님을 즐거워하고 주위에 있는 사람들을 사랑했다.

고통도 그녀의 기도를 멈추게 하지 못했고 더 깊은 기도를 하게 해주었다. 그녀는 시련에 대해 다음과 같이 말하였다.

"이 세상의 근심거리들은 천국을 준비하는 훈련이라는 말이 있다. 그러나 근심거리들은 훈련 그 이상으로 좋은 것이다. 그것들은 승리라는 높은 곳으로 영혼을 이끌어 올리기 위해 하나님께서 보내시는 수레다. 그것들은 수레처럼 보이지 않는다. 대신 원수처럼, 고난처럼, 시련처럼, 실패처럼, 오해처럼, 실망처럼, 불친절처럼 보인다."[51]

신학자 밀리안 앤드리슨 Milian L. Andreasen 은 고난에 대해 다음과 같이 말한다.[52]

---

51 Smith, H. W. (1875) The Christian's Secret of a Happy Life. Fleming H. Kevell. Company Chicago, P. 239.

52 Milian L. Andreasen. (1947). The Sanctuary Service, Review and Harold

"상하고 깨지기 전에는 어떤 삶도 참되고 영속적인 가치를 지닐 수 없다. 사람이 자신과 하나님을 발견하는 것은 깊고 어두운 삶의 경험을 통하여 온다. 고난의 물이 영혼을 덮칠 때 비로소 품성이 세워진다. 슬픔, 낙담, 고통은 하나님의 유능한 종들이다. 어두운 날들은 축복의 소낙비를 가져오므로 씨앗을 싹트게 하고, 사명을 다하여 결실을 맺게 한다.

고통의 깊은 면을 다 헤아릴 수는 없다. 그러나 어떤 것들은 분명하다. 고통은 하늘을 위해 영혼을 준비시키는 수단으로서 하나님의 계획에서 분명한 목적을 갖고 있다. 그것은 영혼을 원숙하게 한다. 그것은 영혼이 삶의 참된 의미를 더 깊이 이해하는 데 적합하게 한다. 그것은 다른 사람들에 대한 동정심을 불어넣는다. 그것은 하나님과 사람 앞에서 조심스럽게 행하도록 이끈다. 그것은 우리를 겸비케 한다.

인생에서 고난을 당했던 자만이 참된 삶을 살았다. 사랑하는 자만이 진정으로 살게 된다. 이 둘은 불가분의 것이다. 사랑은 희생을 수반하고, 희생은 고난을 수반한다. 그러나 반드시 고통스러운 고난만은 아니다. 왜냐하면 고난의 가장 높은 수준은 거룩하고 존귀하고 즐거운 것이기 때문이다. 어머니는 자녀를 위하여 희생할 수 있다. 그녀는 신체적으로 고통을 겪는다. 그러나 그것을 단 마음으로 기꺼이 행한다. 사랑은 희생을 특권으로 여긴다. 우리가 고난을 즐길 때에만 비로소 고통의 완전한 교훈을 배우게 된다."

Publishing Association, Hagerstown, MD. pp. 111-112.

제 1부 좋은 것을 바라보라

위기를 기회로
바라보기

세상에서 가장 오래 살아 있는 나무 종류는 미국 서부 지역에 있는 브리슬콘 Bristlecone 이라는 이름을 가진 소나무이다.

어떤 것들은 4000년쯤 된 것도 있다. 1957년에 발견된 한 소나무는 '므두셀라 Methuselah'라고 이름 지어졌다. 태고의 역사를 지닌 채 거친 모습을 하고 있는 이 소나무는 놀랍게도 거의 5000년이나 된 것이었다.

그 나무는 이집트 사람들이 피라미드를 지을 당시에도 이미 고목이었다. 미국에서는 서부의 해발 3,000m에서 3,300m 높이의 산 정상에서 자란다고 한다. 혹한과 사나운 바람, 부족한 공기, 그리고 적은 강수량 등 지구상의 가장 나쁜 생존조건 속에서도 살아남을 수 있었다.

사실, 그렇게 열악한 환경 때문에 오히려 더 깊이 뿌리를 내리고 수천 년 동안 그 나무들이 강인하게 살아남을 수 있었다. 역경 때문에 보통을 뛰어넘는 강인함과 지구력이 생겨난 것이다.

시련이 모든 생물을 강하게 만든다.

사람도 마찬가지다.

위대한 사람은 역경을 극복할 수 있을 뿐 아니라 그 역경을 기회로 생각하고 활용한 사람이다. 시련에 대한 다음 인용글들을 생각해 보자.

큰 지성과 깊은 마음을 가진 사람에게
고통과 괴로움은 언제나 불가피한 것이다.
내 생각으로 진정 위대한 사람은
땅에서 반드시 큰 슬픔을 겪어야 한다.
– 표도르 도스토예프스키(Fyodor Dostoyevsky), 러시아 저술가

날을 잡는가 손잡이를 잡는가에 따라서
우리에게 상처를 입히든지 아니면 우리를 돕게 된다.
– 제임스 로웰(James Lowell), 미국 시인

진보를 위해서는 항상 위급함이 필요했다.
램프를 만든 것은 어둠이었다.
나침반을 만들어낸 것은 안개였다.
탐험을 하게 만든 것은 배고픔이었다.
– 빅토르 위고(Victor Hugo), 프랑스 저술가

제 1부 좋은 것을 바라보라

길을 가다가 돌이 나타나면,
약자(弱子)는 그것을 걸림돌이라고 하고
강자(强子)는 그것을 디딤돌이라고 말한다.
– 토마스 카일라일(Thomas Carlyle), 스코틀랜드 저술가

가장 위대한 승리는 쓰러지지 않는 것이 아니라
쓰러질 때마다 다시 일어나는 것이다.
– 공자

가장 낮은 곳에 가장 높은 곳으로 올라가는 길이 있다.
– 토마스 카일라일

모든 역경은 실제로 우리의 영혼이 자랄 수 있는 기회이다.
– 존 그레이(John Gray), 미국인 저술가

결코 고통받지 않음은 결코 축복받지 못함이 될 것이다.
– 에드가 알렌 포우(Edgar Allan Poe), 저술가

길이 쉽다면, 당신은 아마도 잘못된 길을 가고 있는 것이다.
– 테리 굿킨드(Terry Goodkind), 저술가

때로는 바르게 가기 위하여 잘못 가야만 한다.
– 쉐리린 캐년(Sherrilyn Kenyon), 미국인 저술가

4장 시련과 바라보기

어려움은 노동이 몸을 강하게 하듯이 마음을 강하게 한다.

– 세네카(Seneca), 로마 스토아파 철학자

고통과 죽음은 생애의 부분이다.
그것들을 거부하는 것은 생애 자체를 거부하는 것이다.

– 헤브락 엘리스(Havelock Ellis), 영국 의사이며 저술가

세상의 가장 웅장한 광경은
역경을 이겨내는 장한 자의 모습이다.

– 세네카

사람이 천사가 되는 것은 고난을 통해서이다.

– 빅토르 위고

인생에서 나쁜 일들에 대해 감사하라.
그것들은 전에 주의를 기울이지 않은 좋은 것들에
눈을 열게 하기 때문이다.

– 작자 미상

역설적으로, 고난을 당하면서도 삶의 즐거움은 가능할 뿐만 아니라
고난은 깊고 지속적인 행복으로의 한 길일 수 있다.

– 로버트 애몬스

우리가 환난 중에도 즐거워하나니 이는 환난은 인내를,
인내는 연단을, 연단은 소망을 이루는 줄 앎이로다.

– 성경 로마서 5:3-4.

제 1부 좋은 것을 바라보라

큰 실패를 하고 큰 시련을 겪었을 때, 위로 올라가면 더 큰 성취를 이룬다. 사람들은 약자가 강자를 이길 때 환호하듯이 약자가 시련을 극복하고 성취할 때 더 큰 환호를 한다.

저명한 정신과 의사인 엘리자베스 퀴블러-로스 Elisabeth Kubler-Ross 는 다음과 같이 말한다.

"가장 아름다운 사람들이란 실패를 알고, 고통을 겪고, 투쟁을 알고, 상실을 경험하며, 깊은 구덩이로부터 나오는 자신들의 길을 발견한 이들이다. 그들은 동정심과 따뜻함, 사랑과 배려로 가득한, 곧 삶에 대한 이해와 감수성, 감사의 마음을 지니고 있다. 아름다운 사람들은 우연히 있는 것이 아니다.

최악의 상황에 직면할 때, 우리는 더 많이 성장한다. 조건이 가장 나쁠 때, 오히려 자신이 가진 최상의 것을 발견할 수 있다. 그 배움을 통해 행복하고 가치 있는 삶이 무엇인가를 깨닫게 된다. 그것은 완벽하지는 않지만 진정한 삶이다."[53]

나 자신의 경험을 돌이켜 보아도 불치병이라는 크나큰 시련은 놀라운 축복의 통로가 되었다. 시련은 가던 길을 중단하게 하고 생각하게 만든다. 가던 길을 갈 수 없게 된 상황에서 그 길이 잘못된 것인가 돌아보게 하고 다른 길을 찾게 한다.

---

53 Kubler-Ross., E. (1975). Death: The Final Stage Of Growth. Englewood Cliffs,. N.J.: Prentice-Hall, Inc. A Spectrum Book.

다른 길이 더 나은 길임을 발견하고 이전 길로 가지 않은 것이 다행스럽게 여겨질 때, 우리는 시련이 주어져서 가던 길을 중단하고 다른 길로 가게 된 것에 대해 감사하게 된다. 그럼, 시련을 오히려 기회로 삼아 더 발전한 사례들을 살펴보자.

그들은 보는 시야가 달랐다.

세계적인 기업인 내셔널과 파나소닉를 설립하고, '경영의 신神'으로 불리우는 마쓰시타 고노스케 회장은 늘 그가 크게 성공한 이유로 다음과 같이 하늘이 주신 3가지 큰 은혜 덕분이라고 하였다.

"나는 몹시 가난해서 어릴 때부터 구두닦이, 신문팔이 등 일을 하면서 많은 경험을 쌓을 수 있었고, 태어났을 때부터 몸이 매우 약해 항상 운동에 힘써 왔으며, 초등학교도 못 다녔기 때문에 세상의 모든 사람을 다 스승으로 여기고 열심히 배우는 일에 게을리 하지 않았다."

그는 시련을 하늘이 내린 선물로 삼아 세계 최고의 리더로 성장하였다.

1975년 박정희 대통령 시절 석유파동으로 주체못할 정도로 돈을 많이 번 중동 국가로부터 사막에 고속도로를 건설해 달라는 요청이 왔다. 이미 여러 나라에 수주를 요청하였지만 모두가 현지에 가 보고는 포기했다. 너무 더워서 작업하기가 힘들고 또 물이 없어서 공사하기가 힘들었기 때문이다.

박정희 대통령은 관계장관 등 여러 사람을 보내어 알아보라고 했지만 모두 역시 너무 덥고 물이 없어 공사할 수 없다고 보고했다. 마지막으로 박정희 대통령이 현대건설 정주영 회장을 불러 가능한지 타진하였고, 즉시로 중동에 다녀온 정 회장은, 대통령에게 이렇게 보고했다.

"중동은 이 세상에서 건설공사 하기에 제일 좋은 지역입니다."

"왜요?"

"1년 열두 달 비가 오지 않으니 1년 내내 공사를 할 수 있고요."

"또요?"

"건설에 필요한 모래, 자갈이 현장에 있으니 자재 조달이 쉽고요."

"물은?"

"그거야 어디서든 실어오면 되고요."

"50도나 되는 더위는?"

"낮에는 자고 밤에 시원해지면 그때 일하면 됩니다."

박 대통령은 비서실장을 불렀다.

"현대건설이 중동에 나갈 건데 정부에서 지원할 수 있는 것은 다 도와줘!"

1970년대를 상징하는 중동 붐은 이렇게 시작되었던 것이다. 최악의 상황에서 최상의 기회를 볼 수 있는 시야로 인하여.

한국 최대 삼성 그룹을 대표해 잠실체육관에서 1만 명의 대학생들에게 꿈과 희망의 메시지를 전한 연사는 110cm의 작은 키를 가진

이지영 대리였다. 3살 때 키가 자라지 않는 병 가연골무형성증 진단을 받은 후 자라면서 아이들의 조롱과 남과 다른 자신으로 인해 많은 고통을 겪어야 했다.

어느 날 생각했다. "내 모습 그대로, 남과 다름을 즐기자. 체육을 잘할 수 없다면 국어를 잘하면 돼. 패밀리 레스토랑에서 아르바이트할 수 없다면 과외 아르바이트를 하면 돼. 나 자신을 인정하자. 욕심 부리지 말자." 생각을 바꾸니 사소한 행복들이 찾아왔다.

그는 장애에도 운전면허, 5km 마라톤, 대학 입학, 호주 어학연수에 도전해 성공을 거뒀다. 그런 그에게도 취업은 힘겨운 도전이었다. 대학에서 우수졸업상까지 받았지만 취업의 높은 문턱을 넘지 못했다. 그를 보자 면접관들의 표정이 굳어졌다. 아예 질문을 못 받은 적도 있다. 거듭된 실패로 우울증에 빠졌다.

그러다 자신이 훌륭하게 잘 되는 모습을 자신을 떨어뜨린 면접관들에게 보여 주자 하는 오기가 생겨 다시 용기를 내어 도전하였고 2007년 8월 삼성테크윈은 그를 채용했다.

이제는 삼성에서 교육과정을 기획하고 운영하며 경력사원이나 신입사원이 들어오면 그들 앞에 서서 안내를 하고, 강의도 한다.

"제 키는 110cm이지만 열정은 180cm가 넘는다. 저는 도전 중독자입니다."

"한 번만 보면 기억되는 여자… 장애가 내게 준 선물이에요."

위기를 기회로 바라본 결과이다.

한 청각장애를 가진 학생은 잘 들리지 않는 어려움으로 인해 고통

제 1부 좋은 것을 바라보라

을 받았다. 그러나 그는 듣지 못하는 것을 소음이 없이 공부에 집중할 수 있는 상황으로 긍정적으로 해석하고 받아들여 집중하여 공부하여 서울대에 합격하였다.

이런 사례들과 같이, 자신의 장애도 보는 시각과 태도에 따라 강점과 기회로 변화될 수 있다.

2011년, 44세인 이혼녀이며 세 아이의 엄마인 플로렌스 스트랭 Florence Strang 은 유방암 3기 진단을 받았다. 홀로 일하여 생계를 유지하고 막내는 자폐증을 가진 상태였다. 이렇게 이미 힘든 상황인데 암진단은 엎친 데 덮친 격이었다. 그녀는 치료를 시작하여 세 번 수술을 받고 화학치료와 방사능치료를 힘들게 받았다.

심리상담사였던 그녀는 암으로 인한 두려움과 공포심이 자신의 면역을 떨어뜨리게 할 것이 두려웠다. 그래서 그녀는 암이 가져다준 좋은 것에 초점을 맞추기로 결심하고 좋은 것들을 하나씩 찾기 시작하였다. 그리고 암을 가진 100가지 특혜를 찾기로 하고 찾아가는 것들을 인터넷 블로그에 글로 올렸다.

그러한 일은 힘든 치료 가운데서도 긍정적으로 지내도록 하고 '암'이라는 두려움에 대한 생각이 들지 않도록 도왔다. 그리고 그것은 그녀 자신만 도운 것이 아니라 그것을 통해 많은 사람들이 영감과 용기를 얻게 되었다.

그녀가 100개 특혜를 다 찾아 올렸을 때, 그녀는 스릴을 느꼈을 뿐만 아니라 한 출판사로부터 '암을 가지는 100가지 특혜'를 책으로 내

자고 하는 출판 계약 요청을 받았다. 책을 출판하는 평생의 꿈이 이루어진 것이다.

그런 나날들 가운데 그녀는 이상적인 애인도 만나게 되었고 여러 면으로 그녀의 최악의 한해가 최고의 한해로 변하는 경험을 하였다.

중국 선교의 아버지라 불리우는 허드슨 테일러 Hudson Taylor 는 중국의 넓은 선교지역에서 많은 경험을 하면서 놀라운 진리를 깊이 터득하게 되었다. 그것은 선교사역을 추진시키는 원동력은 온갖 고난과 시련 속에서 생겨난다는 사실이었다. 시련과 역경은 마치 법칙과도 같이 항상 사역의 확장과 축복을 가져다주었다.

이와 같이 개인이나 집단에게 닥쳐오는 고난과 시련은 그것이 아니고서는 얻을 수 없는 복과 기회를 가져다줌으로 그것을 볼 수 있는 시야를 개발하게 한다.

1975년, 미국의 AT&T 사가 재정적 어려움으로 인해 합병을 통한 조직개편을 시도하였고, 그런 가운데 많은 경영간부들이 실직하거나 보다 낮은 보직으로 옮기게 되었다. 수잔 코바사 Suzanne Kobasa 박사는 8년 동안 700명의 간부들 가운데 어떤 간부들은 건강을 유지했지만 어떤 간부들은 크게 아팠음을 관찰하고, 그 원인을 연구하였다.[54]

---

54   Kobasa, S. (1979). Stressful life events, personality, and health: An inquiry into hardiness. Journal of Personality and Social Psychology, 37: 1-11.

모든 간부들이 이 극심한 스트레스 환경에 대해 같은 반응을 보이지 않았다. 어떤 간부들은 스트레스 환경에서 다른 이들보다 분명히 잘 감당하였다.

수백 명의 경영간부들에게서 스트레스로 인한 정신적·신체적 증상들이 나타났다. 그렇지만, 같은 환경에서 소수의 그룹 간부들은 달랐다.

이상하게도, 그들에게서는 스트레스 증상들이 드러나지 않았다. 대신에, 그들은 더 건강하고, 강건하고, 오히려 번영하기까지 하였다. 무엇이 그들을 그렇게 만들었을까?

그들에게는 '스트레스 강인성'이라고 이름 붙인 3가지 태도, 3C가 있었는데 다음과 같았다.

❶ 헌신성(Commitment) – 헌신적인 태도는 그들로 하여금 소외감을 느끼게 하기보다는 진행 중인 사건을 위해 힘써 노력하도록 만든다.

❷ 통제성(Control) – 수동적이고 무력하다 느끼기보다 자신이 스스로의 삶을 통제하고 결과를 변화시킬 수 있다고 믿고 분투하도록 만든다.

❸ 도전성(Challenge) – 스트레스와 변화를 위협이 아닌 도전할 대상으로 보고 흥미를 가지고 이겨내도록 이끈다.

이 3C가 있었던 간부들은 스트레스 연관 질병 발생 위험을 50%나 줄인 것이다.

즉, 스트레스에 강인한 사람들은 밝게 바라보고 낙관적이다. 이들은 스트레스 환경을 도전하고 성장할 수 있는 기회로 생각하고 받아들인다. 이들은 자신에게 벅찬 일에도 적극적으로 대응하고, 위축되지 않고 각종 자원들을 잘 활용한다. 그들에게 시련은 자신을 발전시키는 기회로 다가온다.

고난을 통해
보상(報償) 바라보기

한 아프리카 부족민이 변환變換을 위한 의식儀式의 한 부분으로서 사자를 마주친 사례가 있었다. 그는 사자와 정면으로 만났고 사자는 그의 팔을 물어뜯었다. 엄청난 고통으로 비명을 지를 형편이었지만 그는 의사의 진료실에서 웃고 있었다. 왜냐하면 자신의 모험을 이겨내었기 때문이었다.

이러한 현상은 잘 알려진 것으로 전쟁에서 처참한 부상을 당한 병사들이 고통을 불평하지 않는 사례에서도 발견된다. 그러한 병사들의 심리에는, 전쟁은 끝났고 죽지 않고 집으로 돌아갈 수 있다는 사실이 그들의 고통을 감내하게 만드는 것이다.

이와 같이 사람의 두뇌에는 겪고 있는 고통보다 더 큰 보상이 있다면 엔돌핀 호르몬이 분비되어 고통을 능히 감내할 수 있도록 만든다는 사실이 증명되었다. 만일 사람들이 고통을 성장과 변화의 기회로 여긴다면 그들은 고통을 성숙과 변화를 위한 디딤돌로 활용하기 시작하는 것이다.

1983년에 아트 버거 Art Berg 라고 하는 21세 청년이 있었다. 그는 건강하고, 신앙심이 강하고, 스포츠를 즐기고, 사업이 발전하고 있었고, 아름다운 약혼자와 결혼을 몇 주 앞둔 미래가 밝은 청년이었다. 그런데 어느 날 약혼자를 만나러 가던 중 교통사고가 났다.

그 사고는 그의 목뼈가 부러지게 만들었고, 한순간에 사지마비 장애자가 되도록 만들었다. 병원에 누워있는 그에게 의사들은 그가 앞으로 걸을 수도 없고, 일할 수도 없고, 자녀를 가질 수도 없다는 절망적인 선고를 들려주었다. 그렇지만 병원에 누워있는 그에게 찾아온 그의 어머니는 그에게, "나쁜 일은 늘 비슷하거나 더 큰 보상을 가져다주는 법이다."라고 하며 힘을 주었다.

그는 어머니의 그 말을 반복하기를 좋아하였다. 그리고 사지마비 사고 역시 그와 비슷하거나 더 큰 보상을 가져다줄 것이라고 생각하였다. 그런 영향을 받아 그는 "난 이게 인생 최대의 경험이라고 생각해." 라고 사람들에게 말했다. 그리고 적극적으로 재활치료를 받았다.

그 후, 그가 벨 애틀랜틱 사에 취직하려 면접할 때, 입사 30일 안에 최고 기록을 넘어서는 판매고를 올리지 못하면 월급도 받지 않겠다고 하였다. 자신만만한 태도로 인해 취업하게 된 그는, 그 후 3년 동안 최고 판매인 상을 수상하게 되었다.

그리고 그는 약혼녀와 결혼하였고, 서점을 오픈했으며 1992년에는, 유타주가 뽑은 올해의 젊은 경영인 상을 받았다. 또한, 운동에 도전하여 휠체어 마라톤 선수로 세계적인 선수가 되어 신기록도 내었다.

그는 자서전을 펴내었고, 전문 강연자로 여행하며 많은 사람들에게 힘을 주었다. 그가 최악의 시련을 이기고 이러한 일들을 할 수 있었던 이유는 시련 이상의 보상을 바라보았기 때문이다. 시련을 이기고 더 발전하는 자신의 모습을 바라보았기 때문인 것이다.

아트 버그는 최악의 비극적인 사건을 경험하면서도 강한 믿음으로 시련 이상의 보상을 주실 하나님을 바라보면서 매일 힘을 얻고 감사하며 앞으로 나아갔을 때, 시련을 훌륭히 극복하였을 뿐만 아니라 많은 다른 사람들을 도와주는 훌륭한 일을 하였다.

가족 상담 센터 상담 실장이었던 미국인 아이리스 볼턴 Iris Bolton 은 1977년 음악을 하던 20세 아들이 자살한 후 감정적으로 깊은 낭떠러지로 떨어지는 경험을 하였다.

그녀는 그 낭떠러지로부터 올라오기 위해 싸우는 일이 자신의 생애에서 가장 힘든 씨름이었다고 한다. 그녀는, 슬픔과 죄책감과 싸워야 하였을 뿐만 아니라 사회적인 조소嘲笑, '실패한 엄마', '신뢰할 수 없는 상담자'라는 오명汚名 과도 싸워야 하였다.

아들이 자살한 직후에 절친한 친구 정신과 의사가 와서 그녀에게, "당신 아들의 죽음에는 당신을 위한 선물이 담겨 있어요. 이 괴로운 순간에는 믿을 수 없겠지만, 그것은 참되며 당신이 그것을 찾기 원한다면 당신의 것이 될 겁니다."고 말하며 다음과 같이 덧붙였다.

"그 선물은 당신에게 뛰어오거나 밀려오지 않을 것입니다. 당신 스스로 그것을 찾아야 합니다. 시간이 지남에 따라 당신과 다른 사람들을 도울 수 있는 예측치 못한 기회들이 아들로 인해 온 것임에 대해 놀라게 될 것입니다. 오늘 당신은 아들을 비난할 겁니다. 그건 자연스럽지만 언젠가 그의 선물을 인정하게 될 것으로 믿습니다."

그 후, 볼턴은 자신의 상처를 딛고 일어나서 1983년 『내 아들아… 내 아들아…: 죽음, 상실, 자살 후 치유를 위한 가이드 My Son… My Son: A Guide to Healing After Death, Loss or Suicide 』라는 책을 펴내었다. 그리고 가족을 잃은 많은 사람들이 이 책을 통하여 위로받고, 희망과 힘을 얻었다. 이 책은 여러 나라에서 발간되어 사람들을 돕고 대학 교재로도 사용되고 있다. 그리고 그녀는 세미나와 워크샵을 통해 많은 가족을 잃은 사람들과 상처를 입은 사람들을 돕고 있다.

이 모든 변화는 그녀가 자신의 상실로부터 눈을 돌려 아들을 통해 얻은 선물을 찾았기 때문이며, 그러한 시야를 통하여 그것을 발견하고 감사하게 된 것이다.

한국으로부터 불행한 자살 소식을 자주 접하게 된다. OECD 국가 중 자살률 1위인 한국은 하루 평균 37명꼴로 자살한다.

한 과학고 학생회장이 자살한 데 이어, 명문고에 재학 중인 한 학생의 일가족 3명이 자동차에 불을 지르고 집단자살했다. 또한 우등

생 딸을 둔 한 어머니가 재수한 딸이 명문대 진학에 실패한 것을 비관해 분신자살한 사건이 있었다. 이러한 일들은 실패와 상실에 대한 그릇된 관념에 기인하였다고 생각된다.

'인생에 연습은 없다.'고 생각하고 한두 번의 승부가 인생의 승패를 좌우한다고 믿는다면 단 한 번의 실패로도 인생을 저버릴 수 있다.

심지어 기독교인 연예인들의 잇단 자살을 포함하여 많은 기독교인들이 고통의 시기에 해결책으로 '자살'을 택한다. 그에 대해 전문가들은 '본질에서 벗어난 신앙교육'을 꼽는다.

소위 '번영신학'으로 대표되는 가르침, 곧 '예수 믿으면 세상의 근심 걱정 없어지고 이 땅에서 부귀와 영화를 누리게 된다.'는 기독교의 부분적인 가르침이 한국교회에 팽배해 있기 때문이라는 것이다.

이상원 교수 총신대 기독교윤리학 는 "오늘날 대부분의 교회는 기독교 신앙의 본질 전체를 가르치기보다는 그 일부인 '번영신학' 또는 '축복신학'만을 가르치고 있다."면서 "이러한 가르침은 성도들이 고난과 고통을 끝까지 이겨낼 수 있는 힘을 길러주지 못한다."고 밝혔다.

희망과 소망을 전해주는 '번영신학'만이 아닌 예수의 고난에 동참하며 끝까지 인내할 줄 아는 '고난의 신학', 하나님의 온전한 통치를 받아들이고 그 통치에 순종하는 '하나님 나라의 신학' 등 기독교의 본질적 가르침이 균형있게 행해져야 한다는 것이다.[55]

---

55 뉴스미션. (2008, October. 4). 기독연예인의 잇단 자살, 교회 신앙교육의 '이상' 징후.

실패와 고난 경험의 가치를 아는 사람으로 흔히 IBM의 설립자인 토마스 왓슨 Thomas Watson 회장을 꼽는다. 그는 한 젊은 저널리스트로부터 남들보다 빨리 훨씬 큰 성공을 얻은 비결에 대한 질문을 받고 다음과 같이 대답하였다.

"남들보다 두 배나 빨리 실패를 해보아야 한다. 성공과 실패는 동전의 양면이기 때문이다."

"성공으로 가는 가장 빠른 길은 당신의 실패율을 두 배로 높이는 것이다."

자동차왕 헨리 포드 Henry Ford 는 다음과 같은 말을 남겼다. "실패를 두려워하는 자는 자신의 능력을 제한한다. 실패만이 더 지혜롭게 다시 시작할 수 있도록 기회를 주기 때문이다."

데일 카네기 Dale Carnegi 는 다음과 같은 말을 남겼다.

"실패로부터 성공을 발전시키라. 좌절과 실패는 성공으로의 가장 확실한 두 가지 디딤돌이다."

"세상의 가장 중요한 것 대부분은 전혀 어찌할 수 없는 것으로 보일 때 계속 시도한 사람들에 의하여 성취된 것들이다."

삼중고 三重苦 장애자 헬렌 켈러를 지도하여 훌륭한 인물로 양성한 안네 설리번 Anne Sullivan 선생은 헬렌 켈러에게 늘 다음과 같은 말을 되풀이했다고 한다.

"시작하고 실패하는 것을 계속하거라. 실패할 때마다 무엇인가 성취할 것이다. 네가 원하는 것은 성취하지 못할지라도 무엇인가 가치있는 것을 얻게 되리라."

미국인 과학자며 성공적인 발명가인 에드윈 랜드 Edwin Land 는 다음과 같은 말을 남겼다.

"창조력의 필수적인 부분은 실패를 두려워하지 않는 것이다."

또한, 미국 상원의원 로버트 케네디 Robert F. Kennedy 는 다음과 같이 말하였다.

"큰 실패를 감행하는 자만이 큰 성취를 이루어 낼 수 있다."

삶의 승패를 좌우하는 것은 흔히 실패와 역경에 대해 어떻게 반응하는가에 달려 있다. 암환자들이 흔히 "암에 걸린 것이 나에겐 축복이었다."고 한다.

한 책에 소개된 제리 Jerry 라는 34세 남성은 자동차 사고로 인해 하반신 마비 장애자가 되어 8년 동안 지내 왔는데 다음과 같이 말하였다. "이 사건은 내 생애에 일어날 필요가 있었던 일이 일어난 것이다. 이것은 내게 일어난 일 중 가장 좋은 일일 것이다… 나는 그와 같은 방식으로 일어나기를 바란다. 나는 그 일이 일어나지 않기를 바라지 않는다."

"생애의 나쁜 일들로 인해 감사하라. 그것들은 당신이 이전에 주목하지 않았던 좋은 것들에 대한 눈을 열어 주기 때문이다." 작자 미상

'발명왕' 토마스 에디슨이 전구를 발명하는데 2천 번을 실패하였을 때, 그는 전구를 만들 수 없는 방법을 2천 가지나 발견하였다고 하였다.

리더십 전문가 워렌 베니스 Warren Bennis 는 미국 내 다양한 분야의

70명 최고 경영자들과 인터뷰를 하였는데, 그들 중 누구도 자신의 실수를 '실패'라고 하지 않았다. 대신 그들은 그것을 '배움의 경험', '수업료를 지불함', '우회함', '성장의 기회'로 불렀다.[56]

이와 같이 실패는 보기에 따라 긍정적인 반응을 불러일으키고 종종 성공을 위한 대체할 수 없는 계단이 된다.

---

56 Warren Bennis. (1991). Leaders on Leadership: Interviews with Top Executives. Harvard Business School Press.

의미와 목표
바라보기

한 남자가 힘든 직장 일을 마치고 집에 돌아갔을 때 차고 앞이 아이들 장난감으로 어질러져 있어, 내려서 장난감들을 치워야만 하였고, 그렇게 할 때마다 화가 났다. 아이들에게 그렇게 하지 말라고 경고를 줘도 마찬가지였고 차로 장난감들을 밟아버린다고 하면 조금 낫다가 다시 반복되었다. 어느 날 또 장난감들을 보고는 화를 내며 치우기 시작하였다.

그런데 문득 이웃 남자가 옆에서 장난감을 치워주는 것을 느꼈다. 그 집 막내딸이 결혼해서 떠나간 뒤로 만나지 못했던 이웃이었다. 장난감 치우는 것에 지친 남자는, "이 녀석들 장난감 치우는데 넌더리가 납니다."고 하였다.

그러자, 이웃 남자가 "내가 한마디 해도 되겠소? 난 아이들이 모두 커서 떠나가고 나자 정말 이런 일들이 그립소. 아직 아이들이 어리니 이런 일을 즐겨요. 아이들이란 당신이 눈치채지 못하는 사이에 커 버린다오. 눈 깜박할 사이지."라고 하였다.

남자는 그날 큰 교훈을 얻었다. 그리고 그 이후에는 장난감으로 인해 화내는 일이 없어지게 되었고, 차고 앞 장난감들을 보면 오히려 "아직 아이들이 어려서 함께 보낼 시간이 많아."라고 생각하며 감사하게 되었다.

동기부여 전문가 키스 해럴 Keith Harrell 이 그의 저서 『Attitude is Everything』에서 소개한 친구의 경험이다. 친구는 꼭 같은 문제가 발생하였지만 보는 시야가 달라짐으로 반응이 180도 달라진 것이다.

신학자 도날드 캅스 Donald Capps 박사가 "전체 틀이 변하면, 시야도 변하고 의미도 변한다."고 하였던 것처럼 이 친구가 눈앞의 사건만 보지 않고 긴 인생의 틀 속에서 사건을 보았을 때, 시야가 변하였고 의미도 변하였다. 이것은 또한 반응이 변하도록 만들었다.

나는 이 이야기에서 이웃 노인의 한마디가 불행한 일을 행복한 일로 바꾸게 만든 것과 같이 하나님은 종종 이웃 노인과 같이 불행한 사건 너머 긴 인생을 보게 하시고 영원한 시야를 갖게 하심으로 의미를 찾게 하심으로 우리를 구원하신다는 생각을 하게 된다.

시련 가운데서 의미를 찾는 것은 긍정적변화로 이끄는 중심 역할을 한다. 그러므로 시련 가운데서 긍정적 의미를 발견하는 사람들은 시련에 더 잘 대처한다.

성폭행 생존자들의 대처방법에 대한 한 연구는, "우리는 시련을 새롭게 해석하고, 그 의미를 찾기까지는 시련에서 벗어나지 못한다."고 한다.

시련 가운데 유익을 찾는 것은 의미를 찾는 한 방법이다. 한 연구보고는 암환자 60% 정도가 암의 결과로 유익함을 찾는데, 유익한 것 찾기는 선택적으로 평가하는 것으로 상황의 유익한 점들에 초점을 맞춤으로 인해 희생자가 되는 것을 최소화시킨다고 한다.[57]

희생자들은 자주 시련으로부터 배우고, 그로 인해 얻는 의미는 그들의 삶을 크게 풍요하게 만든다.

신앙과 영성은 심각한 질병이 있는 환자들이 의미를 찾게 되는 공통되고 우선적인 요소로 꼽힌다. 시련의 의미를 종교적으로 재구성 Reframing 하는 것은 그 의미를 새롭게 하는 매우 효과적인 전략이 된다.

어떤 환자들은 다음과 같이 시련을 신앙으로 재구성한다.

"나는 하나님이 내가 감당할 수 없는 것을 주지 않으시는 것을 안다."

"죽음은 마지막 종착역이 아니다."

"이것은 더 큰 영역으로 문을 여는 하나님의 방법일 뿐이다."

이러한 신앙적 전략에 대해 심리학자 케네스 파거먼트 Kenneth

---

57 Taylor, S. E., Wood, J. V., & Lichtman, R. R. (1983). It could be worse : Selective evaluation as a response to victimization. Journal of Social Issues. 39, 2, pp. 19-40.

Pargament 박사는 다음과 같이 묘사한다.

"신성 神聖 이 생애의 사건들 가운데 드러날 때, 이해할 수 없는 비극은 다른 것으로 변화한다. 생애를 더 충만히 느낄 수 있고, 하나님과 함께하는 기회, 더 악한 것이 올 것을 방지해주는 사랑의 손길 등으로. 이해할 수 없는 일이 해석 가능하게 되고, 감당할 수 없던 것이 고통받을만하게 된다."[58]

암환자들을 조사한 연구들을 보면 어떤 암환자들은 오히려 암에 대해 감사하는 마음을 가지게 되는 것을 볼 수 있다. 그것은 그들이 암이 아니었으면 가질 수 없었던 귀중한 것을 얻었다고 느끼게 되기 때문이다.

암 등 치명적인 질환을 앓는 환자들의 경우에는 사후 세계, 삶의 의미, 신의 존재 등과 같은, 평소에 심각히 생각지 않던 문제에 직면하게 되는데 그때 영성은 존재와 고통의 이유, 삶의 목적과 희망을 제공하여 치료 효과를 높인다.

암전문의이며 메요클리닉 의과대학의 에드워드 크리건 Edward Creagan 박사는 암환자 생존율에 대한 연구에서 다음과 같이 결론지었다. "사회적 지원 시스템과 영적·신앙적 요소는 암환자에게 있어서 삶의 질과 생존율을 예견할 수 있는 가장 일관성 있는 요소들이다.", "암환자 중 장기 생존자의 대응전략 중 가장 두드러진 전략은

---

58 Pargament, K. I. (1997). The Psychology of Religion and Coping: Theory, research , and practice. New York: Guilford Press. p. 223.

영적 전략이다."[59]

이와 관련해 버나드 시걸 Bernard Siegel 암전문의는 그의 저서에서 다음과 같이 말한다. "시련을 자비로운 하나님의 섭리로 여김으로 인해, 그것은 새롭고, 가벼워진다. 고통은 신의 형벌이 아니다. 그것은 나의 변화를 위한 리셋 버튼 Reset Button 을 누른 하나님의 손길이다."[60]

사실상, 영적인 대처는 환자들로 하여금 생애의 우선순위를 다시 생각하게 되고, 사람들과의 관계 및 하나님과의 관계를 새롭게 하고, 고통을 다르게 바라보고, 삶의 목적을 발견하도록 돕고, 영적으로 성숙하게 하고 강하게 만든다.

한번은 약 50세 정도 되는 여성 말기암 환자와 상담하였다. 그녀는 심한 통증을 느끼고, 눈이 잘 보이지 않고, 입이 마비되어 잘 먹지 못하고, 암이 머리로부터 엉덩이까지 온몸에 퍼져 있는 상태로 3달 만에 30파운드가 빠져 가죽만 남아 언제 죽을지 모르는 상황이었다. 정말 불쌍하다고 여겨지게 하는 모습이었다. 그러나 영적인 시야로 보면, 그와 정반대일 수 있음을 깨닫게 되었다. 이분은 지난 한 달 동안 하나님이 너무나 가까이 느껴지고, 하나님께서 돌보고 계시는 것을 여러 일들로 볼 수 있어서 너무나 감사하다고 하였다. 언제 죽을지 몰라도 삶을 정리하고 하나님과 함께하여 준비할 수 있

59　Creagan, E. T. (1997). Attitude and disposition: Do they make a difference in cancer survival? Mayo Clinic Proceedings, 72, 160–164.

60　Siegel., B. S. (1986). Love, Medicine and Miracles. HarperCollins Publishers.

는 기간을 주셔서 감사하다고 평안하고 심지어 행복감을 느끼고 있었다.

즉, 정신과 의사 빅토르 프랭클의 말과 같이 "고통 가운데 발견하는 의미가 '절망을 승리로 전환' 시킬 수 있는 긍정적인 변환이 일어나게 만든 것"이다.

이와 같이 치명적인 질병도 전인적 全人的 인 관점에서 바라보면 그 의미가 달라질 수 있다. 치료 Curing 와 치유 Healing 를 구분한다면, '치료'는 질병이 제거되고 의료행위가 성공적으로 이루어지는 것을 의미하는 것이고, '치유'는 전인적인 변화로 감정적, 정신적, 영적인 총체적 회복과 삶의 질이 변하는 것을 의미한다. 전인적인 회복을 기준으로 질병 등 역경은 오히려 축복이 될 수 있는 것이다.

현 세상의 고통이 심하지만 이로 인하여 변화되고 준비되어 미래에 크나큰 축복을 받게 되면 현재의 고통은 잠깐이며, 고통 중에서도 오히려 크게 기뻐할 수 있다. 그것은 그러한 미래를 볼 수 있는 만큼 그렇게 될 것이다. 환경과 상관없이 천국은 우리 마음 가운데 있을 수 있고 하나님이 거하시는 곳이 천국이 된다.

이러한 변화를 저명한 기독교 저술가 C.S. 루이스 Lewis 는 그의 책 『순전한 기독교 Mere Christanity 』[61]에서 다음과 같은 비유로 설명한다.

"여러분 자신이 살아있는 집이라고 상상하십시오. 주님이 오셔서 그 집을 다시 지으려 하십니다. 처음에는 그분이 하는 일이 이해가

---

61   Lewis., C. S. (1952). Mere Christianity. London: Collins.

될 것입니다. 그분은 냄새나는 하수구를 고치고 비가 새는 지붕을 고치십니다. 그런 것들은 당장 필요한 것이므로 당연한 것입니다. 그런데 얼마 안 가서 그분은 집을 사정없이 때려 부수기 시작합니다. 엄청나게 아플 뿐만 아니라 도무지 이해할 수가 없습니다. 도대체 무슨 짓을 하는 겁니까?

그분은 여러분이 생각하는 것과 완전히 다른 집을 짓고 계십니다. 여러분은 보기 좋은 오두막을 상상했는데 그분은 놀랍게도 궁전을 짓고 계십니다. 그리고 그분이 친히 그 궁전에 살 작정이십니다!"

하나님이 시련을 이기게 하시는 방법은 두 가지이다. 시련을 없애 주시던지, 시련에 의미를 부여하신다.

미국 백악관 국가장애위원회 정책 차관보를 역임하였던 강영우 박사는 중학교 때 축구를 하다 실명하게 되었다. 이러한 아들의 실명 소식에 어머니가 충격을 받아 사망하고 만다.

그 후, 아버지의 사망 이래로 가사를 책임졌던 누나가 과로로 사망하고 만다. 그리고 남은 삼형제는 보육원, 철물점, 재활원으로 각각 흩어지게 된다.

이러한 비극 가운데 그는 눈을 고쳐 달라고 하나님에게 기도하다 응답받지 못하고 갈등하다 우연히 방송 목사님에게 왜 하나님이 기도에 응답하지 않으시는지 질문한다.

방송 목사님은, 성경을 인용하며 소경으로 태어난 자의 경우 요한복음 9:1-3 와 같이 그를 통해 하나님의 놀라운 일을 드러내기 위함이라 하셨고, 사도바울의 육체의 가시 고린도후서 12: 7-12 와 같이 그의 약함을 통해 주의 권능을 드러내고자 한다고 답하였다.

그 대답을 듣고 그는 그의 고난에도 주님의 계획과 목적이 있음을 깨닫고 이후 하나님께 눈을 고쳐 달라는 기도를 하지 않고 오직 실명에서 오는 장애를 극복하는 데에만 온 정열과 노력을 쏟았고 삶에서 많은 놀라운 성취를 이루어 내게 되었다.

그가 자신의 시련의 의미와 목적을 찾았을 때 그는 강해졌던 것이다. 많은 연구들은 의미와 개인적 목표들이 시련 후 정신적·사회적 적응 가능성을 가장 잘 예고해 준다고 한다. 개인적 목표들은 의미를 만드는 과정에 있어서 으뜸가는 중요한 구성요소이다.

한 사례를 보자.[62] 셀리 굿리치 Sally Goodrich 의 아들, 피터 Peter 는 911테러 때 세계무역센터에 부딪친 비행기에 탑승하였었다. 아들이 죽은 후 셀리가 상심 가운데 있었을 때, 아프가니스탄에서 봉사 중인 아들의 친구가 보낸 편지를 받게 되었다. 그리고 그 나라의 아이들이 가난과 문맹으로 인해 힘든 삶을 살고 있음을 알게 되었다.

셀리와 남편은 죽은 아들을 기리기 위해 아프가니스탄에 학교를 세우고자 결심을 하고 그 나라를 방문하였다.

"피터는 생명을 존중했어요. 아들은 이것을 기뻐할 거예요. 나는 이것이 시작인 것을 느껴요."라고 셀리는 말하였다. 학교를 짓기 위해 셀리와 남편은 학교와 교회, 클럽 등에서 참여자들을 모집하고,

---

62 Moran, T. (2005, August 26). Person of the Week: Sally Goodrich. ABC News. http://abcnews.go.com/WNT/PersonOfWeek/ story?id=1071393&page=1

이웃들과 함께 모금을 하였다. 그리고 $190,000이 모금되었다. 마치 모든 사람들이 참여하기를 원하는 것 같아 감사하였다.

그 결과, 500명의 어린 소녀들을 위한 교실 16개를 가진 학교가 건축되어 어린 소녀들이 교육받기 시작하였다. 셀리는 "시간이 지남에 따라 나는 사실상 이것이 아들의 삶을 나의 삶으로 지속하여 사용하는 기회인 것을 깨닫습니다."고 하며, "나는 신뢰와 희망의 느낌을 다시 찾았으며, 인간성의 최상을 보았습니다.", "나는 가장 불운한 여인이었는데, 지금 나는 가장 행운의 여인입니다."고 말하였다. 전쟁과 폭력의 위험에도 불구하고 셀리는 아프가니스탄 소녀들을 위한 사업을 계속하고 있다.

정신과 의사 빅토르 프랭클은 2차 세계대전 중 아우슈비츠 나치 강제수용소에서 동료수감자들을 주의 깊게 관찰한 결과, 끝까지 생존하는 자들은 살아남아야 할 이유를 명확히 가진 사람들인 것을 발견하였다. 그래서 그는 니체의 말을 인용하여, "살아야 하는 이유를 가진 사람은 거의 어떤 고통도 견딜 수 있다."고 하였다.

프랭클은 사람이 자신의 고통이 운명인 것을 발견할 때, 그는 자신의 고통을 자신만의 과업으로 받아들이게 될 것이라고 한다. 그 사람은 고통 가운데서 자신이 우주에서 유일한 단독자라는 사실을 인식하게 된다. 다른 사람이 대신할 수 없는 유일성은 그에게 존재하는 의미를 부여하며 책임감을 느끼고 고통을 감내하며 앞으로 나아가게 한다.

그리고 고통 가운데 발견하는 의미는 '절망을 승리로 전환' 시킬 수 있는 긍정적인 변환을 가능하도록 한다고 하며, '의미요법 Logotherapy'이라고 하는 심리치료법을 창안하여 많은 사람들을 치료하게 되었다.

러쉬대학교 Rush University 연구팀은 1,238명의 노인들을 대상으로 생애 목표를 가진 것과 수명과의 상관관계를 연구하였다. 5년 후 151명이 사망하였는데, 나이, 성별, 교육, 인종, 우울증, 장애, 건강 상태, 수입 등 요인들을 배제한 후에, 생애에 높은 목표를 가진 사람들은 낮은 목표를 가진 사람들보다 사망률이 절반밖에 되지 않았다.[63]

마운트 시나이 Mt. Sinai St. Luke's-Roosevelt 병원 연구팀은, 136,000명에 이르는 평균 연령 67세 참가자들을 대상으로 조사한 10개의 연구들을 분석하면서, 생애의 목적이 건강과 수명 위험에 영향이 있는지를 조사하였다.[64]

평균 7년의 연구 기간에 14,500명 이상 사망하였는데, 그중 심혈관질환 심장마비, 뇌졸중 등 으로 4,000명 이상 사망하였다. 연구분석 결과, 다른 요인들을 조절한 후, 생애의 높은 목적을 가진 참가자들은 사망률이 1/5로 낮았다. 높은 생애 목적은 또한 낮은 심혈관질환율을 나타내 보였다.

63 Boyle, P. A., Barnes, L. L., Buchman, A. S., Bennett, D. A. (2009). Purpose in Life Is Associated With Mortality Among Community-Dwelling Older Persons. Psychosom Med. 71(5): 574-579.

64 Cohen, R., Bavishi, C., & Rozanski, A. (2015). Purpose in Life and Its Relationship to All-Cause Mortality and Cardiovascular Events. Psychosomatic Medicine, 1.

나는 10대부터 20대에 걸쳐 장기간 강직성 척추염이란 불치관절염으로 고통받으면서 차라리 죽기를 바라던 적이 많이 있었다. 그리고 삶이 더 이상 희망이 없고 끝났다고 느껴졌을 때 내 생애의 의미를 돌이켜 보았다. 그때 나는 나 자신을 위해 한 모든 것은 내가 사라지면 나와 함께 안개와 같이 사라지는 헛된 것임을 깨닫게 되었다.

유일하게 내 삶에 의미가 있게 느껴진 것은 집의 가사를 도우며 힘들게 살아가는 몇 살 어린 여아에게 그리스도를 소개해 주고 그분을 믿고 의지하며 살아가도록 도운 것이었다. 그때 나는 인생에서 진정으로 가치 있고 영속적인 의미를 부여하는 것은 다른 사람을 위한 삶이라는 것을 깨닫고 만일 내가 다시 산다면 다른 사람들을 위해 살아가겠다는 생각을 하였다.

하늘로부터 치유의 빛을 받고 나을 것이라는 확신을 가진 후에도 통증과 몸을 잘 쓰지 못하는 힘든 순간에 좌절하고픈 순간들이 많이 있었다. 그러나 그럴 때마다 나에게 새로 생긴 타인들에게 참된 하늘의 치유를 전하고자 하는 목표가 나를 붙들어 주었고 힘을 주었다.

현실은 불가능해 보일지라도 하늘의 도움으로 앞날에 많은 사람들을 돕는 일을 하는 비전을 가지고 상상을 하는 것은 다른 것이 줄 수 없는 힘을 주었다.

나는 어떤 일도 할 수 없고 어떤 곤란 가운데 있는 사람일지라도 놀라운 성취를 할 수 있는 것을 알게 되었다. 그것은 사람이 보는 것과 하나님께서 보시는 것이 다른 것이라는 걸 깨달았기 때문이다.

성경의 욥은 큰 업적을 남긴 영웅이 아니지만 오랜 병고를 치른 나에게는 성경의 많은 영웅들보다 더 큰 일을 하였다는 생각이 들었다.

얼마나 많은 사람들이 비참한 병자 욥을 통하여 위로받고 힘을 얻었으며, 하나님께서는 큰 영광을 받으셨는가? 믿음의 영웅 가운데 고난을 겪지 않은 영웅은 없다. 그들의 고난이 그들로 하여금 영웅으로 만들었다. 아니, 그들이 고난 가운데서 하나님을 바라보았을 때, 하나님은 능력으로 그들을 영웅으로 변화시키셨다. 고난 중에 있는 이는 자신에 대한 하나님의 계획과 삶의 목적을 찾고 하나님을 체험하고 영광을 돌릴 수 있는 특별한 위치에 있는 것이다.

다니엘의 세 친구가 우상에게 절하지 않아서 뜨거운 풀무불에 던져졌을 때, 그 속에 함께 계셨던 주님께서 우리의 시련 가운데서 함께 하신다.

하나님은 우리에게 시련이 없을 거라고 하지 않으시고 시련이 있을 때 함께 하시겠다고 약속하셨다. 그리고 시련을 이길 힘을 주시겠다고 하셨다.

"내가 너와 함께 하리라…"는 말씀이 성경에 많이 나온다. "보라, 하나님은 나의 구원이시라 내가 신뢰하고 두려움이 없으리니 주 여호와는 나의 힘이시며 나의 노래시며 나의 구원이심이라 이사야 12:2 "

이스라엘 백성이 애굽에서 구출되어 홍해를 건넜을 때, 그 놀라운 구원으로 인하여 모세의 노래를 불렀다. 이와 같이, 우리는 개인적으로 시련 가운데 하나님께서 함께하시는 경험으로 인하여 새 노래를 부르게 된다.

"새 노래로 여호와께 노래하라, 온 땅이여 여호와께 노래할지어다 시편 96:1."

우리 모두 새 노래로 하나님께 노래하도록 하신다. 오직 나만이 부를 수 있는 새 노래로.

미국에서 태어난 지니 오웬스 Ginny Owens 는 2살 때 질병으로 인해 장님이 되었다. 점차 자라 고등학교 때 다른 아이들이 모여 어울렸을 때, 자신은 홀로 아웃사이드로 그들과 다르다는 것을 느끼며 외로움을 느꼈다. 그래서 주목을 받고 다른 사람들을 즐겁게 해 주려고 이상한 행동들을 하였다. 그때, 엄마는 말했다. "너와 나와 모든 사람들은 인생에서 예수님만이 친구가 될 때가 있다. 그것을 기억하고 받아들여야 한다."

지니는 대학에서 음악을 공부하며, 고등학교 음악교사가 되는 것이 꿈이었다. 그러나 졸업 후 많은 학교에 신청하였지만, "볼 수 없으면 어떻게 학생을 가르치겠나?" 하며 거절당하였다.

그녀는 거듭된 낙방에 '방향을 잘못 잡았나?' 하고 좌절하게 되었다. "하나님, 제가 전공을 잘못 잡았나요? 어디로 갈지 몰라요…."

그녀는 교인의 소개로 직접 작곡 작사한 노래 3개를 녹음한 CD를 음악 전문인에게 보내게 되었고, 받은 음악 전문인은 다시 노래 3개를 CD로 만들어서 큰 음악 레코딩 회사에 보내었다. 그리고 지니는 레코딩 회사와 계약을 맺게 되었다.

1999년, 지니 노래는 현대 기독교 노래 1위 수상을 하였고, 또 다른 여러 상들을 수상하게 되었다. 그리고 백악관에 초대받아 초청

공연도 가졌다.

그녀는 자신의 경험을 통하여 말한다. "당신이 어떤 문제를 가지든 하나님께 가지고 가라. 하나님께서는 우리가 어떤 잘못이 있든 어떤 문제가 있든 하나님께서 전정하시고 다듬으셔서 아름다운 이야기를 만드신다."

다음은 지니가 작사 작곡한 노래 "If you want me to 당신이 내게 원하신다면" 가사이다.

좁은 통로는 부서졌고 표시도 명확하지 않아요
더구나 저를 왜 여기로 이끄셨는지도 알 수가 없어요
하지만 당신이 하시는 그 방법으로 저를 사랑하시기에
저는 그 골짜기를 걸어갈 거예요
이 모든 시련으로 저를 당신께 가까이 이끄신다면
불 가운데로도 지나갈 거예요 당신이 원하신다면

지니 오웬스는 그녀의 생애의 가장 큰 시련을 가지고 사람들을 돕고, 하나님께 영광을 돌리고 자신에게는 보람이 넘치는 훌륭한 작품을 만들었다.

세상에는 자신의 고통의 체험을 통하여 귀중한 작품을 만들어내는 사람들이 많이 있다. 그것도 각종 다른 고난의 체험을 통하여 자신만이 만들 수 있는 사랑의 작품, 하나님과 함께 만드는 사랑의 새 노래를 만들고 부르는 사람들이 있다.

성경은, "환난 날에 나를 부르라, 내가 너를 건지리니 네가 나를 영화롭게 하리로다 시편 50:15 ."고 한다. 고난이 크면 클수록 그 고난을 극복할 때 하나님께 더 큰 영광을 돌리게 되고, 더 큰 기쁨과 영광을 얻게 된다.

스스로 자문해 보자.

나의 질병 등 고난을 통해서 무엇을 얻고 싶은가? 무엇을 얻고자 하는가? 나의 질병·고난의 목적이 무엇인가?

질병, 경제적 곤란, 가족의 사망, 자녀 문제, 용서하기 어려운 문제 등 나 자신이 가지고 있는 시련을 가지고 어떤 작품을 만들고 있는가? 어떤 훌륭한 작품을 만들고 있는가?

시련이 클수록, 그것을 극복하는 것에 더 큰 영광이 있을 것이다. 성경에는 새 노래를 부르라는 다음과 같은 구절이 많이 나온다.

"여호와께 새 노래로 노래하며 땅끝에서부터 찬송하라 이사야 42:10 ."

나는 어떠한 새 노래를 만들고 있는가?

제 2부

보이지 않는 것을
바라보라

5장 보이지 않는 것을 바라보기

심상(心想)과 시각화(視覺化)

베트남 전쟁 중 미군 제임스 네스메스 James Nesmeth 비행기 조종사는 1966년 포로가 되어 7년을 감방에서 지냈다. 그는 첫 4년 동안은 다른 사람을 보지 못하는 어두운 아주 좁은 토굴과 같은 곳에서 홀로 지내야 하였다.

네스메스는 언제 죽을지 모르는 공포와 외로움 가운데 그대로 있다가는 미칠 것 같았다. 그래서, 시간을 보내기 위해서 자신이 예전에 좋아하던 골프 치는 것을 상상하였다. 골프를 치다 보면 시간도 잘 가고 두려움도 외로움도 잊었다. 그래서 매일 그는 18홀 풀코스를 도는 것을 상상하였다.

그는 아침에 골프를 치러 가기 위해 골프 가방을 준비하고 골프장으로 운전하는 자신을 상상하였다. 골프장에 도착하여 골프장의 날

씨를 느끼며 어떤 날은 찬 바람이 부는 것을 느끼고 어떤 날은 바람이 없는 화창한 따뜻한 날을 느꼈다. 잔디를 밟으며 잔디 밟는 소리와 잔디의 감각을 느꼈다.

첫 코스에 들어서서는 손으로 골프채를 잡고 공을 잡아서 제 자리에 놓고, 볼을 바라보며 완벽한 스윙을 하며 코스를 도는 자신의 모습을 하나하나 상상하였다.

여러 해 그렇게 지낸 후, 그가 드디어 풀려나서 미국으로 돌아온 후 1주 만에 뉴올리언스 오픈 골프대회에 참여할 수 있는 기회가 주어졌다. 그는 이전에 보통 동네 골프로 95타 정도를 쳤었는데, 이날은 모두에게 놀랍게도 74타를 쳐서 이전보다 20타나 적은 기록을 만들었다. 놀란 뉴스 기자가 그에게 달려와서는, "초보자의 재참가 행운이군요?" 하고 말하였다. 그때, 네스메스는 이렇게 대답하였다. "행운이라니 당치않은 소리 마시오, 나는 지난 7년 동안 하루도 골프를 치지 않은 날이 없었소. 내 마음속 골프장에서."

이 사건은 실제로 일어난 일로서 사람이 마음의 상상으로 바라보며 시각화하는 것이 얼마나 놀라운 결과를 가져오는지 잘 보여주는 사례이다.

사람의 뇌는 실제로 일어난 일과 선명하게 시각화한 것의 차이를 분간하지 못한다. 그래서, 미군 조종사 네스메스가 한 것과 마찬가지로 보고, 듣고, 피부로 느끼는 등 생생한 5감感으로 느끼는 시각화를 할 때, 우리 뇌는 그것이 실제로 있는 사실로 자극을 받고 시각화하는 방향으로 이끌리게 된다.

조직심리학자인 데이빗 쿠퍼라이드 David Cooperrider 박사는, "인간 조직은 성격상 거의 굴광성 屈光性: 빛의 움직임에 따라 움직임 이다. 그 뜻은 그것이 미래에 대해 긍정적으로 예상하는 방향으로 눈에 띄는 만큼, 거의 자동적으로 진화하는 경향을 보여준다는 것이다."라고 한다. 우리가 기대하고 희망하고 꿈꾸는 것이 어느 정도로 긍정적인지에 따라서 인간 시스템이 긍정적인 방향으로 전환될 것이라는 것이다.

소설 『어린왕자』의 저자인 앙투안 드 생텍쥐페리 Antoine de Saint-Exupéry 는 "만일 당신이 배를 만들고 싶다면 사람들을 불러 모아 목재를 가져오게 하고 일감을 나눠 주는 등의 일을 하지 말고, 대신 그들에게 넓고 끝없는 바다에 대한 동경심을 키워줘라."고 말하였다.

행동심리학 전문가들은 장기적 목표를 성취하는 비결은 그 목표를 성취하는 자신을 계속하여 시각화하여 바라보는 데 있다고 한다.

그 이유는, 첫째, 사람의 마음은 형상 그림 으로 생각하기 때문이며, 둘째, 마음의 무의식이 우리 행동의 대부분을 이끌기 때문이다. 계속 바라보다 보면 자신도 모르게 무의식적으로 변하게 되는데 계속하여 생각하는 마음의 상이 무엇이든지 바로 그것을 현실화시키게 되기 때문이다.

한 가지 예를 보자.

장승수라고 하는 청년은 고등학교밖에 나오지 못하고는 식당에서 물수건 배달, 가스통 배달 등 힘든 막노동을 하였다. 그런데 그의 꿈은 서울대 1등 합격이었다. 아무리 힘들어도 1등을 해서 서울대 정문에 들어가는 장면만 생각하면 가슴이 '쿵' 하고 두근거렸다.

아무리 힘들어도 그런 미래를 바라보며 산 결과, 그는 결국 서울대 인문계 1등으로 법대에 입학하였으며, 『공부가 가장 쉬웠어요』라는 베스트셀러 책의 저자가 되었다. 그는 현실의 고통보다 미래의 기대되고 즐거움을 주는 장면을 계속 바라봄으로 그것이 현실이 되도록 만들었다.

사실, 사람과 동물이 다른 점은 보이지 않는 것을 바라볼 수 있는 상상력이 두드러진 차이라 할 수 있으며, 사람들은 이를 통하여 없는 것을 구상하고 계획하고 만들어 낼 수 있는 것이다.

천재 물리학자 알버트 아인슈타인 Albert Einstein 은, "상상력이 모든 것이다. 그것은 삶에서 펼쳐질 매력들을 미리 보여 준다 Imagination is everything. It is the preview of life's coming attractions"고 하였다. 그리고, "상상력은 지식보다 더 중요하다."고 하였다. 우리는 지금 이 말이 실감나는 시대에 살고 있다!

지금 우리가 일상적으로 사용하고 있는 핸드폰, TV, 자동차, 컴퓨터, 비행기 등 각종 제품들도 그것이 존재하기 전에 먼저, 그것을 만든 사람들의 마음속 상상력을 통하여 보았던 제품들이다. 만들 당시에는 사람들에게 불가능해 보이는 꿈이었지만, 그것이 가능하다고 믿었던 사람들이 마음으로 보았던 이미지가 결국 현실화된 것이다.

우리가 어떤 것에 우리 마음을 고정시킬 때 우리는 우리가 초점을 맞추는 형상대로 변하는 것이 정신의 법칙이다. 즉, 목표를 마음의 눈으로 바라봄으로써 무의식으로 하여금 그 영상이 이루어지도록 작용할 수 있다는 것이다.

사실, 성공하는 이미지비전를 가지지 않은 사람이 성공한다는 것은 불가능한 일이다. 비전은 남이 못 보는 것을 보며, 남보다 더 많은 것을 보는 능력이다.

이러한 정신의 법칙을 활용한 것이 시각화視覺化 훈련이다. 시각화는 스포츠 분야에서 가장 먼저 도입되어 훈련에 사용되었으며, 많은 세계 정상급 선수들이 시각화훈련을 하여 왔다.

1976년도에 미국 올림픽 스키팀이 최초로 실시한 시각화훈련은 이후, 올림픽에서도 대표팀들을 훈련시키는 데 사용되어 왔다. 지금은 세계 각국에서 농구, 축구, 골프 등 각종 운동경기 훈련을 하는데 도입하여 사용되고 있다. 이것은 행동과 습관을 변화시키는 데 있어서 영향력 있는 방법으로써 상상 리허설 Imagined Rehearsal 이라고도 불린다.

예를 들어, 올림픽 수영 금메달 5관왕인 메트 비욘디 Matt Biondi 라든지, 역사상 최고의 골프 선수로 알려진 잭 니클라우스 Jack Nicklaus, 그리고, 세계 철인경기 챔피언으로 세계기록 보유자인 마크 알렌 Mark Allen 등 많은 뛰어난 선수들이 시각화훈련을 활용하였다. 올림픽 금메달을 딴 역도선수 장미란과 피겨스케이팅선수 김연아도 시각화 훈련을 하였고, 세계 최강으로 불리는 한국의 양궁 국가대표 선수들이 올림픽 7연패를 달성한 가장 큰 이유 중 하나가 시각화 훈련이다.

마크 알렌은 다음과 같이 말했다. "시각화는 운동경기에서 어떤 것을 성취하는 데 매우 중요한 도구다. 수많은 운동 선수들이 육체적인 힘으로 수영이나, 심지어 사이클경기에서 금메달을 얻는다 할지라도, 이것을 성취했던 사람들은 경기에 앞서 그들의 마음속으로 창조적 시각화를 할 수 있는 사람들이다. 당신이 무엇을 하든지 시각화를 하는 것은 성공의 길로 가는 것이다."

사람은 누구든지 앞날에 대하여 어떤 종류이든지 마음의 상을 그리며 살아간다. 그런데 앞날의 결과는 어떤 마음의 상을 가지고 살아가는가에 따라 크게 좌우된다.

성공적인 사람들은 자신의 목표를 두 번 성취하게 된다. 먼저 심상을 통하여 성취하고, 그다음에는 실제로 성취하기 때문이다. 이러한 심상에서, 중요한 것은 그 이미지를 선명하고 자주 그리는 것이다. 그럴수록 그는 더욱 자극을 받고 성취의 기쁨을 즐기며 그러한 모습으로 가까이 가게 된다. 그들은 미래에 얻을 즐거움을 미리 보고 느끼기 때문에 그 일을 기꺼이 수행한다.

그러나 대부분의 사람들은 실패하는 자신의 모습을 상상함으로 두려워하며, 더 실패로 가까이 간다. 그렇지만, 과거에 실패가 많고 자신감이 없는 사람이라도 긍정적인 시각화훈련을 통해 자신을 변화시켜 나갈 수 있다.

시각화와 치유

　마음의 상 심상: 心象 과 시각화는 건강과도 밀접한 관계가 있다. 심상은 종종 신체변화를 불러온다. 예를 들어, 사업이 파산하는 장면을 생생하게 떠올리는 것은 실제로 파산을 당하는 상황과 같이 스트레스를 받게 하고 혈압을 높이게 된다.

　심상은 사람에게 감정적으로, 신체적으로 매우 강력하게 영향을 미친다. 심상·시각화 효과는 눈에 띄게 영향을 미치므로 건강전문가들에 의해 광범위하게 사용되며, 출산고통, 암, 뇌졸중, 복통, 관절염, 두통, 심한 화상 치료 등에 사용된다. 또한, 심상은 면역기능, 특히 암과 싸우는 신체의 중요한 부분을 담당하는 자연살상세포 면역 기능을 증가시키는 것으로 나타났다.[65][66]

65　Houldin A. D. Lev, E., Prystowsky, M. B., Redei, E., & Lowery, B. J. (1991). Psychoneuroimmunology: A review of the literature. Hol Nurs Prac. 5(4): 10–21.

66　Zachariae, R., Kristensen, J. S., Hokland, P., Ellegaard, J., Metze,

제프와 브레슬러 Jaffe and Bresler 박사는 심상의 치료적 사용에 대해 다음과 같이 말한다.

"긍정적 미래를 시각화하는 것은 환자가 가질 수 있는 초기의 부정적인 심상, 믿음, 기대에 대항할 수 있는 중요한 테크닉이다. 실상, 그것은 부정적인 플라시보 위약 효과를 긍정적인 것으로 변화시킨다… 긍정적인 연상의 힘은 마음에, 그리고 그것을 통해 몸에까지, 긍정적인 방향으로 바꾸는 씨를 심는 것이다."[67]

최근에 사이언티픽 리포트지는 미국 듀크대 연구팀이 재활이 불가능하다는 판정을 받은 하반신마비 환자 8명에게 외골격 外骨格 로봇과 가상현실 VR 을 이용해 재활 훈련을 시킨 후 놀라운 결과를 발표했다.[68]

연구팀은 환자에게 뇌파를 읽는 모자를 씌운 뒤 걸어가는 상상을

E., & Hokland, M. (1990). Effect of psychological Intervention in the form of relaxation and guided imagery on cellular immune function in normal healthy subjects. Psychother. Psychosom. 54: 32–39.

67 Jaffe, D. T., & Bresler, D. E. (1980). The use of guided imagery as an adjunct to medical diagnosis and treatment. Journal of Humanistic Psychology, 20, 45–59.

68 Donate, A. R. C., Shokur, S., Morya, E., Campos, D. S. F., Moioli, R. C., Gitti, C. M., Augusto, P. B., Tripodi, S., Pires, C. G., Pereira, G. A., Brasil, F. L., Gallo, S., Lin, A. A., Takigami, A. K., Aratanha, M. A., Joshi, S., Bleuler, H., Cheng, G., Rudolph, A., & Nicolelis, M. A. L. (2016). Long-Term Training with a Brain-Machine Interface-Based Gait Protocol Induces Partial Neurological Recovery in Paraplegic Patients. Scientific Reports 6, 30383.

반복하도록 했다. 상상하는 동안에는 VR 장비로 실제 걸어가는 것 같은 주변 풍경을 보여줬다. 외골격 로봇을 생각으로 조종하는 연습도 병행했다. 사람이 걷거나 서는 등, 특정한 동작을 하려고 생각하면 일정한 '뇌파 腦波'가 나오는 데, 이 뇌파를 읽어 로봇의 움직임으로 바꾼 것이었다.

매주 2시간씩 1년간 훈련하자 8명 중 7명이 다리에 통증이나 간지럼 같은 감각을 느꼈다. 일부는 근육이 재생되면서 무릎을 굽히는 동작이 가능해졌고, 한 명은 목발만으로 걸을 수 있게 됐다. 훈련을 반복하면서 신경이 자극을 받아 다시 연결되거나 재생된 것으로 뇌졸중 재활에 전환점이 될 것으로 보았다.

이 기사에서는, "과학이 '기적'을 일으켰다. 로봇과 가상현실VR 기술로 하반신마비 환자의 다리에 다시 생명을 불어넣은 것이다고 하였다."고 나왔다. 그러나 진정 기적을 일으킨 것은 생생한 시각화 치유원리를 활용한 상상력의 힘이었다고 할 수 있다.

웃음치료의 권위자인 로마린다대학교 리 벅 Lee Berk 박사는 심신의학 전문가로 심상과 관련된 특별한 실험을 하였다.[69] 리 벅 박사는 참가자 16명을 무작위로 실험군과 대조군으로 나누었다. 그리고 실험군은 행복한 순간을 미리 예상하여 바라보도록 하였다.

---

69 Berk, L. S., Tan, S. A., & Westengard, J. (2006). Beta-Endorphin and HGH increase are associated with both the anticipation and experience of mirthful laughter. FASEB 2006 Annual Meetings. APS Behavioral neuroscience & drug abuse Section abstract 233.18/board #C706.

실험 결과, 행복하게 웃는 것을 예상하고 바라본 참가자들에서 3가지 스트레스 호르몬이 감소하였다. 즉, 코르티솔호르몬이 39%, 에피네프린호르몬이 70%, 도팍호르몬이 38% 각각 감소하였다. 또 다른 한 실험에서는 크게 웃는 것을 미리 예상한 참가자들에게서 2가지 유익한 호르몬이 증가하였다. 즉, 베타엔돌핀이 27% 증가하였고, 성장호르몬이 87%가 증가하였다.

많은 사람들이 스트레스 호르몬을 줄이고 유익한 호르몬을 증가시키기 위해서 호르몬 조절 약을 많이 사용하고 있는 시대다. 그런데 행복한 순간을 바라봄으로 부작용이 없이 스트레스 호르몬을 줄이고 유익한 호르몬을 증가시킬 수 있으니, 앞날에 대해 좋은 전망을 가지고 살아갈 필요가 있다.

우리가 지금까지 살펴본 것과 같이 바라보는 심상이 이렇게 중요함에도 불구하고 많은 사람들은 부정적인 마음의 상을 떠올림으로 스트레스를 받고 건강을 해친다.

두려운 전망을 가지고 앞날을 내다보면, 부정적인 감정의 영향으로 인하여 면역이 떨어져서 건강이 악화된다. 그와 반면에 희망찬 전망을 가지고 앞날을 바라보면, 긍정적인 감정의 영향으로 인하여 면역이 증가하고 건강이 증진되고 생존율이 높아지는 것이다.

심상은 우리의 감정에 밀접히 연관되어 있고, 감정은 직접적 혹은 간접적으로 치유를 돕거나 거꾸로 방해할 수 있다.

우리의 몸은 하나의 유기체로서 그것이 분명한 비전을 가지게 되면 몸과 마음과 영 전체에 영향을 미쳐서 그것의 목적을 달성하게 된다.

그것을 보여주는 한 희망이 없었던 환자의 사례를 전하고자 한다. 2차 세계대전 말, 미군 루 밀러 Lew Miller 병사는 독일군과 전투 중에 탄환 5개가 그의 머리, 팔, 어깨를 관통하여 병원으로 이송되었으나 거의 죽은 바와 다를 바 없었다.

그 후, 수개월 치료를 받았지만 치료는 더디었고 192파운드가 나가던 그의 체중은 90파운드로 줄어 홀로 서 있을 수도 없었다. 의사들이 최선을 다하였지만 차도가 없었고, 그의 기도도 헛된 듯하였다.

고통을 잊기 위해서 그는 과거의 행복했었던 순간들을 떠올렸다. 운동경기에서 승리하고 관중들이 환호하는 순간과 학교에서 상 받았던 장면과 부모님의 자부심이 넘치는 얼굴 등 즐거웠던 순간들을 머릿속에 생생하게 떠올렸다. 그렇게 할 때는 아픈 것도 잊고 시간도 잘 갔다.

그런데 과거의 장면들을 회상하면서 한가지 공통된 사실을 깨닫게 되었다. 그것은 그가 상을 받기 전에 먼저 상 받는 자신의 모습이 있었던 것이다. 운동경기에서 승리하기 전에, 자신의 머릿속으로 승리하여 우승컵을 타며 관중들이 환호하는 모습을 머릿속으로 보았던 것이다. 그리고 학교에서 상을 받기 전에, 공부를 하면서 머릿속으로 상을 받을 모습과 부모님이 자랑스러워 하는 얼굴을 미리 보았던 것이다.

그는 점차적으로 머릿속으로 상상하던 모습과 이후에 실제로 일어난 모습의 연결 패턴을 깨닫게 되었다. 그리고 성경의 "무엇이든지 기도하고 구하는 것은 받은 줄로 믿으라 그리하면 너희에게 그대로 되리라 마가복음 12:22."는 말씀을 기억하였다. 그리고 그는 기도하고 하나님 약속을 믿는 믿음으로 뒷받침된 이미지를 머릿속에 가진다면 자신이 원하는 것을 얻게 될 것으로 생각하였다.

그리하여 그는 건강을 회복하고 자신의 집을 돌아가는 모습을 바라보았고, 운전하고, 직장을 구해 일을 하고, 예쁜 여자와 만나 결혼하여 자녀를 가지고, 훌륭한 사회인이 되는 미래를 바라보았다. 그는 이러한 미래상을 생생하게 바라보았으며 이러한 모습이 이루어질 것에 대해 하나님께 감사드렸다.

이러한 시각화視覺化를 거듭할 때 그는 이전에 느끼지 못한 큰 희망과 즐거움과 힘을 얻게 되었으며 의사들이 놀랄 정도로 신속히 회복되었다. 그 후, 밀러는 그가 심상으로 보았던 바와 같은 일들이 일어났고 생산적이고 행복한 삶을 살았다.

저명한 천체물리학자인 에릭 얀치 Erich Jantsch 박사는 "마음으로 미래상을 바라보는 것은 미래를 현재로 끌어당겨서, 인과 관계의 방향을 역전시킨다."고 한다. 이 말을 밀러 병사의 경험으로 살펴본다면, 그는 현재 때문에 미래가 결정된 것이 아니라, 미래의 회복될 모습을 현재로 당겨서 미리 보고 느꼈기 때문에 현재가 변하였고, 결과적으로 미래가 그와 같이 변한 것이다.

심리학계에서는 미래상을 바라보고 시각화하는 것을 정신적 시뮬레이션 Mental Simulation 혹은 정신적 리허설 Mental Rehearsal 이라고도 표현하며 지난 30년간 이에 관한 연구가 많이 이루어져 왔다.

정신적 시뮬레이션에 대한 다양한 실험연구들은 참가자들이 가상의 사건을 정신적 시뮬레이션을 한 이후에 다른 인지 활동을 한 이후보다 더 그 가상의 사건이 실제로 일어날 가능성이 높은 것으로 믿는 것을 보여 주었다.

일례로, 한 연구[70]에서는 집주인들이 케이블 TV 서비스에 가입하는 문제를 가지고 접촉하였다. 그리고 한 그룹의 집주인들에게는 케이블 TV 서비스에 가입함으로 유익한 점들을 상상하도록 하였다. 또 다른 그룹의 집주인들에게는 케이블 TV 서비스에 가입함으로 유익한 점들을 설명하고 설득하는 자료가 주어졌다.

그 이후, 참가 집주인들에게 그들이 케이블 TV 서비스에 가입할 것인지 여부를 물어보았다. 그 결과, 케이블 TV 서비스를 가짐으로 유익한 점들을 상상한 참가자들이 케이블 TV 서비스를 가지는 유익한 점들을 단지 읽은 참가자들보다 더 가입을 할 가능성이 높은 것으로 나타났다.

정신적 시뮬레이션의 효과에 가장 큰 영향을 미치는 것은 마음으로 이미지를 바라봄으로 인해 그들의 감정이 변화하고 때로는 강력한 감정이 솟구친다는 것이기 때문이다.

연구자들이 참가자들에게 가장 슬펐던 순간이나 가장 행복했던 순간을 상상하도록 했을 때, 참가자들의 감정상태가 부정적 혹은

---

70 Gregory, L. W., Cialdini, R. B., & Carpenter, K. M. (1982). Self-relevant scenarios as mediators of likelihood estimates and compliance: Does imagining make it so? Journal of Personality and Social Psychology, 43, 89-99.

긍정적으로 변화하는 것을 알 수 있고, 그것은 또한 참가자들의 신체적, 즉 심장박동, 혈압 등의 변화를 가져올 수 있음을 볼 수 있다.

시각화를 처음 환자 치료에 활용한 사람들 중에는, 1970년대에 의학박사 칼 시몬톤 Carl O. Simonton 과 심리학자인 스테파니 시몬톤 Stephanie Simonton 을 들 수 있다. 그들은 불치로 판정받고 예상 수명이 1년밖에 남지 않은 159명의 암환자들에게 시각화 치료를 전통적 치료와 함께 사용하여 생존율을 크게 높인 결과를 발표하였다.[71]

케이스 웨스턴 리저브 메디칼센터의 소아과 교수인 캐런 올니스 Karen Olness 박사는 심상이 면역세포 중 사령관이라고 할 수 있는 T 임파구의 생성과 활동에 미치는 영향을 1996년에 조사하였다. 그 결과, 시각화 치료에 관한 22개 연구 중 18개 연구 가운데서 긍정적 결과를 보여주었다면서, "증거가 너무나 확실해서, 만일 심상이 약이라면 의사들이 면역기능을 높여야 하는 모든 환자들에게 처방하여야 할 것이며, 그렇지 않다면 의료 과실 위험이 있을 것이다."라고 하였다.[72]

앞이 깜깜하고 보이지 않을 때, 믿음의 눈으로 바라보고 힘을 얻는 사례들을 우리는 성경에서 많이 볼 수 있다. 사실, 믿음은 보이지 않는 미래를 보는 눈을 가지게 하여 현실의 어려움을 이기게 한다.

---

71 Simonton, O. C., Simonton, S. M., & Creighton, J. (1980). Getting Well Again. New York: Bantam. pp. 6-12.

72 Rossman, M. L. (2010). Guided Imagery for Self-Healing: An Essential Resource for Anyone Seeking Wellness, Novato, CA: H J Kramer. 227.

"믿음으로 모세는 장성하여… 그리스도를 위하여 받는 능욕을 애굽의 모든 보화보다 더 큰 재물로 여겼으니 이는 상주심을 바라봄이라 히 11:24~26."

즉, 모세가 이스라엘 백성을 이끌고 고난을 겪었던 것은 장래에 하나님께서 상주실 것을 바라보았기에 때문에 그렇게 하였다는 것이다.

또한, 성경은 무엇보다 그리스도를 바라보라고 한다. "믿음의 주요 또 온전케 하시는 이인 예수를 바라보자. 저는 그 앞에 있는 즐거움을 위하여 십자가를 참으사 부끄러움을 개의치 아니하시더니 하나님 보좌 우편에 앉으셨느니라 히12:1-2."

즉, 예수께서는 십자가의 고통도 구속사업을 완성하실 미래를 즐거움으로 바라보심으로 극복하신 것을 알 수 있다.

신앙심이 깊은 한 할머니로부터 들은 이야기이다. 그분은 손자와 함께 교인들이 많이 사는 마을에서 여러 해 사셨다. 그런데 십 대인 손자는 신실한 가족의 신앙과는 달리 머리를 이상하게 물들이는 등 이상한 모습을 하고 다녔고, 차고에서 밴드를 결성하고는 친구들과 함께 동네가 시끄럽도록 락음악을 연주하는 등 여러 가지 반항적인 모습을 보였다.

사람들이 '기도의 할머니'와 함께 사는 손자가 왜 그런가? 하고 수군거리는 소리도 들렸다. 하지만 할머니는 손자에게 한 번도 야단을 치거나 나무라지 않으셨다. 그 대신, 비가 오나 눈이 오나 새벽마다 교회 앞까지 걸어가서 무릎 꿇고 간절한 마음으로 손자가 예수님을 닮게 해달라고 기도하였다. 여러 해 후, 그 기도가 응답을 받아 그 손자는 예수님을 정말 많이 닮은 손자가 되었고, 봉사를 많이 하고 신실하여 30세에 큰 미국 교회 장로가 되었다.

그런데 그 할머니는 여러 해 전, 교회 앞에서 무릎 꿇고 기도하는 가운데 이미 미래에 손자가 예수님과 같이 변하는 모습을 볼 수 있었다고 하셨다. 왜냐하면, 청년이 훌륭한 믿음을 갖도록 해달라는 기도는 하나님께서 기뻐하시며 들어 주실 기도이기 때문이라고 하시면서.

그 이야기를 들으며 기이하게 여겼던 것은, 현대 과학이 근자에 발견한 시각화의 힘을 이 어른은 이미 체험하고 계셨다는 것이다! 진리는 역시 통한다는 생각이 들었다.

나 자신 간혹 어둡고 무거운 마음으로 기도를 시작하지만 기도를 하다 보면 하나님께서 약속하신 대로 기도에 응답해 주실 것을 미리 바라볼 수 있어서 기도를 마칠 때에는 마음에 희망과 기쁨이 가득 차서 아주 밝아진 마음으로 감사하며 일어나는 때가 종종 있곤 한다.

이런 시각화 강의를 하면, 사람들이 이것이 최면과 무엇이 다른가 물어보기도 한다.

최면과 이런 시각화는 완전히 다르다. 최면은, 어떤 사람이 다른 사람의 마음을 이끌어서 인위적인 수면상태에 들어가게 하거나 자기 스스로 원하는 것을 위하여 인위적으로 수면상태에 들어가는 것이다.

성서적 시각화는 하나님의 가르침과 약속을 근거로 하는 것이 차이가 난다. 하나님의 말씀을 기준으로 하여 하나님께서 기뻐하시는 대로 기도하면 들어 주시리라 하신 변치 않는 약속을 의지하고 기도에 응답하실 미래를 바라보는 것이다.

"믿음은 바라는 것들의 실상이요 보지 못하는 것들의 증거이다 히 11:1."라고 하신 말씀처럼, 우리는 기도한 후에 믿음의 눈으로 바라는 것들의 실상을 미리 보고, 보지 못하는 것들의 증거를 이미 가질 수 있다.

믿음으로 그리스도인은 약속된 축복을 요청할 뿐만 아니라 받을 것을 바라보고 지금 기뻐하고 즐거워할 수 있다. 믿음의 눈은 미래의 사건을 현재로 가져온다.

심리치료 방법 중에 "해결 중심의 치료 Solution Focused Therapy"라는 것이 있다.

이것은 문제를 중심으로 치료하는 '문제 중심의 치료 Problem Focused Therapy'와 달리 해결 방안에 초점을 맞추어서 치료하는 것이다.

나는 하나님의 치유를 '미래 중심의 치유 Future Focused Healing'라고 생각한다. 왜냐하면, 하나님은 현재의 시련을 미래를 위하여 소망을 주려고, 더 나은 것을 주기 위해 사용하시기 때문이다.

긍정적 자화상(自畵像) 바라보기

당신의 건강은 당신 스스로 자신의 건강을 어떻게 보는가가 결정적으로 중요하다.

사회과학자들은 "당신의 건강을 어떻게 보십니까?" 하는 간단한 자기 평가 설문 조사 결과가 앞날의 건강과 사망을 예측하는데 놀라운 정확도를 보여 주는 것을 발견하여 왔으며, 건강 자기 평가는 의학적 검사 결과를 뛰어넘는 정확도를 보여 주어 왔다.

사람들에게 자신의 건강 상태를 '훌륭하다'로부터 '좋지 않다'로까지 단계로 나누어 평가하게 하였을 때, 자신의 건강이 '좋지 않다'고 평가한 사람들이 '훌륭하다'고 평가한 사람들보다 사망률이 2배로부터 7배까지 더 높은 것을 보여 주었다.

이것은 질병이나 생활습관 등 다른 중요한 건강을 좌우하는 요인들을 조정 adjust 한 이후에도 그러한 차이가 났으며, 이러한 자기 평가와 건강 및 사망과의 관계는 수십 년 후까지 이어진다.

객관적으로 비슷한 건강 상태라 할지라도 자신이 스스로의 건강을 어떻게 보며 살아가는가에 따라 실제 건강과 수명이 크게 좌우되는 것이다. 왜냐하면, 사람은 바라보는 대로 변하기 때문이다.

에이즈와 유방암 환자들을 대상으로 한 여러 연구들은, 자신의 병이 더 악화될 것을 예상한 환자들은 실제로 병이 악화되고 조속히 사망하였지만, 그와 반대로 자신의 병에 대해 비현실적이고 낙관적 환상을 가진 환자들은 정신적, 신체적으로 악화되지 않은 것을 보여 주었다. 그래서, 환자가 자신의 상태를 사실보다 낙관적으로 보는 이런 현상을 '낙관적 환상 Positive Delusion'이라고 부른다.

심리학자 셸리 테일러 Shelley Taylor 와 조나단 브라운 Jonathon Brown 은 환상과 웰빙의 연관성에 대한 연구 결과 다음과 같이 말한다.

"정신적으로 건강한 사람들은 자아존중감을 높이고, 개인적 효능감에 대한 믿음을 유지하고, 미래에 대한 낙관적인 시야를 증진시키는 방향으로 현실을 변형시키는 부러운 능력을 가지고 있는 것으로 드러났다. 이런 세 가지 환상은 전통적인 정신건강의 기준들 자신과 타인을 돌보는 능력, 행복하고 만족하는 능력, 생산적이고 창의적인 일에 참여하는 능력을 포함하는 을 증진시키는 것으로 드러났다."[73]

73 Taylor, S. E. & Brown, J. D. (1988). Illusion and Well-Being: A Social Psychological Perspective on Mental Health. Psychological Bulletin, 103.

저명한 맥스웰 멜츠 Maxwell Maltz 성형외과 전문의는 여러 해 성형
수술을 하면서 이상한 현상을 발견하였다. 보기 싫었던 외모가 수
술로 보기 좋게 바뀐 많은 사람들이 외모뿐만 아니라 태도가 달라
지고 삶이 변하는 것이었다. 예를 들어, 못생긴 코 때문에 사람들과
사귀지 않고 자신 없던 사람이 수술 후에 자신감을 가지고 용기 있
는 사람이 되어 전체적인 삶이 변하는 것이었다.

그래서 외모의 변화가 사람의 성격과 태도와 삶을 변화시키는 데
큰 영향을 주는 것을 알게 되었다. 그래서 이 의사는 '새 얼굴들-
새 미래들 New Faces-New Futures'이라는 제목으로 연구보고서도 발표
하였다.

그런데 시간이 흐르면서 이상한 현상을 발견하였다. 어떤 사람들
은 수술을 잘하여 외관이 보기 좋게 변하였는데도 여전히 자신의
모습이 보기 싫다고 생각하고 전혀 변하지 않는 것이었다.

그래서 이를 궁금하게 여기고는, 많은 환자들의 사례들과 문헌들
을 살펴보면서 그는 진정으로 큰 영향을 주는 것은 자신이 스스로
를 어떻게 보는가 하는 것임을 발견하였다. 즉, 자화상 Self-Image 이
결정적인 역할을 한다는 것이었다.

그래서 그는 성형수술을 하지 않고도 심리적인 상담과 치유를 통
하여 자화상을 변화시켜서 성격과 태도와 삶을 변화시키는 일을 시
작하였다. 그리고는, 『심리적-인공두뇌 Psycho-Cybernetics』라는 제목의

---

(2). 193-210.

성형수술을 하지 않고 심리적이며 인공적인 두뇌를 만들고 변화시키는 작업을 말하는 책을 썼다.

이 책에서 그는 '긍정적인 생각', '긍정적인 행동'을 강조하여도 많은 사람들이 실패하는 것이 그들의 자화상이 긍정적이지 않기에 자신의 자화상에 맞지 않는 긍정적인 사람이 되려고 노력하다 지치고 실패한다는 것이다. 그래서 긍정적인 자화상을 가질 수 있도록 돕는 데 초점을 맞추어야 한다는 것이다.

어떻게 진정으로 최선의 긍정적인 자화상을 가질 수 있을 것인가?

여기서 이 의사는 심리학이 종교로 돌아가야만 한다고 말한다. 그것은 하나님의 형상, 즉 하나님의 사랑하시는 아들, 딸로서의 자화상을 가지는 것을 말한다.

하나님의 아들, 딸로서 자신을 바라보는 것만큼 사람의 자존감을 높이고, 사람을 긍정적으로 변화시킬 수 있는 것이 있을까?

그래서 하나님은 사람이 자신의 자화상을 바꾸도록 "내가 너를 사랑한다. 너는 내 아들이다. 너는 내 딸이다."고 하시며 우리의 신분을 깨닫도록 하시며 치유하시는 것이다.

나는 오랜 중병 가운데서 20대에 세상에서 가장 비참한 사람으로 스스로를 느꼈었는데, 금식기도를 한 후에, 하나님께서 제 눈을 열어 주셔서, 하나님의 살아계심과 나를 지극히 사랑하심과, 나 자신 하나님의 아들됨을 깨달았을 때, 하루아침에 세상에서 가장 행복한 사람으로 바뀌었다. 병과 어려움은 그대로 있었지만, 하늘의 왕자가 된 이상 아무것도 부러운 것이 없었다.

또 다른 면으로, 바라보는 것은 나의 삶에 지대한 영향을 미쳤다. 의사들은 나의 병이 강직성 척추염이라는 불치병으로 세월이 가면 관절과 척추가 더욱 굳어지고 꼽추와 같이 허리가 굽는 불치병이라고 하며 의학사전에서 허리 굽은 환자의 모습을 보여주었다. 그리고 실제로 나의 몸은 세월이 지나면서 그렇게 변하여 갔다.

나는 오직 성경에서 해골들을 살리신 하나님의 능력만이 고칠 수 있음을 깨닫고 하나님께 기도하였고 하나님은 도와주셨다.

나는 마음의 상을 바꾸어야 할 필요를 느끼고, 그래서 척추가 펴져서 바로 서고, 여러 해 올릴 수 없던 오른팔을 위로 올리고, 건강을 회복하여 다니면서 하늘에 건강 기별을 전하는 나의 미래의 모습을 바라보았다.

아파서 도저히 불가능해 보일 때에도 하나님에게는 불가능이 없음을 기억하고 회복되어 사람들을 돕고 일하는 나 자신 미래의 자화상을 바라보았다. 이것은 회복에 엄청난 힘을 가져다주었으며, 세월이 지나면서 기도하고 바라본 대로 척추가 펴지고, 이루어지는 것을 경험하였다.

하나님의 변치 않는 약속을 의지하고 그분의 무한한 사랑과 능력을 바라보았을 때, 그리고 이루어 주실 것에 미리 감사하였을 때, 척추가 펴지고, 팔이 올라가서 테니스도 칠 수 있게 되는 등 세상이 줄 수 없는 기적적 치유를 경험하였다.

6장 하나님을 바라보기

하나님을 바라보기

캘리포니아 유카이파에 거주하는 어린이 알랜 호버트 Allen Hovet 는 림프종과 백혈병으로 거의 죽다 살았다. 1998년, 그가 7살이 되던 해 암이 발병하여 방사선 치료를 받은 후 회복하였으나 1년 반 후에 암이 재발하였다. 2년 후에는 아빠가 사망하였다. 그다음 해에 알랜은 실명하였다. 그런 그에게는 엄마와 함께 사는 모빌홈 이동식 집 에만 틀어박혀 사는 삶을 선택하는 것은 쉬운 일이었다.

그러나 그는 그렇게 하지 않았다. 12세가 된 그는 여자친구와 춤을 추러 가며, 친구들과 농구를 하며, 매일 버스를 타고 학교를 갔다 심지어 아플 때라도. 그리고는 학교 성적을 모두 A를 받아 온다. 그는 과거를 그리워하고 현실을 원망하기보다 여자친구들과 이야기하고 레이커스 Lakers 농구팀을 응원하고 미래를 계획하는 데 더 관심을 가진다. 그는 변호사를 꿈꾸기도 하고, 군인이나 FBI요원이 되고 싶기도 하다.

알랜은 로마린다 대학병원 침상에 누워 있는 그에게 각종 기계가 연결되고 주위에 의사 6–7명이 지켜보고 있을 때, 무척 두려웠다고 한다. 앞으로 어떤 일이 일어날지 몰라 그는 때때로 외롭고 두려웠다. 그런 가운데 4세 때 엄마와 이혼하였으나 병상에 와서 친구가 되어주었던 아빠의 사망과 경제적 궁핍함 역시 겪어야 하였다.

그의 눈은 빠르게 악화되어 2002년에는 시력을 완전히 잃게 되었다. 실명이 된 그는 말한다. "이것은 완전히 새로운 방식으로 살아가는 것이며 나는 그것에 적응해야만 해요. 그리고 나는 그렇게 하고 있어요." 알랜은 실명의 장애에도 불구하고 자신의 능력을 한계점까지 밀고 나가며, 과거보다는 미래에 초점을 맞추며, 낙관적으로 살아간다.

나는 선 Sun 지 전면기사로 실린 이러한 알랜의 뉴스를 읽으며 아직 어린 소년인 그가 어떻게 어른도 이기기 힘든 역경을 훌륭히 이겨나갔는지 궁금하였는데 그 단서를 다음과 같은 짧은 그의 말에서 발견하였다.

"때때로 '왜 내게?' 혹은 '왜 딴 사람이 아니고?' 라는 의문이 생기는 때가 있었어요. 그럴 때 나는 '그래, 아마도 그것에 대한 이유가 있을 거야. 모든 사람에게는 하나님의 계획이 있지. 나는 그것을 받아들일 거야' 라고 스스로 말하곤 했어요."

알랜이 각종 역경에도 불구하고 신속히 치유되고 미래에 대한 꿈을 키우고 열심히 살아가는 것은 역경을 하나님의 계획으로 받아들인 결과인 것이다.

많은 사람이 과거에 이미 발생한 불행한 사건을 받아들이지 못하고 그것과 매일 씨름하거나 미래에 일어날 일을 두려워하거나, 타인이나 환경, 혹은 신神을 원망함으로 그 어려움을 더욱 가중시킨다. 이런 면에서 석가모니의 다음과 같은 말은 음미해 볼 만하다. "마음과 몸의 건강의 비결은 과거를 한탄하지 않고, 미래를 염려하거나 곤란을 예상하지 않고, 현재를 지혜롭고 열심히 살아가는 데 있다."

저명한 하버드 심리학자 윌리암 제임스의 말과 같이, "일어난 일을 받아들이는 것은 어떤 역경의 결과이든 그것을 극복하는 첫 단계"인 것이다.

시련 가운데 하나님을 바라보는 것은 알랜의 경우와 같이 시련을 속히 받아들이도록 돕는다. 성경은, "너는 범사에 그를 인정하라 그리하면 네 길을 지도하시리라 잠언 3:6 ."고 한다. 주어진 길이 좋든 나쁘든 하나님의 섭리로 받아들이고 그 가운데서 하나님의 뜻을 구한다면 하나님께서 선히 인도하신다는 약속이다.

우리는 이것을 다음과 같은 다윗왕의 경험에서도 볼 수 있다. 다윗왕이 적에게 쫓겨 도망할 때 사울 족속인 시므이가 그에게 돌을 던지며 저주를 퍼부었다. 그때, 다윗의 부하가 그에게 시므이의 목을 베도록 명령할 것을 요청하였다. 그때, 다윗은 다음과 같이 말하고 보복하지 않는다.

"여호와께서 저에게 명하신 것이니 저로 저주하게 버려두라. 혹시 여호와께서 나의 원통함을 감찰하시리니 오늘날 그 저주 까닭에 선으로 내게 갚아주시리라 사무엘하 16:11-12 ."

다윗은 인간 시므이를 보기보다 그 뒤에 계신 하나님을 보았던 것이다. 다윗이 악한 일에서 역시 하나님을 보고 하나님의 은혜를 구하였기에 하나님께서 그를 믿음의 조상으로 높이셨다.

요셉 역시 그를 죽이려 하다 종으로 팔았던 원수와 같은 형들을 대면했을 때, 다음과 같이 말할 수 있었던 것은 보이는 것이 아닌 보이지 않는 하나님을 보았기 때문이었다.

"당신들이 나를 이곳에 팔았으므로 근심하지 마소서. 한탄하지 마소서. 하나님이 생명을 구원하시려고 나를 당신들 앞서 보내셨나이다…. 하나님이 큰 구원으로 당신들의 생명을 보존하고 당신들의 후손을 세상에 두시려고 나를 당신들 앞서 보내셨나니 그런즉 나를 이리로 보낸 자는 당신들이 아니요 하나님이시라 창세기 45:5, 7, 8."

재산과 자녀들을 한순간에 잃고 몸에 생긴 종기로 인해 고통 중에 있던 욥은 아내가 "하나님을 욕하고 죽어라!"고 말하였을 때, 다음과 같이 반응하였다.

"그대의 말이 어리석은 여자 중 하나의 말 같도다. 우리가 하나님께 복을 받았은즉 재앙도 받지 아니하겠느뇨." 하였고, 고통 중에 신음하면서도 "나의 가는 길을 오직 그가 아시나니 그가 나를 단련하신 후에는 내가 정금 같이 나오리라 욥 2:10; 23:10." 하였다.

이와 같이 시련 중에, 문제나 환경, 사람, 사탄이 아닌 '하나님'과 씨름하는 것이 성공적인 대처법의 핵심인 것이다. 선과 악, 복과 환란의 주관자 되시는 하나님을 바라보고 인정한 욥은 다음과 같이 고백한다.

"주신 자도 여호와시오, 취하신 자도 여호와시오니 여호와의 이름이 찬송을 받으실찌니이다 욥 1:21."

하나님은 다음과 같이 말씀하신다.

"나는 빛도 짓고 어두움도 창조하며, 나는 평안도 짓고 환란도 창조하나니 나는 여호와라. 이 모든 일을 행하는 자니라 하였노라 이사야 45:7."

그러면, 실패, 고통, 시련 가운데 하나님을 인정할 수 있는가 자문해 보자. 세상 애굽을 떠나 가나안 땅으로 향하는 광야 길에서 시련이 닥칠 때 하나님을 보는가 아니면 원망하고 의심하며 애굽으로 돌아가려 하는가?

시련 가운데 광야의 이스라엘 백성처럼 원망하는가 아니면 욥과 같이 찬양하는가?

사람이 머릿속에서 먼저 보고자 하는 것을 결정함으로 같은 것을 보아도 세속적인 사람들에게는 세속적인 것들이 보이며, 영적인 사람들에게는 영적인 것들이 보이게 된다. 같은 어려움을 겪어도 어떤 이들은 불평하고 어떤 이들은 찬양한다. 보는 것이 다르기 때문이다.

모세가 12명 정탐꾼을 보내어 가나안 땅을 탐지하게 하였을 때 그들은 돌아와서 정반대의 보고를 하였다. 10명은 "가나안 땅 거민은 강하고 성읍은 견고하고 거인이 살고 있어 우리보다 강하므로 올라가서 치지 못하리라."고 한 반면에, 갈렙과 여호수아는 "우리가 곧 올라가서 그 땅을 취하자 능히 이기리라."고 하였다.

10명의 정탐꾼들은 "거기서 본 모든 백성은 신장이 장대한 자들이며 거인 대장부와 같고 우리는 스스로 보기에도 메뚜기와 같다."고 하였다. 그와 반면에, 여호수아와 갈렙은 "그 땅 백성을 두려워하지 말라 그들은 우리 밥이라. 여호와는 우리와 함께 하시느니라. 그들을 두려워 말라 민수기 13-14장."고 하였다.

이 두 부류의 사람들을 이렇게 다르게 만든 것은 그들이 보는 것이 달랐기 때문이다. 10명의 정탐꾼들은 적과 자신들을 비교하여 바라봄으로 스스로 위축되어 패망을 자초한 반면에, 2명은 자신들과 함께하는 하나님을 바라보고 있었으므로 적은 우리 밥이라고 말하며 담대할 수 있었다. 결국 10명의 정탐꾼은 멸망하였으나, 악해 보이는 상황에서도 하나님을 바라보고 인정한 여호수아와 갑렙은 약속의 땅에 들어가고 영원한 유업을 기업으로 받았다. 이 사건은 우리 자신을 돌아보게 한다.

당신은 사실적이고 현실적인 사람인가? 만일 그렇다면, 그것만으로는 부족하다는 것을 성경은 알려 준다.

10명 정탐꾼은 매우 사실적인, 현실을 잘 파악하는 사람들이었다. 그와 반대로, 2명의 정탐꾼은 매우 비현실적인, 비사실적인 이상주의자였다. 그러므로 문제와 현실을 있는 그대로 직시하고 대처한다면 당신은 10명 정탐꾼과 같이 위축되고 패배할 것이다. 하나님의 능력이 역사할 여지가 없으므로.

반대로, 2명의 정탐꾼과 같이 비현실으로 보이나 믿음으로 바라보고, "하나님이 함께한다면 능히 이기리라." 하고 나간다면 결과는 판이하게 달라질 것이다. 성경은 다음과 같이 말한다.

"우리의 잠시 받는 환난의 경한 것이 지극히 크고 영원한 영광의 중한 것을 우리에게 이루게 함이니, 우리의 돌아보는 것은 보이는 것이 아니요, 보이지 않는 것이니, 보이는 것은 잠깐이요, 보이지 않는 것은 영원함이니라 고린도후서 4:17, 18."

그러므로 시련 가운데서도 보이는 것을 넘어 보이지 않는 것을 보는 것이 중요함을 보여 준다. 비록 광야 길이 험하고 각종 위험이 많지만, 우리가 말씀에 순종하고 기도하고 구한다면 상식적으로 생각할 수 없는 놀라운 기사와 이적을 보고 체험할 수 있다.

로버츠 슐러 Robert Schuller 목사는 다음과 같이 말한다. "나는 신령한 인도하심을 받는 진정한 비밀은 성경읽기, 기도, 혹은 예배보다 더 깊은데 있다고 본다. 그 핵심단어는 '맡김'이다. 당신의 죄, 자기중심의 욕구, 당신의 생애를 그리스도에게 맡기라. 마음을 성령에게 맡기라. 진정으로 인도함을 원하는가? 어떤 길로 인도함을 받든."

영국 시인 크리스토프 로그 Christopher Logue 는 다음과 같은 시를 썼다.[74]

---

74 Christopher Logue's poem "Come to the Edge" from New Numbers (London: Cape, 1969) pp. 65-66.

벼랑 끝으로 오라.

우리가 떨어질 수 있어요.

벼랑 끝으로 오라.

너무 높아요.

벼랑 끝으로 오라!

그들은 왔다.

그는 그들을 밀었다.

그리고 그들은 날았다.

사실, 이 시에서 언급하듯이 몸을 던지지 않고는 볼 수 없고 경험할 수 없는 세계가 있다. 성경은 다음과 같이 말한다.

"너는 내게 부르짖으라 내가 네게 응답하겠고 네가 알지 못하는 크고 비밀한 일을 네게 보이리라 예레미야 33:3."

어부 베드로는 밤새도록 아무것도 못 잡았을 때 예수님의 깊은 곳에 그물을 던지라는 말씀을 듣고, "우리들이 밤을 맞도록 수고를 하였으되 얻은 것이 없지마는 말씀에 의지하여 내가 그물을 내리리이다 누가복음 5:4-9."고 하였다.

그 결과, 고기가 심히 많아 그물이 찢어졌고, 이에 다른 배에 있는 동무를 손짓하여 와서 도와달라 하여 저희가 와서 두 배에 채우매 잠기게 되었다.

그것을 보고 베드로는 예수의 무릎 아래 엎드려 가로되 "주여 나를 떠나소서 나는 죄인이로소이다."라고 하였다.

도저히 일어날 수 없는 기적이 일어난 것을 보았을 때, 하나님의 영광을 보고 하나님을 만난 것을 깨달은 것이다. 신학자 폴 틸리히 Paul Tillich 는 이러한 경험을 다음과 같이 묘사한다.

"그것은 마치 다른 공기를 마시는 것과 같고, 보통의 존재를 뛰어넘어 올라가는 것과 같다."[75]고 하였고, 그런 자기 초월적 경험을 거룩함과 마주치는 것과 같다고 보았다.[76]

사람들이 역경 가운데 자원이 고갈되고 삶을 통제할 수 없을 때, 사람들은 자신을 넘어서는 자원들을 찾게 되고 신성 神聖 을 찾게 된다. 신성과 마주치고 경험할 때, 그들은 초월의 영역으로 올려질 수 있다.

인간의 위기는 하나님의 기회이다. 위기 가운데 하나님의 약속만 믿고 어리석고 위험해 보이는 선택을 하는 것은 영혼이 심히 떨리는 경험이다. 그러나 이 위험한 발걸음을 내딛는 자만이 하늘의 능력을 맛보고 날 수 있는 체험을 한다.

---

75 Tillich, P. (1951). Systematic theology. Volume. 1. Chicago, MI: University of Chicago Press.

76 Tillich, P. (1957). Systematic theology. Volume 2. Chicago, MI: University of Chicago Press.

한번은 CBS 뉴스[77]를 보며 감동을 받았다. 미국 미네아폴리스 한 아파트에서 59세 된 보조 교사가 특별한 이유 없이 하나님을 찬양하고 있다. 사실, 이 메리 존슨 Mary Johnson 는 하나님에 대해 불만을 가지고 살 사람이었다.

왜냐하면, 1993년, 20살이었던 외아들이 한 파티에서 말다툼 끝에 총에 맞아 살해당하였기 때문인데, 살해범은 16세인 오세아 이스라엘 Oshea Israel 이라는 소년이었다. 어머니 메리는 분노하고 정의를 원하여, "그는 짐승이다. 그는 감옥에 가야 마땅하다"고 주장하였었다.

살해범은 25년 선고를 받고 감옥에 갔다. 그리고 그 살해범은 형기를 마치고 다시 그 동네로 돌아와서 메리의 아파트 바로 옆집에 들어왔다.

이것은 누구나 상상할 수 있는 무시무시한 불행한 일이 생긴 것이 아니라 놀랍게도 그와 정반대되는 이야기이다.

그 수년 전에 신앙심이 깊은 기독교인인 메리는 아들의 살인자를 어떤 방법으로 용서할 수 있는 길이 있는지 알아보고자 감옥을 방문하였다.

그 뒤 그들은 규칙적으로 만나기 시작하였다. 그가 출소하였을 때, 그녀는 아파트 주인에게 그를 소개하였고, 그는 같은 아파트에 와서 살게 되었고 가까이 지내게 되었다. 메리는 용서할 수 있었고,

---

77 Hartman, S. (2011, June 8). Love thy neighbor: Son's killer moves next door. CBS News. http://www.cbsnews.com/news/love-thy-neighbor-sons-killer-moves-next-door/

하나님의 덕이라고 하였다. 그리고 또한 이기적인 이유도 말한다.

"용서하지 않는 것은 마치 암과 같습니다. 그것은 안에서부터 당신을 갉아먹습니다. 내가 그를 용서한 것이 그가 한 일을 줄이지 않습니다. 그래요. 그는 내 아들을 죽였습니다. 그렇지만, 용서는 나 자신을 위한 것입니다. 나를 위한 것이지요."

오세아는 낮에는 재활용센터에서 일을 하고 저녁에는 대학에 가서 공부한다. 그는 메리의 관용에 대하여 사회에 기여함으로 되돌려주기로 결심하였다. 사실, 그는 벌써 그것을 위해 일하고 있다. 감옥과 교회로부터 많은 청중들에게 어디서든 하나님을 찬양하고 용서에 대해 노래한다. 이것이 메리가 홀로 감사의 찬양을 부르고 있는 이유를 설명해준다.

괴롭히는 사람을 위해 진지하게 기도하고 축복을 비는 것은 우리의 본성에 맞지 않는 것이다. 그러나 하나님 말씀은 우리에게 그렇게 하라고 도전한다. 자신을 벗어나고 자신을 초월하라고. 그 길만이 평안과 기쁨의 길이요 영생의 길이라고 가르치며.

"십자가의 도가 멸망하는 자들에게는 미련한 것이요, 구원을 얻는 우리에게는 하나님의 능력이라 고린도전서 1:18."

하나님이 고통을 허락하시는 것은 우리 유익을 위해서이다. 이 땅에서 시련을 초월하는 경험을 통해 영원한 나라로 인도하신다. 괴로움을 통해, 외로운 광야에서, 우리는 자신이 누구인지, 내가 진정 원하는 것이 무엇인지, 하나님이 내게 원하시는 것이 무엇인지 돌아볼 수 있는 것이다.

하나님이 나를 보시고 나에게 원하는 사람으로 변화되도록 하여 하나님의 아들, 딸로서 천국에 들어갈 수 있는 성품으로 연단시키신다. 시련 가운데, 하나님 말씀을 따름으로 인한 위험과 어리석어 보임을 감수하고, 하나님의 말씀을 따를 때 어떤 결과가 일어나는지 지켜보라고 하신다.

한번은 어떤 사람들이 우리 부부에게 있는 것을 부당하게 가져가서 어려움이 생겼다. 그래도 우리는, "속옷을 가지고자 하면 겉옷까지 주고, 5리를 가게 하면 10리를 가라 마 5:40-41." 하신 말씀을 따라 그들을 위해 기도하고 그들이 어려울 때 도움을 주었다. 그 후, 그중 한 사람이 그것은 있을 수 없는 일이어서 충격받았다고 하며 하나님의 말씀과 자신을 돌아보면서 잘못한 것을 깨달았다 하며 사과한 일이 있었다.

이와 같이 우리가 자신의 생각과 성정을 따르지 않고 하나님의 말씀을 따를 때 우리는 그리스도와 같은 성품으로 변화되고 하나님은 성령으로 역사하셔서 놀라운 일을 이루신다.

예수를 바라보라

　최근 해외 선교사로 가고자 하는 한 젊은 부부의 남편으로부터 신앙을 갖게 된 계기를 들었다. 20대 초, 그가 한 힘든 지역에 가서 교사로 1년간 봉사를 하고 있는데, 너무 아이들이 나쁘고 말을 듣지 않아 절망감을 가지게 되었다. 자신의 힘으로 도저히 어떻게 할 수 없는 상황에서 그는 신앙이 없었지만, 정말 하나님이 계신다면 도와 달라고 기도하였다. 그런 후에 교장이 바뀌는 등 여러 가지 상황이 너무나 도움이 되도록 변하여서 하나님이 기도에 응답하신 것을 깨닫게 되었고, 그로 인하여 침례를 받게 되었다고 하였다.

　이와 같이, 사방이 꽉 막혀서 길이 보이지 않을 때는 위를 보아야 한다. 나 자신이 오랜 불치병으로 더 이상 견딜 수 없는 통증과 절망 가운데 하나님을 바라보았고, 하나님은 놀라운 방법으로 치유의 길과 하나님의 존재와 사랑을 보여 주셨다. 나는 가장 비참한 사람에서 가장 행복한 사람으로 변했다.

스트레스를 일으키는 시련의 종류는 많으나 대처 방법은 동일하고 매우 단순하다. 천지창조의 능력이 있는 하나님의 약속을 의지하여 기도하고, 그것을 바라볼 때 세상이 줄 수 없는 평강과 힘과 용기를 얻을 수 있다.

성경의 치유 방법은 매우 쉽고 단순하다. 광야에서 고대 이스라엘 백성들이 불평하고 원망하여 불뱀에 물려 죽어갈 때, 단 한 가지 치료제가 주어졌는데, 그것은 놋뱀을 만들어 높이 들고 그것을 바라보는 자들은 살게 되었다. 그 원리를 다음과 같이 표현하였다.

"세상 모든 사람들아 나를 바라보아라. 그러면 구원을 얻을 것이다 사45:22, 현대인성경 ."

신약에서는 구약의 놋뱀이 상징하는 '예수를 바라보라 히브리서 12:2' 고 한다. 성경은 단순히 이렇게 보는 것을 사람들이 가장 바라는 치유와 행복의 길로, 또한 영생의 길로 제시하는 것이다.

그리스도를 향하여 바다 위를 걷던 베드로가 바다에 빠져들게 된 것은 그리스도를 보지 않고 거친 파도를 바라보았기 때문이었다. 사울이 실패하고 다윗이 성공하게 된 것 역시 그들이 바라보는 것이 달랐기 때문이다.

두 사람은 다 하나님 앞에서 범죄하였다. 사울은 아말렉족속을 친 후 모두 진멸하라고 명하신 것을 무시하였으며, 다윗은 부하 우리아의 아내 밧세바와 간음한 후 우리아를 죽인 죄를 지었다.

그러나 그 범죄에 대한 반응이 정반대였다. 사울은 사무엘로부터 하나님의 정죄함을 듣고도 하나님 앞에서 자신을 낮추어 회개하기 보다는 사람을 더 두려워하여 "내 백성의 장로들의 앞과 이스라엘 앞에서 나를 높이사 나와 함께 돌아가서 여호와께 경배하게 하소서 사무엘상 15:30."라고 하였다.

이와 반면에 다윗은 나단으로부터 하나님의 정죄를 듣고는 자신의 부끄러운 악한 죄가 사람들에게 공개되는 것을 개의치 않고 하나님을 바라보고, "내가 주께만 범죄하여 주의 목전에 악을 행하였사오니 주께서 말씀하실 때에 의로우시다 하고 판단하실 때에 순전하시다 하리이다 시편 51:4."고 하였다.

그렇게 보는 것이 달랐던 것이 그들의 영원한 운명이 달라지게 하였다.

나는 여러 해 전에 어려운 일을 겪으면서 유력有力한 두 분에게 부탁하여 어려움을 해결하고자 한 적이 있었다. 그분들은 도와줄 수 있는 위치에 있는 것으로 여겨졌고 또 도와주려 하셨다. 돌이켜 보면, 그때 나는 기도는 하였지만 하나님을 의지하기보다는 사람들을 더 바라보고 있었고, 생각지 않은 일이 생겨 결국 그 일은 무위로 끝났다. 그러나 내가 잘못을 깨닫고 하나님만 바라보기로 마음을 정하고 맡겼을 때 하나님은 오히려 더 좋은 길로 인도하셨으며, 그 일은 다시는 사람을 보지 않고 하나님만 바라보도록 이끄는 교훈을 주었다.

하늘이 주는 기적은 위를 보는 이에게는 보인다. 불가능해 보이는 일도 하나님을 바라보면 가능해질 수 있다. 왜냐하면, 하나님에게는 불가능이 없기 때문이다. 나는 어디에서라도 하늘을 바라볼 수 있음에 감사한다. 하늘은 땅보다 비교할 수 없이 넓고 무한하기 때문이다. 하늘이 땅과 비교할 수 없듯이 위를 바라보면 우리에게 새로운 시야, 새 신앙, 새로운 삶의 지평이 열리게 된다.

우리는 행복해지려면 좋은 것을 바라보아야 함을 알게 되었다. 그러면, 좋은 것 중의 좋은 것은 무엇일까?

좋은 것을 바라보는 것 중 가장 좋은 것은 하나님을 바라보는 것이다.

성경의 야곱은 형, 에서가 400인의 무장한 이들을 데리고 달려온다는 소식에 선물들을 먼저 거듭 보내었어도 두려움을 이기지 못하여 홀로 얍복강 가에서 어둠 가운데 나타난 존재와 씨름을 하게 된다 창세기 32:24-29.

외롭고, 힘들고, 두렵고 답답한 가운데 사람 에서 과 씨름하기를 포기하고 오직 자신을 지켜 주시리라 하신 하나님의 약속만 의지하고 하나님과 씨름하였을 때, 하나님께서는 그에게 복주시고 그의 이름을 하늘의 왕자라는 의미인 이스라엘로 바꾸시고 이스라엘 민족의 조상이 되게 하셨다.

하나님 백성인 모든 개인적 이스라엘의 변화는 이러한 혹독한 시련의 어둠 가운데서 씨름을 통해 일어나고, 야곱과 같이 끝까지 하나님과의 씨름을 통해 놀라운 축복을 받게 된다. 시련을 통해 야곱이 씨름하다 환골뼈를 다친 것과 같이 상처를 입었다 할지라도 그것은 하나님의 축복의 상흔이 될 뿐이다.

야곱의 경험과 같이 우리는 괴로움을 통해, 외로운 광야에서, 우리는 자신이 누구인지, 내가 진정 원하는 것이 무엇인지, 하나님이 내게 원하시는 것이 무엇인지 돌아볼 수 있게 된다. 그리고 하나님이 나에게 원하는 사람으로 변화되도록, 즉 하나님의 아들, 딸로 천국에 들어갈 수 있는 성품으로 연단되게 된다.

세상 살면서 인간관계에서 오는 시련은 가장 힘든 시련 중의 하나일 것이다. 그중 하나가 부부 관계, 자녀 부모 간의 관계일 것이다.

조이스 마이어 Joyce Meyer 목사는 그녀의 책 『아무것도 염려하지 말라 Be Anxious for Nothing 』에서 남편과 부딪치는 문제들로 인해 남편을 변화시키려고 수년 동안 노력하였던 경험을 적었다.

그녀는 남편을 고치려 하다 긴장하고, 다투고, 관계가 나빠지는 것을 경험하였다. 남편을 바꾸려 하면 할수록 긴장은 더 커졌다. 그러다 마침내 하나님으로부터 사람이 사람을 변화시킬 수 없다는 계시를 받았다. 오직 하나님만이 사람을 고칠 수 있다는 것을 깨달았다. 그래서 하나님께서 최선으로 남편을 위해 일하시리라는 믿음을 가지고 기도하고 맡겨야 함을 알게 되었다 한다.

사실, 인간관계 문제는 자신을 일깨워 주며 성장의 기회를 가져다준다. 우리 부부 역시 어떤 면 신앙이나 삶의 목적 등 으로는 상당히 잘 맞지만, 성격이라든지 문제가 생겼을 때 해결 해법이 달라 때로 부딪치게 된다. 세월이 흐르며 깨닫게 되는 것은 서로 다른 것을 깨닫고 받아들이거나 받아들이려고 기도하고 노력하는 가운데 조금씩 더 타인을 이해하게 되고 포용심이 커지는 것을 느끼게 된다.

우리 삶의 많은 고통은 타인을 있는 그대로 받아들이지 않거나 현실을 있는 그대로 받아들이지 못하는 데서 발생한다. 심지어 자신을 있는 그대로 받아들이지 못하여 고통당하는 이들도 많다.

이런 때도 우리는 하나님을 바라보고 사람들을 다양하게 만드신 하나님의 섭리를 감안하여 타인의 다를 수 있음을 인정하고 포용해 주어야 한다.

한 남편은 아내와 여러 면으로 너무 달라서 힘들었던 자신의 경험을 나누었다.

언제나 미리 준비하는 자신과 달리 아내는 떠나야 할 시간에 화장하느라 정신이 없고 다가가 보면 화장품 뚜껑을 다 열어놓고 있어서 화를 내곤 하였다. 화장품 뚜껑을 열어 두고 외출하여 비싼 화장품 향이 다 날아가게 만든다고. 약속시간에 늦게 만든다고.

견디다 못해 성경책까지 들이밀고, "예수님이 부활하는 바쁜 와중에 세마포와 수건을 개켜 놓으신 것은 당신 같은 정리정돈 못 하는 사람에게 정리정돈이 얼마나 중요한지 말하고 싶으셨던 거야. 그게 부활의 첫 메시지야. 당신 부활 믿어? 부활 믿냐고?"

그렇게 다그칠 때, 하늘의 음성을 들었다. "야, 이 자식아, 잘하는 네가 해라… 이놈아 안 되니까 '붙여 놓은 것' 아니냐."

그것은 그에게 너무 큰 충격이었고, 생각의 전환을 가져왔다. 자신 속에서 생겨나는 불평과 불만이 자신의 은사 Gift 인 것을 깨달았다. 아내는 물건이 제자리에 놓여 있지 않아도 눈에 들어오지 않고 불편한 게 없다. 하지만 자신은, 금방 불편해지는데, 그것은 정리정돈에 탁월한 은사가 있다는 증거라는 것을 깨달았다.

하느님은 이 은사를 상대방의 마음을 박박 긁고 상처를 입히는 무기로 사용하라고 주시지 않고 사랑하는 사람을 '섬기라고' 주신 선물이라는 것을 깨닫게 되었다. 그 이후, 그는 아내에게 물어보고 뚜껑을 닫는 것을 자원하였다. 그런데 놀라운 일은, 그렇게 야단을 칠 때는 전혀 꿈쩍도 않던 아내가, 서서히 변해 스스로 뚜껑을 닫아 가는 것이었다.

이 부부와 같이 매일 힘들던 부딪힘이 단순히 보는 시야와 인식의 전환으로 일순간에 해결되었다. 이는 그 사건 가운데서 예수를 바라봄으로 생긴 변화이다.

못된 보스 퇴치하기

새로 들어간 직장은 마음에 드는데 상사는 정말 참을 수 없었다. 그는 자신의 업무를 내게 떠넘겼고, 내 아이디어를 가로채 자기 공으로 돌리면서 자기 잘못은 내게 덮어씌우는 점이었다.

'하나님, 상사에게 어떻게 대해야 할까요? 그는 저를 극도로 화나게 만듭니다. 하지만 직장을 그만둘 수는 없어요. 제가 돌봐야 할 아내와 아이들이 있기 때문이지요.'

어느 날 아침, 직장으로 향하는 도중에 자동차 스테레오에 성경

카세트를 꽂았다.

"그러나 너희 듣는 자에게 내가 이르노니 너희 원수를 사랑하며 너희를 미워하는 자를 선대하며 너희를 저주하는 자를 위하여 축복하며 너희를 모욕하는 자를 위하여 기도하라."

낭독자는 누가복음 6장 27, 28절을 읽고 있었다. 나는 '되돌리기' 단추를 눌렀다. 성경 말씀이 다시 흘러나오길 기다리면서 운전대를 꽉 잡았다.

그 성경 구절을 두 번째 듣게 되자, 그 성경 말씀이 가슴에 와닿았고 한 가지 생각이 떠올랐다. 그에 대한 불평을 늘어놓기보다는 그를 위해 기도해야겠다는 생각이었다. 사무실에 도착한 나는 누가 칭찬을 받을지에 대해서는 신경 쓰지 않고 최선을 다해 일하려고 노력했다.

여러 날이 지나도 좀처럼 상관의 태도는 바뀌지 않았지만, 상황이 점차 바뀌어 갔다. 그가 으스대며 들어와 자기 서류를 내게 던져줄 때도 내 어깨는 경직되지 않았다. 그의 잘못된 점에 대해 신경 쓰지 않게 되자 어떤 일에도 편한 마음으로 임할 수 있었다. 여전히 그와 불편한 순간도 있었지만, 곧 나는 그를 학대자로 여기지 않게 되었다.

비록 기도만이 항상 문제해결의 열쇠라 할 수는 없지만 나는 기쁜 소식을 말하고 싶다. 즉, 기도는 삶에 대한 내 시각을 바꾸어 주었을 뿐 아니라, 나를 힘들게 했던 그 상사를 한 달 뒤 다른 자리로 옮겨 가게 해주었다.

우리 주위에서 뱀파이어처럼 우리를 괴롭히는 사람들을 '하나님이 보내신 천사'라고 말하면, 아마 납득하기 힘들 것이다. 이들은 직장 상관이나 동료, 가족, 친구들, 심지어 배우자로 존재할지도 모른다. 그러나 이들의 역할은 우리가 그들을 사랑하고 선대하며 축복하고, 용서하고, 그들을 위해 기도하는 마음을 가지게 될 때 스르르~ 끝나 버린다.

인터넷에 올려진 앞의 작자 미상의 이야기는 직장 내 관계 문제를 어떻게 하나님을 바라보는 가운데 잘 풀어 갔는지를 보여 준다.

이 글의 내용과 같이 괴롭히는 사람을 위해 진지하게 기도하고 축복을 비는 것은 사실 우리의 본성에 맞지 않는 일이다. 그러나 하나님 말씀은 우리에게 그렇게 하라고 도전한다. 먼저 우리를 위하여 우리 자신을 벗어나고 자신을 초월하라고. "진리가 너희를 자유케 하리라 요한복음 8:32."는 말씀처럼 우리는 진리를 따르고 결과는 하나님께 맡길 때 진정 자유로울 수 있다.

박사 과정을 하던 어느 날 나는 무심코 "나는 아무도 믿지 않는다."고 말하였다. 옆에서 아내가 듣고는, "그러면, 나도 믿지 않느냐?"고 물었다. 그래서 나는 "나는 당신도 믿지 않는다"고 하였다. 그랬더니, 아내의 표정이 굳어지는 것이었다.

그래서, 나는 한 마디 덧붙였다.

"나는 나도 믿지 않는다. 내가 20대에 투병생활을 하면서 성경과 많은 책들을 보고 사람들을 관찰하면서 성경 말씀처럼 세상에 의인은 없고 다 치우쳐서 옆길로 가는 것을 알게 되었다. 심지어 가장 신실했던 아브라함이나 다윗도 죄를 짓고 최고 종교지도자인 대제사장도 예수님을 못 박아 죽이는 것을 보았고, 또 나 자신도 연약하고 믿을 수 없음을 느끼고는 세상에 믿을 수 있는 사람이 없다는 것을 깨달았다. 그래서 나는 아무도 믿지 않는다. 나 자신까지도.

그렇지만, 그것은 절반만 말한 것이고 다른 한편으로는 나는 모든 사람을 믿는다. 어떤 사람도, 심지어 아무리 악한 사람일지라도 예수님 안에서는 완전히 다른 선한 사람으로 변할 수 있는 것을 믿는다. 그런 의미에서 나는 나 자신도 믿는다."

그 말을 들은 후 아내의 얼굴이 펴지는 것을 보았다. 사실, 나는 사람이 잘나 봤자 오십보백보라는 생각이 들었다. 그리고 과학의 아원자 세계와 양자물리학을 통하여 분자와 원자 세계를 분리해 나갈 때, 아원자 세계에서는 분리된 개체가 없이 상호 연결된 관계만 있음과 온 우주가 그물과 같이 연결되어 있고 주관과 객관도 분리될 수 없는 하나로 작용함을 알게 되었다.

그리고 성경을 통하여서는 하나님께서 세상 모든 것을 하나로 만드신 것과 그 모든 것이 유기적인 관계로 주고받는 상호 연결된 세계임을 깨닫고, 타인과 내가 분리될 수 없는 존재로 한 형제요 하나인 것을 깨달았다. 성경에서 "네 이웃을 네 몸과 같이 사랑하라."는 말씀이 타인이 실제로 나와 분리될 수 없는 하나이기에 '네 몸과 같이' 사랑하라 하신 것으로 여겨졌다.

"사랑은 오래 참고, 사랑은 온유하며 시기하지 아니하며 사랑은 자랑하지 아니하며 교만하지 아니하며… 고린도전서 13:4~7 ."과 같은 사랑의 속성 역시 하나로 여길 때 이루어진다. 다르다고 분리하지 않고 하나로 여길 때, 어떻게 시기하고, 자랑하고, 교만하고…할 수 있겠는가?

예수께서 죄인된 우리와 하나가 되셔서 죄짐을 지셨고 영원히 하나가 되신 것과 같이 성령의 마음으로 하나가 될 때, 사랑의 계명이 이루어지게 된다.

교회를 다니다 보면, 다른 사람들로 인해 마음을 다치고 스트레스 받고 교회를 떠나기도 하는 것을 보게 된다. 그런데 나는 20대 후반부터 사람이 믿을 바가 못 된다는 것을 깨달은 이후로 타인에 대해 실망하거나 분노하거나 좌절케 하는 일이 없었다. 장로나 목회자라 할지라도 연약함을 가진 바는 마찬가지이니 기대와 다르다 할지라도, '역시 사람은 누구나 연약하지.' 생각하고 그를 위해서 기도해 주게 되었다.

타인을 모두 믿지 않으면서 또한 모두 믿는 마음을 가지고 나와 하나로 여겼을 때, 타인을 이해하고 수용하는 폭이 넓어져서 타인으로 인해 스트레스 받는 일을 찾기 어려웠다. 이 또한 예수를 바라보면서 배우고 얻게 된 복이다.

말씀을 바라보라

'예수를 바라보라'는 의미는 예수가 하나님의 말씀이 육신이 된 분이시기에 '하나님의 말씀을 바라보라'는 것과 통한다.

야곱은 얍복강에서 형, 에서가 죽이러 오는 절체절명의 위기 앞에서 어떤 사람과 밤새도록 씨름한 것은 말씀이신 예수와 씨름한 것이며, 그가 아버지 집을 떠났을 때 광야에서 "내가 너와 함께 있어…너를 지키며 너를 이끌어 이 땅으로 돌아오게 할지라 창세기 28:15." 약속하신 말씀을 붙잡고 끝까지 씨름하여 그 말씀의 성취를 이룬 것을 보여 준다.

나의 생애에서도 불치병 고통과의 씨름 가운데 세상에서 남은 살길은 성경 약속 말씀이 사실인 길밖에 없었다. 그래서 기도로 하나님만 바라보았고, 야곱이 응답받았던 것처럼 나도 응답받고 치유의 길을 깨닫게 되었을 뿐만 아니라 하나님의 아들로 거듭남을 경험하였다.

혹독한 시험을 받을 때, 어려운 상황이나 자신의 약한 점을 보지 말고 하나님 말씀 속에 계시된 하나님의 은혜와 능력을 바라보아야 한다.

성경은 시련의 시간에 하나님을 의지하라고 한다. 다음 구절들과 같이 잠잠히 하나님만 바라라고 한다.

"나의 영혼이 잠잠히 하나님만 바람이여 나의 구원이 그에게서 나는도다 시편 62:5."

"나의 영혼아 잠잠히 하나님만 바라라 대저 나의 소망이 저로 좇아 나는도다 시편 62:5."

다른 것을 의지하지 않고 하나님만 의지하는 것이 중요한 것은 그렇게 하나님과 1대 1로 씨름하고 상대를 해야만 하나님께서 그 문제에 대한 답을 주실 때 그것이 우연이나 다른 것이 아닌 하나님으로부터 온 것임을 알 수 있다.

그리고 그런 과정을 통해 하나님께서 어떻게 돌보시는지, 어떻게 응답하시는지 배울 수 있으며, 흔들리지 않는 신앙으로 자라고 그런 체험들을 통해 타인도 도울 수 있게 된다.

하나님을 바라보는 것은 말씀을 바라보는 것이며, 그것은 또한 기도로 하나님께 구하고 하나님의 도우심을 기다림을 의미한다.

다음은 내게 가장 힘이 되고 힘들 때 붙잡고 씨름하였던 말씀들 중 일부이며, 많은 사람들에게 희망을 주고 힘을 주는 성경 구절들이다. 하나님의 말씀은 살아 있어 말씀을 붙잡고 기도하면 말씀의 능력이 역사하게 된다.

말씀을 머리로 믿고 동의하는 정도로는 그 말씀의 능력을 체험할 수 없다. 말씀에 자신을 던지고 기도로 맡기면 나아갈 때 비로소 살아 있는 말씀의 능력이 나타나게 된다.

능력의 말씀 구절들

- 나 여호와가 말하노라 너희를 향한 나의 생각은 내가 아나니
  재앙이 아니라 곧 평안이요 너희 장래에 소망을 주려하는 생각이라.
  너희는 내게 부르짖으며 와서 내게 기도하면 내가 너희를 들을 것이
  요. 너희가 전심으로 나를 찾고 찾으면 나를 만나리라
  (예레미야 29:11-13).

- 너희는 여호와의 선하심을 맛보아 알찌어다 그에게 피하는 자는 복이
  있도다(시편 34:8).

- 여호와를 기뻐하라 저가 네 마음의 소원을 이루어 주시리로다
  (시편 37:4).

- 내 영혼아 네가 어찌하여 낙망하며 어찌하여 내 속에서 불안하여 하
  는고 너는 하나님을 바라라 그 얼굴의 도우심을 인하여 내가 오히려
  찬송하리로다(시편 42:5).

- 환난 날에 나를 부르라 내가 너를 건지리니 네가 나를 영화롭게 하리
  로다(시편 50:15).

- 감사로 제사를 드리는 자가 나를 영화롭게 하나니 그 행위를 옳게 하
  는 자에게 내가 하나님의 구원을 보이리라(시편 50:23).

- 너의 행사를 여호와께 맡기라 그리하면 너의 경영하는 것이 이루리라
  (잠언 16: 3).

- 마음의 즐거움은 양약이라도 심령의 근심은 뼈로 마르게 하느니라
  (잠언 17: 22).

- 수고하고 무거운 짐진 자들아 다 내게로 오라 내가 너희를 쉬게 하리
  라. 나는 마음이 온유하고 겸손하니 나의 멍에를 메고 내게 배우라. 그
  러면 너희 마음이 쉼을 얻으리니 이는 내 멍에는 쉽고 내 짐은 가벼움
  이라 하시니라(마태복음 11: 28-30).

- 내 말이 너희 안에 거하면 무엇이든지 원하는 대로 구하라 그리하면
  이루리라(요한복음 15: 7).

- 우리가 알거니와 하나님을 사랑하는 자 곧 그 뜻대로 부르심을 입은
  자들에게는 모든 것이 합력하여 선을 이루느니라(로마서 8: 28).

- 사람이 감당할 시험 밖에는 너희에게 당한 것이 없나니 오직 하나님
  은 미쁘사 너희가 감당치 못할 시험 당함을 허락지 아니하시고 시험당
  할 즈음에 또한 피할 길을 내사 너희로 능히 감당하게 하시느니라
  (고린도전서 10: 13).

- 내 은혜가 네게 족하도다 이는 내 능력이 약한데서 온전하여짐이라
  하신지라 이러므로 도리어 크게 기뻐함으로 나의 여러 약한 것들에 대
  하여 자랑하리니 이는 그리스도의 능력으로 내게 머물게 하려함이라.
  그러므로 내가 그리스도를 위하여 약한 것들과 능욕과 궁핍과 핍박과
  곤란을 기뻐하노니 이는 내가 약할 그 때에 곧 강함이니라
  (고린도후서 12: 7-10).

- 여호와의 천사가 주를 경외하는 자를 둘러 진 치고 그들을 건지시는 도다. 너희는 여호와의 선하심을 맛보아 알지어다 그에게 피하는 자는 복이 있도다(시편 34:7-8).

- 주 안에서 항상 기뻐하라 내가 다시 말하노니 기뻐하라. 너희 관용을 모든 사람에게 알게 하라 주께서 가까우시니라. 아무것도 염려하지 말고 오직 모든 일에 기도와 간구로, 너희 구할 것을 감사함으로 하나님께 아뢰라. 그리하면 모든 지각에 뛰어난 하나님의 평강이 그리스도 예수 안에서 너희 마음과 생각을 지키시리라(빌립보서 4: 4-7).

- 내게 능력 주시는 자 안에서 내가 모든 것을 할 수 있느니라 (빌립보서 4: 13).

- 항상 기뻐하라. 쉬지 말고 기도하라. 범사에 감사하라. 이는 그리스도 예수 안에서 너희를 향하신 하나님의 뜻이니라 (데살로니가전서 5: 16-18).

- 사랑하는 자들아 너희를 시련하려고 오는 불시험을 이상한 일 당하는 것 같이 이상히 여기지 말고 오직 너희가 그리스도의 고난에 참예하는 것으로 즐거워하라 이는 그의 영광을 나타내실 때에 너희로 즐거워하고 기뻐하게 하려 함이라(베드로전서 4: 12,13).

- 너희 염려를 다 주께 맡기라 이는 그가 너희를 돌보심이라 (베드로전서 5:7).

바라봄과 기다림

위트워스 Whitworth 대학교 신학과 제리 싯처 Jerry Sittser 교수는 1991년 가족과 함께 여행을 가다 음주 운전자가 일으킨 차량 충돌사고로 인하여 아내와 어머니, 4살 된 딸을 한순간에 잃고 말았다.

한 차에 타고 있던 아들 2명과 딸 1명은 자신과 함께 앰뷸런스가 올 때까지의 1시간 동안, 그리고 앰뷸런스 안에서 병원 가는 1시간 동안 누구도 말이 없었다. 엄청난 비극 앞에 침묵만 흘렀다.

그 뒤 그는 남은 자녀를 걱정하여 기도하기 시작한다. 그러나 사나흘 기도하던 그는 의문을 가지게 된다.

"내가 왜 기도하는가? 내가 딸 제인이 태어나는 날부터 하나님께 그 아이를 위해 기도하지 않았는가? 사고가 난 날도 제인을 보호해 주시기를 하나님께 기도하지 않았는가?"

"하나님이 정말 사랑하시는가?"

"하나님은 기도에 응답하는가?"

"내가 다시 진지하게 기도할 수 있을까?"

기도에 대해 회의를 가진 그는 그와 같은 질문들과 씨름하고 연구하며 그에 대한 답을 찾기 시작하였다. 그리고 여러 해 후에 책을 쓰게 되었고, 사고 난 지 7년 후에 『하나님께서 당신의 기도에 응답하지 않을 때 When God Doesn't Answer Your Prayer』라는 제목의 책을 발간하였다.

그 후, 많은 사람들이 이 책을 통해 도움을 얻었다. 나는 이 책이 박사과정 중 한 선택과목의 필독서 중 하나이었기에 접할 수 있었다.

몇 해 지나서 남편이 좋은 분으로 선행하시던 분이었는데 갑자기 강도를 당하여 비극적 사고로 작고한 부인에게 그 책을 보내 드렸다. 알지 못하는 분이었으나 마음에 계속 성령께서 전하도록 이끄시는 듯하여 보내었다.

얼마 후, 답신 편지가 왔었다. "귀한 책을 보내주셔서 대단히 감사합니다. 그렇지 않아도 그 문제로 씨름하고 있던 중이었는데, 아직 1/3 정도 읽었지만, 책을 읽으면서 많은 회개의 눈물을 흘리고 있습니다. 읽으면서 하나님의 사랑을 크게 느끼게 되기를 바랍니다…"

그런 반응으로 인해 하나님께 감사하였다. 그리고 사랑하는 가족 3명을 한꺼번에 잃은 제리 싯처의 비극적 경험이 많은 사람들을 치유하고 있는 것을 다시 깨닫게 되었다.

비극적인 사고를 겪은 후, 그는 아이들과 함께 혼란스럽고 참담한 나날을 보내야 하였다. 그러나 그는 홀아버지로서 아이들을 키울 수 있는 특권을 누렸고, 아이들은 사고로 상처를 받았지만 또 은혜로 둘러싸인 특별한 사람들로 하나님께서 내내 우리에게 선을 베푸셨다고 고백한다.

그가 이러한 믿음의 승리를 하고 아름다운 열매를 얻게 된 것은 기대하고 기도한 대로 응답이 되지 않았더라도 기도를 쉬지 않았기 때문이다. 끝까지 하나님만 바랐기 때문에 그는 "기도는 기대한 것과는 다르지만 응답되었다."고 하였다.

'하나님이 내 필요를 이미 아시는데 왜 기도해야 하는가?' 하는 의문이 들 수 있다. 하지만 기도의 중요성은 단순히 구하고 응답받는 데 있지 않다. 응답은 결과로 따라 오는 것이다. 응답보다 중요한 것은 하나님을 바라보는 일이다. 반복하여 하나님을 바라보는 가운데 하나님의 마음을 알고, 배우고, 닮고, 만날 수 있다. 하나님이 사랑하시고 함께 하신다는 생각과 감정은 다른 것이 줄 수 없는 영향을 미치게 된다.

하나님을 보게 되면, 어떤 반응을 일으킬까?

그러한 기도하고 기다리는 시간은 그야말로 고귀한 시간이다. 그를 통해서 우리 마음은 낮아지고 하나님과 교통할 준비가 되는 것이다. 하나님의 역사를 볼 시야가 밝아지는 것도 그런 시간을 통해서이다.

응답받지 못할 때, 좌절할 때, 우리는 자신의 어둡고, 못난 면, 외면하고자 했던, 인정하지 않았던 면과 직면해야 하고, 그것과 씨름하여야 한다. 그러한 씨름을 통하여, 우리는 더 성숙해지고, 다른 사람들에게 너그러워지고, 강하게 되고, 하나님을 닮아 가게 된다.

투병하는 오랜 세월 동안 때로 나의 기도에는 응답 않는 하나님이 원망스럽기도 하였다.

"왜 나의 기도에는 응답을 않으시나요? 다른 사람들의 기도는 들으시면서…"

나의 믿음이 부족해서인가?

역설적으로, 세월이 지난 후, 나는 하나님께서 오랫동안 내 기도에 응답하지 않고 불치병으로 완전한 절망에 빠지게까지 하신 것에 대해 감사하게 되었다.

나 스스로 내가 회복할 확률은 전무한, 즉 골짜기 해골들을 사람으로 살리신 하나님의 능력만이 나를 낫게 할 수 있다고 인정할 수밖에 없는 지경에 이르렀고, 무기한 금식기도를 시작하도록 만들었다. 그리고 그 기도에 응답을 받았을 때, 나는 하나님을 만나 지옥에서 천국으로 옮긴 듯한 변화를 느끼며 다른 사람이 되었고, 내 생애는 새롭게 시작하였다.

나 자신, 인간과 세상의 힘으로는 완전히 불가능한 불치병을 치유하시는 불가능이 없는 경이로운 하나님을 몸소 체험하였고, 환자들에게 강의를 하면서 더욱 깨닫게 되었다. 그들은 자신들 병보다 더 중하고 고통스러웠고 절망적인 불치병을 가졌던 나를 보며 희망을 갖는 것이었다.

그러한 경험으로 인해 그 후에 삶 가운데 믿음으로 다양한 시도를 하였으며, 재정적인 위험도 감수하고 하나님 약속만 믿고 기도하며 나갔을 때 홍해가 열리고 하늘에서 만나가 내리는 것 같은 기사와 이적들도 체험하였다.

나는 아브라함에게 75세에 아들을 주리라고 약속하신 하나님이 왜 100세가 되기까지 그렇게 오래 아들을 주지 않고 힘들게 하셨는가 생각하게 되었다.

아브라함과 아내 사라는 완전히 인간적으로 희망이 끊어진 100세가 되어서 아들을 갖게 되었을 때 불가능을 가능케 하시는 하나님을 체험적으로 알게 되었다.

아브라함의 그러한 경험은 그가 후에 독자 이삭을 죽여 제물로 바치라는 하나님의 말씀을 따르게 하는 죽은 자도 살리시는 하나님을 믿은 중대한 체험이 되어 그가 믿음의 조상이 되게 하였다.

그렇게 답답하게 기도에 지체하심과 불가능 가운데서 아들을 주심이 또한 수많은 후세 믿는 자들에게 희망과 용기를 주게 되었다. 그러므로 기도를 계속하는데, 나의 기도를 듣지 않으신다고 낙담하지 않아야 한다. 하나님은 모든 것을 보시고 듣고 계신다. 보다 위대한 목적과 계획을 가지고 더 좋은 때 더 좋은 방법으로 응답하시기 위해 기다리고 계실 뿐이다.

귀한 보석이 뜨거운 불 속에서 연단되듯이 우리는 그런 과정을 통해서 보석보다 귀한 하나님의 아들딸다운 모습으로 변하는 것이다.

삶에서 큰 시련이 축복이 될 수 있는 것은 그것이 하나님으로 인도하는 길이 될 수 있기 때문이다. 그 과정을 통해 하나님을 알게 되며, 하나님을 아는 것은 영생을 얻게 하며, 이 땅에서는 세상이 줄수 없는 평안과 기쁨과 참된 행복을 가져다준다.

그래서 성경은 말한다.

"사랑하는 자들아 너희를 연단하려고 오는 불 시험을 이상한 일당하는 것 같이 이상히 여기지 말고 오히려 너희가 그리스도의 고난에 참여하는 것으로 즐거워하라. 이는 그의 영광을 나타내실 때에 너희로 즐거워하고 기뻐하게 하려 함이라 베드로전서 4:12-3."

나는 치유의 길을 깨닫게 된 이후에도, 때로는 척추와 관절들이 너무 아파서 절망적으로 느낄 때가 많이 있었다. 그렇지만 전지전능한 하나님, 합력하여 선을 이루시는 하나님을 바라보는 것은 세상이 줄 수 없는 힘과 치유를 가져다주었다.

하나님은 바벨론에게 멸망당하여 포로되어 잡혀간 이스라엘 백성들에게, "너희를 향한 나의 생각을 내가 아나니 평안이요 재앙이 아니니라 너희에게 미래와 희망을 주는 것이니라 예레미야 29:11."고 하셨다. 그와 같이 하나님이 인생에게 고통을 허락하시는 것은 재앙이 아니라 평안과 미래와 희망을 주시기 위함인 것이다.

시련을 통해 하늘을 바라봄으로 파멸을 피하고, 하늘의 능력을 체험하고, 더 좋은 미래와 영생을 주시기 위한 하나님의 손길임을 깨달을 때, 시련으로 인해 오히려 깊은 감사를 드릴 수 있게 된다.

"너희는 여호와의 선하심을 맛보아 알찌어다 그에게 피하는 자는 복이 있도다 시편 34:8."는 성경 말씀은 사실이었다.

하나님은 사람을 하나님의 형상대로 만드셨으므로 모든 사람을 깊이 사랑하신다. 그래서 하나님은 사람이 건강하고, 재능을 훌륭하게 발휘하며, 행복하고, 영원히 살기를 바라신다. 훌륭한 작품이 제작자에게 영광이듯이 그렇게 인간의 훌륭한 모습은 하나님에게 영광이 된다. 사람을 영광스런 존재로 만드셔서 그로 인해 하나님께 영광을 돌리도록 하신 것이 하나님의 기쁨이다.

그런데 그것을 바라지 않는 사탄의 유혹과 인간의 잘못으로 고통을 당하게 되었다. 하지만 하나님은 예수의 희생을 통하여 다시 천국에 들어갈 수 있는 길을 여셨다. 그러나 사람의 성품이 변치 않고는 천국에 들어갈 수 없으며, 변치 않고 들어간다면 천국이 이 세상 지옥과 같을 것이다. 그러므로 하나님은 죄로 인해 생긴 고통을 통하여 잘못된 것을 고치도록 계획하신다.

세상 부모도 수술을 통해 고통을 겪어야 할지라도 그것이 자식의 생명을 살리기 위해 필요하다면 수술을 허락하듯이 하나님께서도 더 나은 것을 위해 때로 고통을 허락하신다.

2000년 초, 나는 밤중 3시가 지나면 잠이 깨어 잠이 다시 들지 않는 경험을 하였다. 다시 잠들고자 하여도 잠이 오지 않았다. 그것은 이상하였고, 아무래도 이상하고 마음이 편치 않은 듯하였다. 그것은 내게 생소한 느낌이었다. 왜냐하면, 그 오래전에 하나님을 만나는 경험을 한 후로 마음의 평강이 깨어진 적이 없었기 때문이다.

계속 잠을 편히 자지 못하는 날이 계속되었고 나는 변화를 위하여 성경 말씀들을 노트에 적어 보기도 하고 암송하기도 하는 등 애

썼다. 두 달 정도 그런 날들이 지속되면서, 아내가 밤중에 "또 깨어 잠들지 않느냐."고 묻는 날도 있었다.

그러던 어느 날, 나는 내가 왜 그런가? 하고 곰곰이 생각해 보았다. 하나님이 돌보시는데 내가 왜 잠을 편히 자지 못하지? 하는 의문을 가지고 생각하다 나는 내가 두려워하는 것을 감지하였다. 진작 한국민의 건강이 걱정되어 한국으로 귀국하여 국민 건강을 위해 기여는 하였지만, 그로 인해 가족의 미래가 위태롭게 된 것 같아 우려되었던 듯하였다.

'이렇게 되면 어떨까?', '그렇게 안 되면 어떨까?' 등 불확실한 미래로 인해 심중 깊은 곳에 불안감이 있었던 것 같이 생각되었다. 그래서 하나님이 어떤 분이신지 다시 생각해 보았다.

'하나님은 나와 내 가족을 잘 알고 깊이 사랑하시는 분이 아니신가? 모든 것을 능히 이루시는 전능하신 분이 아니신가? 내 가족을 내가 걱정하는 것보다 더 걱정하시고 고려하시고 선한 길로 이끌고자 하시는 분이 아니신가?

혹 일들이 내가 바라는 대로 되지 않고 내가 잘못되었다고 생각하는 방향으로 간다 할지라도 하나님께서 허락하신 길이라면 그것이 최선이지 않겠는가?'

그러한 생각이 들면서, '앞날이 어떻게 되든, 죽이 되든 밥이 되든 하나님께 다 맡기자.' 하는 생각이 들었다. 그리고, '어떤 길이든 보여주시는 대로 감사하며 가자.' 하는 마음을 가졌다.

하나님께 완전히 다 맡기는 마음을 가지게 되었을 때, 마음이 완전히 편해졌고 자유로워졌다. 그런 마음을 가진 다음 날부터는 한밤중에 잠이 깨는 일이 없이 잘 잤다. 그 이후로 여러 가지 일들이 잘 풀렸다.

그리고 한 가지 중요한 교훈을 깨달았는데, 문제의 핵심은 '하나님을 얼마나 아는가.'에 달려 있고, 기도를 한 후 그 결과는 어떻게 되든 하나님께 다 맡기고 평안해야 한다는 것이었다. 그럴 때, 하나님은 그분께 의탁된 문제를 위하여 자유롭게 일하실 수 있다.

기적과 이사
바라보기

MD 앤더슨 암센터에서 많은 암환자를 진료한 김의신 박사는 다음과 같이 말한다.

"암에도 기적이 있다. 지금껏 나는 기적적인 환자를 최소한 20명 정도 봤다. 우리 병원에서도 모두 포기하고 임종을 위해 호스피스 동으로 간 환자가 있었다. 그런데 죽음을 기다리는데 안 죽더라. 한 달, 두 달, 석 달이 지나도. 검사를 해보니 암이 없어진 건 아니었고 다만 암이 활동을 멈추고 있더라. 그건 과학적으로 도저히 설명이 안 되는 거다. 또 난소암 4기인 한국인 여성도 있었다. 정상인은 암 수치가 40~60 정도다. 당시 그 여성은 암 수치가 800이었다. 그런데 시간이 지날수록 수치가 점점 떨어졌다. 그러더니 정상치가 됐다. 검사를 해보면 암 덩어리는 그대로였다. 어떤 덩어리는 더 커진 것도 있었다. 그런데 지금껏 18년째 잘살고 있다.

기적적인 치유를 한 환자들의 공통점이 있다면, 겸손이다. 모든 종교에서 말하는 공통분모이기도 하다. 자신을 완전히 포기하고, 내려놓는 것이다. 어떤 사람은 신에게 모든 걸 맡기기도 했다. 그럴 때 뭔가 치유의 에너지가 작동했다.”[78]

의학계에서는 이와 같이 회복될 수 없는 질병이 치료 없이 기적적으로 회복되는 사례를 ‘자발적 치유 Spontaneous Remission’라고 부른다.

뇌신경학자인 브랜든 오리건 Brendan O'Regan 박사와 허쉬버그 Caryle Hirschberg 박사는 기적적 치유 사례 3,500건을 조사하여 『자발적 치유: 주석달린 참고문헌 목록 Spontaneous Remission: An Annotated Bibliography』이라는 책을 발간하였는데, 다음과 같은 내용을 담았다.

‘기적적 치유’ 사례는 일반적으로 믿는 것보다 훨씬 자주 발생하며, 광범위하게 기록되었다. 실제로, 암의 자연 소실로 인한 자발적 치유 사례는 일반적으로 생각하는 것보다 훨씬 많다는 것을 보여 준다. 예로, 한 유방 X-선 촬영 조사에 의하면 전체 유방암의 22%가 자발적으로 치유 회복되었다. 또한, 비뇨생식기암은 19%가 자발적으로 치유되었다.

환자에게 희망을 북돋워 주는 것은 병을 낫게 하는 데 중요한 ‘투지’를 일으키도록 도와줄 수 있기 때문에 중요한 역할을 할 수 있다.

---

78 “[사람 속으로] 미국 최고 암병원 MD앤더슨 종신교수 김의신” 중앙일보, 2012년 6월 23일.

긍정적 감정이 면역체계를 자극하여 병을 이기는 데 있어서 중요한 역할을 할 수 있다는 사실이 오늘날 더욱 광범위하게 받아들여지고 있다.

한번은 내가 성경공부 모임에서 기적적인 치유에 대해 이야기하였을 때, 로마린다 대학병원 안과의사가 자신이 경험한 기적을 이야기하였다.

어느 날 아침, 한 환자의 눈 수술을 하기 위해 환자의 눈을 절제하고자 하였을 때, 자신을 포함한 수술팀이 모두 놀랐다. 왜냐하면, 이상이 없는 눈을 수술하려 하였기 때문이었다. 다른 눈을 수술하는 실수를 하고 있는가 하고 깜짝 놀라서 살펴보니 실수가 아니었고 이상이 있던 눈이 완전히 정상이 되어 있었다.

그래서 밖의 대기실에서 기다리고 있는 환자 가족들에게 이상이 있던 눈이 정상이 되어 수술이 필요없다는 소식을 전해줬다. 그러자, 환자 가족들은 사실 우리가 하나님께서 낫게 해 주시기를 밤새 기도하였었노라 하며 눈물을 터트렸고, 자신을 포함한 의료진이 다 함께 눈물을 흘렸다고 하였다.

스탠포드 의대 케네스 팰리티어 박사는 기적적인 치유를 경험한 사람들에 대한 연구들의 발견들을 정리하였는데, 이 생존자들은 다음과 같은 정신적인 변화를 경험하였다고 하였다.[79]

---

79 Pelletier, K. R. (1997). Mind As Healer, Mind As Slayer. Dell: New York.

- 자신이 누구인지, 그리고 어떤 삶이 그들에게 주어졌는지 인식하는 데 있어서 내면의 중대한 변화를 가짐. 많은 사람들이 영적으로 중생(重生)을 경험했으며 새로운 삶의 일에 헌신함.
- 가장 가까운 사람들과의 더 깊고, 단단하며, 더 마음을 열고 표현하는 방식으로 연결되어 있다는 느낌을 포함하여 개인적인 관계에 있어서 중대한 변화를 가짐.
- 내면의 감정, 신체 리듬 및 직감에 대한 더 큰 민감성을 포함하여 신체와의 관계에서 중대한 변화를 가짐.
- 회복이 선물이나 기적이 아니라 그들이 투쟁하여 성취한 것으로 보고, 그들의 행동, 내적 자원, 개인적인 변화 과정이 가져오는 데 도움이 된 것으로 봄(이것이 독점적인 이유는 아니지만).

아인슈타인은 다음과 같이 말한다.

"당신의 삶을 살아가는 데는 오직 두 가지 방법밖에는 없다. 하나는 마치 기적이라는 것은 없다고 생각하며 사는 것이다. 다른 하나는 마치 모든 것이 다 기적이라고 믿으며 사는 것이다."

삶에 기적은 없다고 바라보는 사람은 기적을 체험하지 못할 것이다. 기적이 있다고 바라보고 믿는 사람들에게만 기적이 보일 것이다. 왜냐하면, 기적이 있어도 보고자 하는 시야가 있는 사람에게만 감지될 터이니까.

나는 시련이 많은 세상에서 어떤 상황에서든 평안하고 때로는 불가능해 보이는 일들을 이기기 위해서는 기도를 통하여 기적을 체험하는 것이 필수불가결한 것이라 생각한다.

많은 시련과 기적적인 체험들을 통하여 나는 기도와 기적에도 눈에 보이지 않는 영적인 법칙이 있다는 것을 발견하였다.

기적을 체험한 사람들의 경험들에 대해 살펴보자.

19세기에 '5만 번 이상 기도 응답을 받은 사람'으로 알려진 영국의 조지 뮬러 George Müller 는 처음에 30명의 고아들로 고아 사역을 시작하여 다섯 번째 고아원을 건축하기까지, 그는 63년 동안 무려 1만 명의 고아들을 보살폈다. 그는 수많은 고아들을 먹여 살리는데 단지 하나님만을 신뢰하고 기도의 응답으로 매일 양식을 공급받았다.

폭우가 쏟아지던 어느 날 아침, 고아원에는 먹을 수 있는 것이라곤 아무것도 남아 있지 않았다. 하지만 그는 400명의 고아들과 함께 빈 식탁에 둘러앉아 손을 맞잡고 식사기도를 드렸다.

그의 기도가 끝났을 때 한 대의 마차가 고아원 문을 두드렸다. 그 마차에는 아침에 막 구운 빵과 신선한 우유가 가득했다. 인근 공장에서 종업원들을 위한 야유회에 쓰기 위해 주문했지만 폭우로 취소되자 고아들에게 보내온 것이었다. 하나님께 전적인 순종을 다짐하며 모든 것을 공급하실 하나님만 바라보았을 때 경험한 기적이었다.

그 후, 조지 뮬러의 신앙과 사역에 감명받은 허드슨 테일러 Hudson Taylor 는 오직 기도로 하나님만 의지하는 믿음을 가지고 중국선교를 나섰다. 그 당시, 영국은 중국과의 무역 마찰로 인해 중국선교사는 정부로부터 지원이 중단되었다. 허드슨은 그런 어려움 가운데, '성경 말씀이 사실이라면 삶에 적용해 봐야 한다.'고 생각하였다.

'중국 선교를 떠난다면 그 어떤 어려움에도 결코 사람을 의지하지 않을 것이다. 오직 하나님께만 매달리리라. 영국을 떠나기 전에 오직 하나님을 통해, 즉 기도의 응답을 통해서만 사람들을 움직일 방법을 배우는 것이 내겐 무엇보다도 중요하다.'

그런 상황에서 그는 일하는 가게의 주인이 급료 지불을 잊었던 까닭에 급료를 받지 못했다. 다시 주말이 왔는데, 그 날 급료를 받지 못하면 일주일을 굶고 지내야 했다. 그는 주님께서 주인의 마음에 말씀하셔서 그에게 급료를 주게 해달라고 기도했다. 그러나 하루가 다 가도록 주인은 아무 말이 없었다. 그런데 오후가 되어서야 주인이 그에게 말하는 것입니다.

"허드슨, 이것 참 미안하게 되었구나. 자네의 급료를 깜박 잊고 있었네. 그런데 어쩌지, 이미 은행 문이 닫혔으니 미안하지만 다음 주에 계산을 해 주겠네." 허드슨 테일러는 힘이 쭉 빠졌다. '나는 아직 중국에 갈 수 없다.'고 생각했다. 그러나 그는 낙심치 않고 계속 기도했다.

그런데 그날 밤, 늦게 주인이 찾아와서는 말했다.

"허드슨, 참 이상한 일이야. 거래처에서 갑자기 나를 찾아와 밀린 돈을 갚았어. 그래서 이게 어쩐 일인가 생각하다가 자네의 밀린 급료가 생각나서 왔지."

이 말에 허드슨 테일러는 속으로 '이제 나는 중국에 갈 수 있다.'고 생각했다. 그러나 주인아저씨는 그와 한참 유쾌한 이야기를 나누다가 그만 급료 주는 것을 깜빡 잊고서 나가버렸다. 허드슨은 뛰어가서 급료를 달라고 말하고 싶었지만 그렇게 하지 않았다.

그는 지금 사람을 의지하지 않고 사람의 방법이 아닌 온전히 주님만을 의지하는 시험을 하고 있었기 때문이었다. 그런데 잠시 후 주인이 다시 돌아왔다. 그는 미안해하면서 급료를 주고 갔다. 그 순간 허드슨은 "할렐루야! 나는 이제 중국에 갈 수 있다!"고 외쳤다. 사람은 잊지만 하나님은 잊지 않으셨다.

허드슨은 기도로 하나님만 의지하는 믿음으로 중국선교에 나섰고, 중국내지선교회 China Inland Mission 를 만들어 그의 생전에 800명이 넘는 선교사들을 파송 派送 하여 광대한 중국 땅을 복음으로 덮었다.

내지선교회의 선교 원칙은 첫째로 선교비를 모금하거나 후원자를 모집하지 않고 기도와 믿음으로 나아가는 것이었다. 물질을 하나님으로부터 공급받는 것은 그의 사역에 간섭하시며 개입하시어 살아 계신 하나님을 만천하에 알리게 되었다.

개인적 체험으로는 내가 20대에 차라리 죽기를 바라는 불치병 고통 가운데 하나님만 바라보았을 때, 하나님을 만나고 그분의 영광을 보는 경험을 하였다. 그 후, 삶 가운데 때로는 불안정과 위험도 감수하고 하나님 약속만 믿고 기도하며 나갔을 때, 홍해가 열리고 하늘에서 만나가 내리는 것 같은 기사와 이적들을 많이 체험하였다.

인생고 人生苦 가운데 경제적인 어려움 역시 병의 시련 못지않은 고난으로 생각된다. 1989년, 나는 병든 사람은 도울 수 있으나 경제적

이유로 신앙생활을 제대로 하기 어려워하는 사람에게 신앙으로 이기도록 힘줄 수 없는 나 자신을 발견하였다. 나 자신이 경험하지 못하였기에…. 그래서 나 자신이 경제적 시련을 겪고 기도로 극복하는 경험을 해야 하겠다 싶었다.

나는 아내와 사귀던 젊은 시절에, 기도로만 수천 명의 고아를 먹이고 키운 죠지 뮬러 목사님의 책을 읽고 우리도 그런 기도의 경험을 하면 좋겠다는 이야기를 나누었었다.

우리가 1991년 처음 미국에 왔을 때, 한인들과 미국인들의 식생활 등 생활습관이 병을 만드는 모습을 보고 너무 한심스럽고 마음이 안타까웠다. 그래서 나는 보건학 석사 과정 공부를 시작하면서 가진 재정이 학비와 생활비의 절반도 되지 않는 것을 보면서도 아내와 함께 기도하며 '재창조 Re-Creation' 건강지를 매월 한글과 영어로 발간하는 봉사사업을 시작하였다. 우리는 경제적 시련을 기도로 하나님께 맡기고 하나님의 능력을 체험할 수 있는 절호의 기회가 왔다고 생각하였다.

경제적 위기 가운데 우리가 사람에게 말하지 않고 기도만 하였을 때, 처음에는 마치 땅이 꺼지는 듯한 불안감을 느꼈다. 하지만 계속 하나님만 바라봤을 때, 우리가 생각지 못한 방법들로 놀랍게 채워주셨고, 하나님을 더 신뢰할 수 있게 되면서 우리는 점차 두려움이 사라졌다.

"너희는 먼저 그의 나라와 그의 의를 구하라. 그리하면, 이 모든 것을 너희에게 더하시리라 마태복음 6:22."는 말씀을 믿고 나아가면서 기도할 때, 하나님께서는 경제적 어려움에서도 능히 구하실 수 있으신 하나님이심을 많이 체험하였다.

하나님은 '재창조'를 읽은 유대계 미국인을 통한 후원 등 다양한 후원을 받게도 하시고, 파트타임 한국학교 교장 일도 하게 하시는 등 다양한 방법으로 도와주셨다.

1994년 7월에는 학비, 생활비, 자동차 문제 등 5가지 필요가 겹쳤는데 돈이 전혀 없이 5가지를 아뢰며 하나님께 큰 돈을 주시기를 기도했을 때, 오래전 작고하신 부친께서 1960년대 사놓으신 땅이 갑자기 나타나 그 모든 필요를 채우고 남게 해주셨다. 그런 일은 그 전과 후에 일어난 일이 없이 아내와 합심하여 기도하던 바로 그때 발생하였다.

그러한 경험들이 있었기에, 1999년 한국에서 한국민을 위한 건강사업 후원 약속을 하신 분의 갑작스런 사망으로 큰 재정적인 위기가 닥쳤을 때도 하나님만 바라보고 기도하며 계속 나갔고, 하나님은 모든 필요를 하나씩 채워 주셨고, 결국 그 사업으로 인해 국민 건강사업을 돕고 대통령 표창과 보건복지부 장관상도 받게 되었다.

박사과정도 돈이 크게 부족하였지만 이미 많이 보여 주신 전능하신 하나님만 믿고 시작하였다. 하나님의 여러 도우심으로 3년 이상 박사과정을 한 후에 2006년 12월부터는 생활비와 등록금이 전혀 없는 상황을 맞이하였다. 나는 2007년 여름까지 논문을 다 끝낼 때까지 공부하여야 하고, 아내는 유학생 신분이었기에 합법적으로 일을 할 수 없었다. 그런 상황에서 우리는 잠잠히 기도로 하나님께 아뢰고 하나님의 이루시는 일을 보기로 하였다.

그 이전에 하나님께서는 우리의 모든 필요를 아시고 필요하거나 구할 때마다 놀라운 은혜의 손길로 필요를 채워 주셨던 것을 기억하였다. 그리고 세상 회사들도 회사 일을 위하여 학문을 더 하도록 필요한 학비와 생활비를 제공하는데, 하나님 사업을 위하여 학문을 하는데 하나님께서 필요를 채워 주시지 않는다면 이상한 일이 되리라 생각되었다.

나는 모든 것을 아시는 하나님께서 이번에는 왜 이런 어려움을 허락하셨는지 궁금하여 하나님께 문의하며 그분의 뜻을 찾았다. 분명 하나님의 선하신 뜻이 있으리라 생각되었다.

그리고는 하나님께서 내가 환자들을 위해 만든 박사학위 논문 '너머 보고 기뻐하라' 영적 치유 프로그램을 경제적인 어려움 가운데 적용해 보라고 하시는 것으로 느껴졌다.

그래서 이메일로 논문 지도교수님들에게 다음 달부터 재정이 전혀 없는 상황을 알리고 하나님께서 경제적인 어려움 가운데 '너머 보고 기뻐하라' 영적 치유를 실험하기를 바라시는 것으로 여겨지며 하나님께서 어떻게 도우실지 볼 것이며 기대된다고 전하고 기도를 부탁드렸다.

11월 마지막 주, 우리 부부는 12월 1일까지 아파트비를 내어야 하므로 하나님께서 보내주실 때가 며칠 남지 않았다고 생각하였다. 그리고 문제를 보고 걱정하지 않고 하나님의 약속을 바라보고 그분의 약속대로 우리의 기도에 응답해주실 일만 바라보았다. 기도로 모든 것을 다 맡겼을 때, 마음에 완전한 평안과 하나님의 응답에 대한 기대가 가득 찼다. 어떤 방법인지는 알지 못하나 채워 주실 하나님께 감사하고 찬양하였다.

그러던 중, 아파트비를 내어야 할 날이 오기 직전에, 미시간에서 15년 전 알았던 한 목사님의 사모님으로부터 갑자기 전화가 와서 의사인 아들이 선교자금을 보내고 있는데 그중 $2,000을 나에게 보내 주도록 전하셨다고 하시면서 졸업 때까지 매월 갈 것이라고 하셨다. 그래서, 아내가 우리의 형편을 사실대로 말씀드리고 지금 기도하며 하나님의 응답을 기다리는 중이라고 하자 그분은 지난달부터 우리 가족을 도와야 하겠다는 강한 느낌이 들었노라고 하며 그렇다면 영광스러운 일이라고 하셨다.

그 전화를 받고 우리는 꼭 필요한 재정을 가장 정확한 시간에 받게 됨에 졸업 때까지 8개월간 생활비가 해결되었고 하나님의 약속대로 응답하심에 감동되어 찬양드렸다. 또한 보건대학원장님과 면담하였는데 그분이 필자의 논문프로젝트에 감명을 받고는 등록금을 감면해 주셨고, 교수만 지원할 수 있는 팩컬티 씨드 펀드 Faculty Seed Fund 를 통해 $5,000 지원을 받아 프로그램을 실시하게 되었다.

그 결과, 필자가 교수님들과 학장님에게 경제적 시련 가운데 '너머 보고 기뻐하라' 전략을 실험하였을 때 하나님께서 어떤 결과를 주셨는지 기쁨으로 보고하였고, 학장님은 "당신은 우리 모두에게 영감이다 You're an inspiration to all of us."고 답하셔서 하나님께서 이루신 일로 인해 하나님께 영광을 돌렸다.

하나님은, "믿음이 사람의 지혜에 있지 아니하고 다만 하나님의 능력에 있게 하려 고린도전서 2:5." 하시고, "하나님의 나라는 말에 있지 아니하고 오직 능력에 있음 고린도전서 4:20"을 알게 하려 하신다.

말이 아닌 이렇게 구원하는 하늘의 실제적 능력이 부족하여 오늘날 교회가 힘을 잃고 있다. 놀라운 하나님의 기사와 이적들은 성경 시대에만 있는 것이 아니라 오늘날에도 동일하게 역사한다. 하나님은 어제나 오늘이나 그리고 내일도 동일하시며 그분의 법은 언제나 변치 않기 때문이다. 보이지 않는 영적인 세계에도 법칙이 있고 기적에도 법칙이 있어 조건이 채워지면 기적이 일어나게 된다.

기적과 이사도 찾는 이가 찾고 보고자 하는 자에게 보이게 된다. 믿음으로 나아가는 자만 볼 수 있는 기적이 있다.

"여호와의 눈은 온 땅을 두루 감찰하사 전심으로 자기에게 향하는 자를 위하여 능력을 베푸시나니 역대하 16:9."

시련과 스트레스가 많고 그것이 대부분의 질병들을 유발시키는 시대에 사는 우리에게 천지창조를 하신 하나님이 도우려 계시고 기도하면 선히 응답하시고 기적까지도 일으켜 주신다는 것을 아는 만큼 몸과 마음에 평강을 가져다주고 삶에 기쁨과 힘을 주는 것이 없을 것이다.

7장 바라보기와 말하기

01

말의 막강한 영향력

저명한 심장전문의이며 노벨 평화상 수상자인 버나드 론 Bernard Lown 은 그의 저서 『잃어버린 치료 기술 The Lost Art of Healing 』에서 의사의 말이 얼마나 파괴적일 수 있는지를 보여준다.

의사의 진단을 받고 버나드 론에게 2차 의사 소견을 물으려고 온 환자들을 관찰한 후, 그는 환자들을 불안하게 할 뿐 아니라 실제로 위험으로 몰았던 의사들의 발언들을 수백 건 정리하였다. 그러한 발언들은 다음과 같다.

- 병이 속히 악화되고 있어요.

- 가슴에 시한폭탄을 안고 사시네요.

- 다음 심장박동이 마지막이 될 수 있어요.

- 언제 심장발작이 생길지 몰라요.

- 이런 좁은 혈관은 배우자를 홀아비(과부)로 만들게 되지요.

- 지금 살아있는 게 기적이에요.

- 당신의 상태를 생각만 해도 가슴이 답답하네요.

- 죽음의 사신이 드리우고 있네요.

론에게 온 많은 환자들은 걱정과 불안으로 짓눌려 있어서 다시 기운을 북돋아 주기가 힘들었다. 의사들이 던진 이 같은 말 한마디로 인해 환자들이 이런 상태가 된 것을 알고 그는 큰 충격을 받았다. 론은 겁을 주고 위협적이거나 자신의 말을 따르지 않을 경우 더 어두운 예측을 하는 의사들은 믿지 말라고 충고한다.

심신의학의 선구자이며 UCLA 의대 교수를 지낸 노만 커즌스 Norman Cousins 는 12년 동안 2,000명 이상 환자를 대상으로 조사한 결과, 환자가 진단을 통해 병명을 알게 되는 순간부터 환자의 증세가 더 악화된다는 사실을 발견하였다.

즉, '암', '다발성 경화증', '선천성 심장병'과 같은 병명은 환자에게 공포감과 우울증을 일으켜서 면역을 약화시켰고, 그런 병명으로 인한 우울증에서 벗어난 환자들은 면역이 호전되었다. 그래서 그는 "말이 병을 만들고 사람을 죽일 수도 있다. 그래서 지각 있는 의사들은 환자들과 이야기하는 방식에 매우 신중을 기한다."고 하였다.

우리의 마음과 몸은 계속 언어로 교신하며 메시지를 주고받으며, 우리가 가지는 심상과 비전에 따라 교신되는 메시지가 변한다.

뇌과학자들의 연구에 의하면, 뇌세포 230억 개 중 98%가 말의 지배를 받는다고 할 정도로 말은 삶에 큰 영향력을 미친다. 또한, 사람의 언어중추신경이 다른 모든 신경계를 지배한다.

낙관주의자들이 장수하는 것은 그들의 마음이 몸에 계속하여 '살아있는' 메시지를 전달하기 때문이다. 비관주의자들이 더 많이 아프고 일찍 사망하는 것은 그들의 마음이 몸에 계속하여 '사망으로 이끄는' 메시지를 전달하기 때문이다.

성경은 수천 년 전부터 "죽고 사는 것이 혀의 힘에 달렸으니, 혀를 잘 쓰는 사람은 그 열매를 먹는다 잠언 18:21 .", "혹은 칼로 찌름 같이 함부로 말하거니와 지혜로운 자의 혀는 양약 같으니라 잠언 12:18 ."고 하며 말의 힘이 얼마나 큰지를 알려 준다.

옛 속담에, "말이 씨가 된다."는 말이 있다. 실제로, 우리가 하는 말이 씨앗이 되어서 우리의 무의식 속에 심어지고 그것이 자라면 열매를 거두게 되고, 자신이나 타인의 말이 죽이는 칼이 되기도 하고 살리는 양약이 되기도 한다.

몇 해 전, 한 여자 한의사가 말의 치유력에 대한 나의 강의를 들은 후에 탄식하며 한 가지 이야기를 들려주었다.

이 한의사가 중병이 든 한 20대 청년을 몇 차례 방문하였는데, 그에게 여러 치유 이야기를 해 주기도 하고 회복되어 자기와 같이 예쁜 여자와 사귀고 싶지 않느냐며 희망을 주었었는데 청년이 점차 차도가 있었다고 한다. 그런데 놀랍게도 청년이 사망한 것을 다음 방문 때 알게 되었다.

깜짝 놀라 가족에게 사연을 물었더니, 교회 담임목사님이 와서 한마디로, "준비하십시오."라고 하였다고 한다. 그리고 청년은 며칠 내 사망하였다고 하였다. 이 이야기를 들려준 한의사가 안타까워하던 기억이 난다.

성경은 하나님이 말씀으로 만물을 창조하신 것을 알려 준다. 하나님의 형상대로 지어진 사람 역시 말에 놀라운 능력이 있어서, 사람이 말할 때 그 열매가 맺히게 된다. 말은 그 사람의 생각을 드러내고 앞날을 만들어 나가는 데 있어서 중대한 역할을 한다.

공자도 "말의 힘을 이해하지 못하면 사람을 이해할 수 없다."고 했다. 말이 곧 사람이요, 사람이 곧 말이라는 뜻이다. 즉, 사람들은 자신이 바라보고 생각하고 말하는 그대로의 삶을 살게 된다.

생각과 감정을
이끄는 말

　"콩 심은 데 콩 나고 팥 심은 데 팥 난다."는 말과 같이 부정적인 말을 심으면 부정적인 열매를 거두고, 긍정적인 말을 심으면 긍정적인 열매를 거두게 된다.

　"어렵다", "힘들다", "죽겠다" 라고 입에 달고 사는 사람 중에서 행복하게 웃으며 사는 사람이 있을까? 그런 사람은 없을 것이다. 만일 있다면, 미친 사람일 것이다. 그런 부정적인 말을 하는 사람의 얼굴은 그 말과 같은 표정을 하고, 그 삶도 그 말의 틀에서 벗어날 수가 없다.

그와 반면에, "좋습니다, 감사합니다, 기쁩니다."라고 늘 말하는 사람이 불행한 모습으로 사는 사람을 본 일 역시 없을 것이다. 우리는 흔히 생각하는 대로 말한다고 생각하지만, 언어학자들은 오히려 말이 생각보다 먼저 있어서 말이 생각을 이끈다고 한다.

그러므로 긍정적인 생각을 하려면 긍정적인 말을 보고 듣는 것이 필요하다. 우리가 초점을 맞추고 받아들이는 말에 의해 우리의 생각이 맞춰지기 때문이다. 또한, 우리의 생각과 감정을 말로 표현하면 그것이 강화된다. 그러므로 우리의 생각을 바꾸고 삶을 바꾸려면, 자신의 말을 먼저 바꾸도록 하여야 한다.

동기부여 전문가인 앤서니 라빈스 Anthony Robbins 는, "사람은 자신의 감정을 묘사하기 위해 습관적으로 끊임없이 사용하는 단어들을 변화시킴으로써 생각하고, 느끼고, 살아가는 것을 동시에 변화시킬 수 있다."고 한다.[80]

하지만 안타깝게도 실생활에서 사람들을 대하다 보면 꽤 많은 사람들이 자신도 모르게 스스로 불행하고, 힘을 잃게 만드는 말을 하는 것을 많이 보게 된다.

미국 긍정심리학회 초대 회장이었던 마틴 셀리그먼 Martin Seligman 박사는 보통 행복의 조건이라고 생각하는 돈, 성공, 명예와 같은 요소들은 실제로 행복에 8%~15% 정도만 영향을 미친다고 하였다. 그

---

80 Robbins, A. (1991). Awaken the giant within. New York: Rockefeller Center.

대신 말이 행복에 미치는 영향이 지대하여 말하는 습관이 부정적이거나 긍정적인데 따라 그 사람의 성공과 행복 여부가 달라진다고 하였다.[81]

　나는 과거에 금연교육을 하면서 참가자들이 첫날 자기소개 시간에 말하는 데 따라 금연 성공률이 크게 다른 것을 발견하였다. "금연할 수 있을지 모르겠다.", "자신감이 없다." 와 같은 말을 하는 이들은 실패하고, "금연할 수 있다고 믿는다.", "아무리 힘들어도 금연하겠다."와 같은 말을 하는 이들은 성공률이 높았다. 즉, 같은 금연교육을 받아도 약하고 부정적인 표현을 하는 사람들과 긍정적이고 적극적인 표현을 하는 사람은 달랐다.

　청년 시절, 나는 말이 삶에 미치는 지대한 영향을 깨닫고부터 어떤 문제나 다른 사람이나 나 자신에 대해서 부정적인 말을 하지 않는 것을 원칙으로 삼아왔다. 부정적인 말을 하면 나의 귀를 통해 나 자신이 먼저 부정적인 영향을 입게 되므로 나 스스로를 해하는 것임을 깨달았기 때문이다. 그러므로 컨디션이 나쁘다 할지라도 "컨디션이 나아질 것이다.", "컨디션이 괜찮다."와 같은 말을 반복하는 것이 좋다. 그러면 컨디션은 그에 따라가고 부정적인 말의 영향을 받지 않게 된다.

81　Seligman, M. E. P. (2002). Authentic happiness: Using the new positive psychology to realize your potential for lasting fulfillment. New York: Free Press.

현대심리학은 사람이 사용하는 말에 따라 느낌이 바뀌게 된다는 것을 알려준다. 언제나 타인에게나 스스로에게 긍정적이고 힘을 주는 말을 하라. 긍정적인 말은 강하게 사용할수록 더욱 도움이 된다. 꼭 같은 상황에서도 사람은 삶을 변화시키는 가장 중요한 요소 2가지 '무엇을 바라보며'와 '무엇을 말하며' 를 어떻게 활용하며 살아가는가에 따라 극과 극으로 달라질 수 있다.

마음에 담긴 생각과 감정을 말로 표현하는 것을 언어화 Verbalization 라고 한다. 즉, 화나고 답답하고 슬플 때, 즐겁고 기쁘고 감사할 때, 그것을 있는 대로 표현하는 것을 언어화라고 한다.

언어화는 중요하다. 표현을 하지 않고 속에 계속 담고 있으면, 화병, 우울증, 심장병, 암 등 질환이 생긴다. 감정이나 사실을 언어화하는 데 익숙하지 못할 경우, 어렵거나 힘든 일이 생기면 짜증 내거나 벌컥 화를 내거나 그냥 울곤 한다. 속마음을 말로 표현해내지 못한 까닭이다. 언어로 표현해내면 감정이나 생각이 안정되고 치유되어질 수 있다.

텍사스 Taxas 대학교 제임스 패네바커 James Pennebaker 와 샌드라 벨 Sandra Beall 은 실험군 참가자들에게는 연속 4일 동안 매일 15분씩 그들의 생애 중에서 가장 충격적으로 스트레스를 크게 받았던 사건들에 대하여 쓰도록 하였고, 대조군 참가자들은 사소한 일들 그들의 방이나 신발과 같은 에 대해 쓰도록 하였다. 그 결과, 충격적인 사건에 대해 그들의 가장 깊은 생각과 감정들을 표현한 참가자들은 직후에는 혈압과 부정적 기분이 높아졌으나 실험 후 6개월 사이에 건강상 유익

을 얻어 건강센터 방문이 줄었다. 대조군 그룹은 건강 문제 변화가 거의 없었다.[82]

1986년 발표된 이 연구 이래로 많은 연구들이 충격적으로 스트레스 받은 경험에 대해 쓰는 것이 신체적, 감정적 건강을 증진시킴을 보여주고 있다.

또한, UCLA 대학교 애넷 스텐튼 Annette Stanton 및 연구팀은 유방암 환자들에게서, 그들의 유방암 경험에 대하여 사실적인 것만 적은 환자들에 비해 그들의 생각과 감정을 다 적은 환자들이 신체적, 정신적으로 더 좋아진 것을 발견하였다.[83]

이러한 연구 결과들은 부정적인 사건에 대하여 언어화하여 감정을 표출하는 것이 치유에 효과적인 것을 보여 준다. 과학자들은 이제 부정적 혹은 긍정적인 말과 언어의 영향을 다음과 같이 설명한다.

82　Pennebaker, J. W. & Beall, S. K. (1986) Confronting a traumatic event. Toward an understanding of inhibition and disease. Journal of Abnormal Psychology, 95, 274-281.

83　Staton, A. L., Danoff-Burg, S., Cameron, C. L., Bishop, M., Collins, C. A., Kirk, S. B., & Sworowski, L. A. (2000). Emotionally Expressive Coping Predicts Psychological and PhysicalAdjustment to Breast Cancer. Journal of Consulting and Clinical Psychology, 68, No. 5, 875-882.

> 부정적인 말 ▶ 에너지 고갈 ▶ 부정적 감정 증가
> ▶ 면역 저하 ▶ 질병과 사망 증가

> 긍정적인 말 ▶ 에너지 증가 ▶ 긍정적 감정 증가
> ▶ 면역 증가 ▶ 치유와 회복 증가

연세대 김재엽 교수는 부부 사이에 말 한마디가 '암예방'과 '노화 방지'에 효과 있다는 연구결과를 발표하였다.[84] 즉, 노인 남성 30명을 대상으로 실험한 결과 배우자에게 '고맙다, 미안하다, 사랑한다.'는 표현을 한 그룹 10명 의 혈액 내 산화성 스트레스 지표가 50% 감소하고, 항산화 능력 지표는 30% 늘었다고 한다. 체내 산화성 스트레스가 줄면 암과 고혈압, 당뇨병, 파킨슨병 등의 발생확률이 낮아지고 노화도 늦춰지는 것으로 알려져 있다.

말은 다양한 방법으로 질병 치유에 활용되어 왔다. 1920년대 프랑스의 심리치료사인 에밀 쿠에 Emile Coue 는, "나는 날마다, 모든 면에서, 점점 더 좋아지고 있다."라는 말을 환자들에게 하루 20번씩 반복하게 함으로써 영국과 미국에서 선풍적인 인기를 끌었다.

한 연구 Wachholtz & Pargament, 2008 에서 83명의 편두통 환자들을 4그룹으로 무작위로 나누어서 영적 명상 예: "하나님은 평화이시다", "하나님은 기

---

84 http://www.newsway.co.kr/view.php?tp=1&ud=201009091855220090470

쁨이시다"와 같은 말들을 명상함, 내면에 초점을 맞춘 세속적 명상 "나는 즐겁다", "나는 만족한다", 외면에 초점을 맞춘 세속적 명상 "잔디는 푸르다", "모래는 부드럽다", 점진적인 근육 이완법을 하루에 20분씩 한 달 동안 실시하도록 하였다.[85]

그 결과, 영적 명상을 실시한 그룹은 다른 세 그룹에 비해 편두통 빈도, 불안, 부정적 감정이 더 크게 감소하였고, 통증 참는 정도, 삶의 질 등이 더 크게 증가하였다.

이와 같이 말은 생각과 감정을 이끌어 신체 변화를 일으키게 만든다.

---

85 Wachholtz A, Pargament K. (2008). Migraines and meditation : Does spirituality matter? J Behav Med, 31(4): 351–366.

긍정적 미래를
창조하는 말

미국에서 가장 알려진 목회자 중 한 사람이 자신의 명성과 능력이 발전한 것에 대해 초기 교인들에게 빚을 졌다고 밝혔다. 그가 처음 목회를 시작하였을 때, 그의 목소리는 크고 둔하였다. 교인은 줄어들었고 그는 목회를 오래 하지 못하리라 생각하였다. 그런데 다음 해부터 사람들이 교회에 차기 시작하였고, 조금씩 "저이가 설교를 잘하는 훌륭한 목사야."라는 칭찬도 듣게 되었다. 그런 말은 그에게 부담을 주게 되어서 설교하는데 더 많은 노력을 기울였고, 설교는 조금씩 발전하게 되었다.

초기 목회의 위기를 어떻게 넘기고 좋은 명성을 얻게 되었는지 항상 궁금하였던 그는 한 오래된 친구로부터 사실을 듣게 되었다. 목회 첫해 후에 교회 지도자들은 비밀회의를 가졌고, 그의 설교가 발전하지 않으면 그를 해고해야 할 것에 대해 두려워하면서 어떤 방도를 취해야 할지 의논하였다. 마침내, 교회에서 영향력이 있는 사람이 한 가지 제안을 하였다. "우리는 모두 자기가 알고 있는 모든 사람에게 그가 지금까지 들었던 설교자들 중 가장 유망한 설교자라는 말을 전파해야 합니다. 그는 그 메시지 대로 살기 시작할 것입니다."[86]

이 사례는, 이미 언급한 바와 같이 문제 중심의 치유가 아닌 미래 중심의 긍정적 치유 방법으로 말의 힘이 얼마나 큰지를 잘 보여 주고 있다.

이것은 또한 영국 역사상 가장 어려운 시점에 총리에 선출된 윈스턴 처칠 Winston Churchill 의 연설들을 통하여 그 강력한 영향력을 볼 수 있다.

1940년, 아돌프 히틀러 Adolf Hitler 가 탱크와 비행기를 이끌고 유럽 대륙을 초토화하는 상황에서 영국은 패색 敗色 이 짙어지고 있었다. 영국은 매일 독일의 무차별적인 대규모 공습에 국민의 사기는 땅에 떨어져 있었고, 여론은 항복을 원했다.

---

86 Quoted from Finding Foxes by Terry Sweeter. (1985). Rising Press, Atlanta, Georgia, 1985, 1988, p. 30.

그때, 처칠은 영국 국민들에게, "나는 피, 수고, 눈물, 그리고 땀 밖에 드릴 것이 없습니다. 우리는 가장 심각한 시련을 앞두고 있습니다. 우리는 길고 긴 투쟁과 고통의 세월을 앞두고 있습니다… 여러분은 우리의 목표가 무엇인가 질문할 것입니다. 나는 한 마디로 답할 수 있습니다. 그것은 승리입니다. 거기에 이르는 길이 아무리 길고 험해도 승리, 승리 없이는 생존도 없기 때문에 오직 승리뿐입니다."라고 하며 국민들에게 단결을 호소했다.[87]

그는 영국 국민이 굴복하지 않는 기질인 불굴의 용감성을 가진 것으로 간주하였다. 그는 그들을 강렬하게 이상화시킴으로 궁극적으로 그들은 그의 이상에 다가가 그들 자신을 처칠이 그들을 보는 것과 같이 보게 되었다.

'내가 영광스럽게 언급하는 영국인들의 자신감있고 요동치 않는 기질', 그것은 원래부터 있었으나, 처칠이 일깨우기 전까지 거의 잠자고 있었다. 처칠의 말로 인해 그들은 자신에 대해 새로운 관념을 가지게 되었다. 그들은 그의 말에 의해 변화되어 전쟁터로 나아갔다.

그의 영감적이고 강력한 연설은 영국 국민들로 하여금 패배로부터 눈을 돌려 승리하는 미래를 보고 용기와 신념을 가지고 단합할 수 있도록 영감을 주어 결국 2차 세계대전을 승리로 이끌게 만들었다.

---

87 Wikipedia. Blood, Toil, Tears, and Sweat. https://en.wikipedia.org/wiki/Blood,_toil,_tears,_and_sweat

이와 같이 마음의 미래상과 말은 불가분의 관계를 가지고 있다. 3,000명 이상의 고아를 기른 고아의 아버지이자 5만 번 이상의 기도 응답을 받은 기도의 사람, 조지 뮬러도 청소년 시절에는 동네의 부랑아였다. 아버지의 돈을 훔치기도 하고, 거짓말을 일삼았다. 친구와 어울려 유흥업소와 경찰서를 자기 집처럼 들락거리다가 결국 교도소를 다녀오기도 했다.

이런 그의 마음을 잡게 한 것은 상담하러 간 그에게 목사님이 해준 다음 말이었다.

"조지! 나쁜 버릇을 하루아침에 고칠 수는 없지만, 하나님은 한 번 택한 자녀를 절대로 버리지 않으신다. 네가 낙심하지 말고 노력하면 반드시 훌륭한 사람이 될 거야." 이 말이 조지 뮬러를 변화시켰던 것이다.

미국 대통령 후보로 출마하였던 벤 카슨 Benjamin Carson 은 역사상 최초로 샴쌍둥이 분리수술에 성공한 인물이다. 그는 흑인이자, 학습 지진아로 한부모가정에서 어렵게 자랐지만 '신神의 손'이라는 명성을 얻는 세계 최고의 외과의사가 되었다.

벤 카슨은 한부모가정의 자녀이다. 그는 디트로이트 흑인 빈민가에서 태어나 8살 때 부모의 이혼으로 가난하고 불우한 유년시절을 보냈다. 피부가 검다는 이유로 백인 친구들에게 따돌림당하고, 초등학교 5학년 때까지도 구구단을 외우지 못했으며, 산수시험 문제를 한 문제도 풀지 못하는 등 항상 꼴찌만 도맡아 하는 지진아로 동네에서 싸움질만 하는 불량소년이었다.

그런 그가 예일대학과 미시간 대학의 의학부를 수석으로 졸업하고, 33세의 젊은 나이에 세계최고의 병원인 존스 홉킨즈 대학병원의 소아외과 과장이 되어 세계최고의 외과의사가 된 것이다. 어느 날 기자가 찾아와 벤 카슨에게 물었다.

"오늘의 당신을 만들어 준 것은 무엇입니까?"

"나의 어머니 덕분입니다. 어머니는 내가 늘 꼴찌를 할 때에도, 흑인이라고 따돌림을 당할 때에도 언제나 '넌 마음만 먹으면 무엇이든 할 수 있어, 노력만 하면 할 수 있어'라는 말을 끊임없이 들려주시면서 내게 격려와 용기를 주셨습니다."

벤 카슨의 성공의 배후에는 초등학교 교육도 제대로 받지 못한 그의 어머니 소냐 카슨이 있었던 것이다. 타인의 말은 큰 영향을 줄 수 있지만 가장 큰 영향력을 미치는 말은 자신의 말이다. 타인의 말이 자신에게 영향을 미치는 것 역시 타인의 말이 자신에게 들어 와서 자신의 말이 되기 때문이다.

그래서 성경은 "네 입의 말로 네가 얽혔으며 네 입의 말로 인하여 잡히게 되었느니라. 잠언 6:2"고 한다. 자신이 보는 비전과 하는 말이 자신의 미래를 만들어 낸다는 것을 기억하여야 한다.

치유하는 말

앤드류스 Andrews 대학교 심리학자 엘든 샬머스 박사 Elden Chalmers 의 책 『Healing the Broken Brain』에는 한 상담 사례가 나온다.

한 목사가 다음과 같은 목소리를 계속 듣게 되었다.

"영을 저주하라, 영을 저주하라 Curse the Spirit, Curse the Spirit."

그는 그것이 실제 소리인지 아니면 자신의 생각인지, 환청인지 분간할 수가 없었다. 그 소리에 계속 시달리며 괴로움을 느끼는 가운데 그는 샬머스 박사에게 상담하며 도움을 요청하러 왔다.

샬머스 박사는, '악에게 지지 말고 선으로 악을 이기라 로마서 12:21' 등의 성서적 원칙들을 함께 나누면서, 그 소리와 정확하게 반대되는 생각과 행동이 표현된, 다음 말씀을 생각날 때마다 반복하도록 권하였다.

"내 영혼아 여호와를 송축하며 그의 모든 은택을 잊지 말지어다 Bless the Lord, O My Soul, and forget not all his benefits 시편 103:2." 그리고 그 소리가 들릴 때뿐 아니라 평소에도 그 말씀을 암송하고, 시편 103 전체를 명상하도록 권하였다.

샬머스 박사는 또한 그에게 감사할 일들 생각하고 기억하고 찬양하도록 권하였다. 그가 하늘로부터 축복들을 돌이켜 볼 때 그는 진정 감사하였고 찬양하였다. 그러자, 수시간 내에 괴롭히던 목소리는 그치고, 불안감이 사라졌다.

그가 파괴시키는 말 대신에 생명과 평안을 주는 말을 선택하여 되뇌었을 때, 그에게 기쁨이 생기고, 얼굴이 밝아졌고, 하나님과 가까워짐을 느끼게 되었다. 이와 같이 말은 질병과 치유에 있어서 지대한 영향을 미친다.

자, 그렇다면 말을 건강과 질병 치유를 위해 잘 활용하려면 어떻게 하는 것이 좋을까?

다음과 같은 4가지 지침을 따르는 것을 권고하고자 한다.

첫째, 부정적인 말을 하지 않아야 한다. 대화를 하다 보면, 자신도 모르게 부정적인 말을 하는 사람들이 많이 있다. "힘들다.", "때려치워야겠다.", "죽겠다."고 말하는 사람들은 그 틀에서 벗어날 수가 없다. 그렇게 하여 스스로 힘을 약하게 하고, 스트레스를 받아 건강을 해치는 것을 볼 수 있다.

대부분의 사람에게 육체와 정신의 질병을 가져다주는 것은 불만의 감정과 불평의 정신이라고 한다. 이것은 스트레스가 만병의 근원이라는 말과 통하며, 부정적인 말 사용과 밀접한 관계를 가진다. 실망 중에 있을 때에는 입을 굳게 다물고 사람들에게 말하기보다 모든 것을 예수님께 아뢰는 것이 좋다.

둘째, 긍정적인 말을 하여야 한다. 긍정적인 말은 앞에서 본 것과 같이 좋은 감정을 유발시켜서 면역을 높임으로 치유 효과가 있다. 치유에 있어서 긍정적인 말의 중요성은 이미 언급하였다. 심리학자 셀리그만 박사는 말한다. "행복의 시작은 긍정적인 마음이고, 긍정적인 마음의 시작은 긍정적인 언어다." 성경은 다음과 같이 말한다. "선한 말은 꿀송이 같아서 마음에 달고 뼈에 양약이 되느니라 잠언 16:24."

우리는 마음을 밝게 하는 말들을 많이 하여야 한다. 치유, 평화, 사랑, 희망과 같은 기분 좋고 마음을 밝게 하는 말을 한다면, 그것이 타인을 유익하게 할 뿐만 아니라 우리에게 되돌아와서 우리에게 유익하게 만들게 된다.

엘렌 화잇은 다음과 같이 말한다.

"많은 사람들이 어둠 속에 있다. 그들은 방향을 잃었고 어떤 길을 좇아야 할지 알지 못한다. 혼란에 빠진 이들이 당황해하는 이들을 찾아가서 그들에게 희망과 격려의 말을 해주도록 지도하라. 그들이 이런 일을 하기 시작할 때, 하늘의 빛이 그들에게 나아갈 길을 밝히 보여줄 것이다. 고난당하는 자들에게 해준 위로의 말로 말미암아 그들 자신이 위로를 받을 것이다. 다른 사람을 도와주는 말로 말미암아 그들 자신이 위로를 받을 것이다. 다른 사람을 도와줌으로써, 그들 자신이 어려움들을 벗어나는 데 도움을 얻을 것이다. 기쁨이 슬픔과 음울함을 대신하게 된다."[88]

셋째, 감사 찬양하는 말을 하여야 한다. 근자에 감사의 건강에 미치는 긍정적효과에 대한 과학자의 관심 및 연구 발표가 급증하고 있다. 과학자들은 '감사의 태도'를 가지는 것이, 좋은 건강, 좋은 수면, 불안과 우울증 감소, 삶에 대한 만족감 증가와 관련 있는 것을 발견하였다.

커네티컷대학교 연구가들은 심장발작으로 인한 고통 후에 삶을 다른 시각으로 보기 시작한 사람들 예를 들어 삶에 더 많이 감사하던지 모든 일 가운데 좋은 것을 본 사람들 은 또 다른 심장발작이 일어나는 위험이 감소한 것을 발견하였다. 여러 연구들은 우울증은 감사하는 사람들보다 감사하지 않는 사람들에게서 많이 발견된다는 것을 보여 주었다.

감사는 면역계를 강화시키고, 혈압을 낮추고, 몸을 이완시킴으로 인하여 우리 몸이 치유되도록 도와준다. 그러므로 매일 감사한 일 5가지를 적어 보는 것은 좋은 치유가 된다. 건강이 증진되고 감사할 일이 더 많아질 것이다.

말은 씨와 같아서 씨가 자라는 것을 볼 수 없지만 시간이 지나면 성경 말씀, "혀를 쓰기 좋아하는 자는 혀의 열매를 먹으리라 잠언 18:21."가 실현되는 것을 볼 수 있다.

---

88 Ellen G. White. Manuscript, (1902). P. 116.

나는 투병 가운데서 "감사로 제사를 드리는 자가 나를 영화롭게 하나니 그의 행위를 옳게 하는 자에게 내가 하나님의 구원을 보이리라 시편 50:23"는 말씀을 많이 떠올렸다. 그러면서 통증 중에서도 감사하고자 노력하였고, 하나님의 구원을 체험하였다.

최고의 감사 표현은 찬양이다. 필자의 치유 프로그램에 참여한 환자들이 고통 가운데서 의미와 축복을 찾고 감사하고 기쁨을 느낀 결과, 통계적으로 유의미하게 신체적 건강 증진, 통증 감소, 약 사용 감소로 변화한 것을 발견할 수 있었다.

암환자 한 분은 통증이 심하면 여러 시간 큰 소리로 찬양을 불렀는데, 나중에는 통증이 사라지는 것을 경험하셨다. 암 장기생존자가 되신 이분은 통증을 찬양으로 치유하는 경험을 나누신다.

넷째, 초월적인 말을 하여야 한다. 때로 인간의 한계에 막힐 때, 우리는 초월적인 말씀의 능력을 체험할 수 있다. 예로, 2000년 시드니 올림픽 미국 다이빙 대표팀으로 출전할 예정이었던 로라 윌킨슨 Laura Wilkinson 을 보자.

그해 3월 그녀는 오른쪽 다리 골절상을 입었고, 코치는 올림픽 출전이 불가하다는 선언을 하였다. 그러나 그녀는 하루에 수십 번씩 한 성경구절을 묵상하며 힘과 용기를 얻었다. 그리고 마침내 올림픽에서 아무도 예상 못 한 금메달을 획득했다. 그녀가 올림픽 다이빙대를 올라가면서까지 암송하였던 성구는, "내게 능력 주시는 자 안에서 내가 모든 것을 할 수 있느니라 빌립보서 4:13."였다.

도디 오스틴 Dodie Osteen 은 미국 레이크우드교회 죠엘 오스틴 목사의 어머니로 1981년 간암 판정을 받고 몇 주밖에 살지 못한다는 선고를 받았다. 그녀는 집에 돌아와서 하나님 말씀 외에는 희망이 없는 것을 깨달았다.

매일 많은 치유 성경 구절들을 읽으면서 불평과 패배의 말 대신 하나님의 말씀을 마음과 입에 두기로 선택하였다. 그녀는 매일 성경 말씀에서 희망을 얻고 격려를 받았고, 몇 개의 성경 구절을 뽑아서 벽에 붙여놓고 큰 소리로 말씀을 선포하였다.

집에 돌아온 후 그녀는 정상인으로 살기를 결심했다. 그녀는 하나님의 약속을 믿고 마음으로 자신이 나았음을 확신하였다. 하지만 몸은 여전히 아팠고, 여러 가지 증세를 느꼈다. 그렇지만, 그녀는 거짓말하시지 않는 하나님을 계속 붙잡았고, 아프지 않은 사람처럼 부엌에서 가족을 위한 식사 준비도 하였다.

딸이 깜짝 놀라 그녀에게 침대에 있어야 한다고 하였을 때, "내가 나을 것 같으면 내가 나은 것 같이 행동해야 한다."고 말했다. 사람들이 그녀에게 어떤가 물어보면, "그가 채찍에 맞으므로 우리는 나음을 받았도다 이사야 53:5."고 대답했다. 그리고 치유를 위해 기도하면서 한 번이라도 상처를 줬다고 생각되는 모든 사람들에게 사과 편지를 보냈다. 또한, 육체적인 질병으로 고통받는 다른 사람들을 심방하면서 위로했다.

그러자, 놀라운 일이 일어나기 시작했다. 조금씩 병세가 호전되기 시작하여 점차 식욕이 돌아오고 몸무게가 불어나기 시작했다. 건강이 회복되고 있었다. 하나님의 말씀이 살아 역사하신 것이다. 병원에서는 그녀의 몸에 암세포가 더 이상 남아있지 않다고 진단을 내렸고 아직도 건강하게 살고 있다.

나 역시, 절망 가운데 초월적 말씀으로 힘을 얻었다. 모든 의사들로부터 불치병이라는 말을 듣고 절망적 상태였다. 세상의 힘으로는 내가 회복할 가능성이 전무 全無 한 것이 확실하였다. 그러나 나는 죽은 자도 살리시는 하나님의 약속을 믿고 다음과 같은 혼잣말을 수없이 하였다. "의사들이 나을 수 없다 할지라도 의원 중의 의원이신 하나님께서 나을 것이라고 하시니 나는 반드시 나을 것이다.", "나는 하나님의 힘으로 갈수록 더 회복할 것이다." 이렇게 미래에 회복된 모습을 시각화하면서 말을 한 것이 치유에 말할 수 없는 힘을 가져다주었고 실제로 기적과 같이 회복되었다.

성경은 고통당하는 자가 하나님께 부르짖을 때 그의 말씀을 보내어 그들을 고치시고 위험에서 건지신다고 한다 시편 107:19-20. 실제로 말씀의 약속과 위로와 능력이 아니었다면 나의 삶도 완전히 달랐을 것이다.

초월적인 말의 능력을 체험하려면, 우리 말의 중앙에 하나님이 존재하여야 한다. 출애굽기 13장을 보면, 여리고 성을 정탐하고 돌아온 10명 정탐꾼은, 가나안 사람들은 거인이고, 자신들이 메뚜기같이 보였다고 부정적으로 말하였다 민수기 13:31-33. 그들의 말에는 자신들과 적들만 있었다. 반면, 여호수아와 갈렙은 가나안 사람들을 '우리의 밥'이라고 말하였다 민수기 14:9. 그들의 말에는, 하나님이 말 중앙에 위치해 있는 것을 볼 수 있다.

성경은, "땅에서 난 이는 땅에 속하여 땅에 속한 것을 말하느니라.", "하나님의 보내신 이는 하나님의 말씀을 하나니 요한복음 3: 31, 34"라고 한다. 자신의 말과의 관계를 한번 깊이 살펴보는 것은 유익하다.

어떤 말들이 자신을 만드는가?

어떤 말들을 하며 살아가는가?

우리는 자신이 듣거나 읽는 것을 좋아하고 말하는 대로의 삶을 살아간다. 왜냐하면, 말이 생각을 이끌고 생각이 말로 표현되고, 그 생각과 말이 곧 그 사람됨이기 때문이다.

8장 바라보기와 기뻐하기

전쟁 중에 한 신부가 군인인 남편을 따라 동부에서 서부의 캘리포니아 사막으로 왔다. 그런데 그녀는 사막의 황량함이 싫었다. 남편은 대부분의 시간을 근무로 떠나 있었고 혼자 사막에서 보내는 시간은 매우 외롭고 지루했다. 마침내 그녀는 친정어머니에게 편지를 보냈다. 엄마에게 남편을 떠나 집으로 돌아갈 생각을 하고 있다고 알렸다. 이 어린 새댁은 메마른 사막을 떠나 도시로 돌아가고 싶다고 하였다. 그녀의 현명한 어머니는 딸의 편지를 받고 시 하나를 적어 보냈다.

두 사람이 감옥의 철장 밖을 내다보고 있었다.
한 사람은 진흙을 보았고, 다른 사람은 별을 보았다.

그녀는 어머니의 의중을 간파하였다. 그리고 땅을 보지 않고 별을 보기로 결심하였다. 그녀는 사막의 꽃과 선인장과 인디언에 대해 배우고 연구하기 시작하였다. 그녀는 후에 사막의 야생생물들과 인디언 문화에 대한 책을 썼고 그 분야 전문가가 되었다.

사막에서 별을 보고자 한 새댁의 이야기는 우리의 삶에서 사막을 지날 때, 무엇을 보고 어떤 태도를 취하는가에 따라 그 결과가 판이하게 달라질 수 있음을 알려준다. 사막의 삭막한 모습을 보지 않고 별을 찾고자 하였을 때, 그녀는 사막에서 감사하고 기쁨 주는 것들을 발견할 수 있었다.

감사와 기쁨은 바로 연결되는 감정이다.

영국 작가인 길버트 체스테튼 Gilbert Chesterton 은 "감사는 사람에게 알려진 가장 순수한 기쁜 순간들을 만들어낸다."고 하였다.

그러면 바라보는 것과 감사와 기쁨의 관계에 대해 살펴보자.

01

바라보기와 감사

중동붐이 한창인 시절에 한 부인이 해외에서 취업 중인 남편으로 부터 편지를 받았다.

"어제는 내가 몰던 덤프트럭이 뒤집혔다오. 몸은 괜찮은데 트럭이 좀 망가졌지요. 나의 과실이라서 변상해줘야 되니 두 달 동안은 송 금할 수 없을 것 같소. 본국에서 잘 먹고 잘사는 사람도 많고 해외 에 나와서도 시원한 사무실에서 편하게 일하는 사람이 많은데 내 신 세가 원망스럽구려."

그 편지를 읽은 아내가 다음과 같은 답장을 썼다.

"여보, 자동차가 전복되었는데도 몸을 상하지 않았다니 얼마나 감 사합니까? 또 해외에 가고 싶어도 못 가는 사람이 많은데 당신은 건 강하게 취업하셨으니 얼마나 감사합니까? 그리고 당신은 막일이라 도 하겠다고 가셨는데 운전경력을 인정받아 중장비를 끌게 되어 좋 아하셨지요. 신세를 한탄하며 불평할 일이 아니라 모두 감사할 일들 뿐이네요."

이 현명한 아내의 말은 영국의 저술가 다니엘 디포 Daniel Defoe 의
다음 말이 생각나게 한다.

"부족한 것들에 대해 불만족스러워하는 것은 지금 가지고 있는 것
에 대한 감사가 없기 때문이다."

이 말을 바꾸어 말하자면, 우리가 감사할 수 있다면 우리는 불평
불만하지 않고 살아갈 수 있다는 것을 의미한다.

'감사'의 긍정적인 효과는 근자에 과학계의 주목을 받아왔다.

UC 데이비스 대학교의 로버트 에몬스 Robert Emmons 박사는 감사하
는 사람들은 훨씬 더 행복하고, 질병 등 건강 문제가 적은 것을 발
견하였다. 에몬스 박사는 "감사하는 사람들은 기쁨, 사랑, 열정, 행
복, 낙관과 같은 긍정적 감정들을 더 많이 경험하며, 감사를 실행하
며 훈련하는 것은 질투, 분노, 우울함과 같은 부정적인 감정으로부
터 보호한다."[89]고 한다.

감사에 대한 연구들은 감사는 코르티솔과 같은 스트레스 호르몬
분비를 감소시키는 동시에 뇌 속에서 엔돌핀, 도파민, 세라토닌과
같은 호르몬들을 분비케 하여 스트레스를 감소시키고, 통증을 줄이
고, 면역을 높이고, 몸이 쉬도록 하여 질병 치유가 속히 이루어지도
록 돕는 것을 보여 주었다.

---

89 Emmons, R. A. (2008). Thanks!: How Practicing Gratitude Can Make You
   Happier. New York: Mariner Books.

에몬스 교수는 한 그룹은 감사 일기를 매일 또는 매주 쓰도록 하고, 대조 그룹들에는 아무 사건이나 적도록 했다. 한 달이 지난 후 큰 차이가 발생했다.

감사 일기를 쓴 사람 중 4분의 3은 행복지수가 높게 나타났고, 수면, 일, 운동 등에서 더 좋은 성과를 냈다. 그저 감사했을 뿐인데 뇌의 화학구조와 호르몬이 변하고 신경전달물질들이 바뀐 것이다.[90]

또 다른 연구에서 에몬스 교수와 마이애미대학 마이클 맥쿨러프 Michael McCullough 교수는 학생들에게 다섯 가지 감사한 일을 일주일에 한 번, 총 10주 동안 적어 보게 하였다. 그리고 이 학생들을 골치 아픈 일이나 그 주에 일어난 주요한 사건 다섯 가지를 적어 보도록 한 다른 대조군과 비교해 보았다.[91]

그 차이는 놀라웠다. 감사함을 적은 학생들은 대조군에 비해 자신의 삶에 대한 만족도가 눈에 띄게 증가했고, 심지어 두통이나 기침과 같은 스트레스성 질환도 나아졌다.

---

90 Bornstein, S. Giving thanks helps your psychological outlook. (2011, November 22). USA Today. Retrieved from http://usatoday30.usatoday.com/news/health/medical/health/medical/mentalhealth/story/2011-11-22/Giving-thanks-helps-your-psychological-outlook/51353930/1

91 Emmons, R. A., McCullough, M. E. (2003). Counting blessings versus burdens: An experimental investigation of gratitude and subjective well-being in daily life. Journal of Personality and Social Psychology, 84(2), 377-389.

이 책 서두에 언급한 대학생 이지선은 음주운전자의 차량 충돌로 차에 불이 나 온몸이 3도 화상을 입었었다.

그로 인해 고운 미모와 희망의 미래를 잃었다. 7개월간 입원, 11차례의 수술로 3년의 세월을 병원에서 산 그녀는 그래도 살아있음에 감사한다. 왼손보다 오른손이 더 짧고 잘 움직여지지 않는데 왜 오른손을 더 지켜주시지 않았냐고 울며불며 원망하는 게 아니라, 왼손이라도 오른손처럼 잘 쓸 수 있으니 감사하였다. 손가락을 절단하러 들어가는 그 수술실 앞에서는 더 많이 자르지 않아서 감사하였다. 그녀는 그러한 마음을 생기도록 이끌어 주신 하나님께 감사한다. 그러한 감사하는 긍정적 감정이 그 큰 시련을 극복하고 다른 사람들에게 희망과 치유를 전하는 사람이 되었다.

한 가지 유사한 경험을 일본인 다하라 요네꼬 田原米子 의 경험을 살펴보자.[92]

그녀는 18세에 어머니를 여의고 방황하다 자살을 하려고 달려오는 기차에 몸을 던졌다. 그 결과, 구사일생으로 살기는 하였지만 두 다리와 왼쪽 팔, 오른쪽 손가락 두 개를 잃어버린 장애인이 되고 말았다. 병원에서 자살하려고 수면제를 모아 죽기 전, 그녀는 필사적으로 "하나님이 있으면, 나를 구해주세요."라고 부르짖었다.

그런데 다음 날 아침 그녀가 잠에서 깨었을 때, 깜짝 놀랐다.

"앗, 나에게는 오른팔이 남아있다! 그 위에 엄지, 검지, 중지 이 세

---

92 다하라 요네코, 우지키 노부로. (2010). 산다는 것이 황홀하다. 솔라피데출판사.

개의 손가락이 남아 있다."

이제까지 손가락이 세 개밖에 없다, 손이 없다, 걸을 수가 없다, 먹을 수도 없다. 이런 사실을 놓고 그저 죽고 싶다고만 생각했는데, 그 날은 죽고 싶다는 생각이 일어나지 않았다. 이제는 손가락을 보아도 슬프지 않고, '손가락이 세 개나 있지 않나.'하는 생각에 위로가 되었다.

요네꼬는 그날부터 완전히 다른 사람이 되어 의사와 간호사를 비롯해 만나는 사람들마다 웃는 얼굴로 대한다. 요네꼬는 자신에게 복음을 전했던 청년과 결혼해 두 딸을 낳고, 그 후 목사가 된 남편과 여러 지역을 순회하며 복음을 전하였다. 그녀는 장애인들과 질병으로 고생하는 이들을 찾아가 위로하고 힘주는 일을 하였고, 『산다는 것이 황홀하다』라는 제목의 자서전을 남겼다.

우리는 또한 결코 용서할 수 없는 일을 용서하고 감사할 수 없을 때 감사하는 사람들을 드물지만 볼 수 있다.

고 故 넬슨 만델라 Nelson Mandela 대통령은 무려 27년간 감옥 생활을 하고 70세가 넘어 출옥하였다. 오랜 감옥생활을 하고서도 어떻게 건강을 유지할 수 있었느냐는 한 기자의 질문에 그는 이렇게 대답했다. "나는 감옥에서 하나님께 늘 감사했다. 하늘을 보고 감사하고, 땅을 보고 감사하고, 물을 마시며 감사하고, 음식을 먹으며 감사하고, 강제노동을 할 때도 감사하고, 늘 감사했기 때문에 건강을 유지할 수 있었다."

그는 흑인 차별 반대 운동을 이유로 자신을 감옥에 가둔 백인들이 너무 증오스러워서 견딜 수 없었다. 문제는 미움이 커갈수록 자신이 더 힘들었고, 미칠 것 같았다. 그 절망의 상황 속에서 그가 "하나님, 도대체 어떻게 해야 됩니까?"하고 묻는데 마음속에 들리는 소리가 '용서하라'는 것이었다.

"아니, 사람을 흑인이라고 종으로 취급하고, 죽이고, 가두는 그 사람들을 어떻게 용서합니까? 저는 받아들일 수 없습니다."

'용서해야 네가 산다. 용서해야 그 사람들이 산다.'

만델라는 결국 그런 마음의 소리에 항복하고 만다.

하나님께서 용서하라고 하셨는데 그 말씀에 순종하지 않았다면 감옥에서 살아나오지 못했을 것이라는 만델라의 고백은 용서의 힘이 얼마나 위대한 것인지 깊이 깨닫게 해준다. 만델라가 대통령이 된 후 그전에 당한 것을 보복했다면 그는 결코 위대한 인물로 남아 있을 수도 없었을 것이다.

우리는 항상 감사할 수 있어야 한다.

어떤 상황에서도!

성경은, "감사로 제사를 드리는 자가 나를 영화롭게 하나니 그 행위를 옳게 하는 자에게 내가 하나님의 구원을 보이리라 시편 50:23."고 한다.

나는 여러 가지 어려웠던 경험들을 돌아보며 그러한 고난들로 인해 감사하게 되었다. 많은 고난이 더 하나님을 개인적으로 가까이하고 알게 되는 기회가 되었고, 하나님의 큰 사랑과 기이한 능력과 놀라운 돌보심을 체험할 기회가 되었다.

즉, 하나님을 더 알게 되고 연단되고 성숙하고 강하게 만들어서 시련이 오더라도 하나님을 바라봄으로 낙담하지 않고 담대하도록 이끌어주었다. 어떤 어려움 가운데서도 마음에 평안을 얻고 감사하는 법을 배워가게 되었다. 그 모든 것은 문제로부터 눈을 돌려 하나님을 바라봄으로 이루어진다.

얼마나 간단한가?

감사하게도 이 모든 것은 예수 그리스도의 십자가 희생과 공로로 인해 우리에게 값없이 전해진 선물이다.

18세기 영국 목회자 윌리엄 로 William Law 는 다음과 같이 말한다.

"만일 누군가가 당신에게 행복과 완전함으로의 최단의, 가장 확실한 길을 말한다면, 그는 '당신에게 일어나는 모든 것에 대해 하나님께 감사하고 찬양하는 것을 법칙으로 하라'고 해야 할 것이다. 왜냐하면, 당신에게 일어나는 재앙으로 보이는 무엇이든지 만일 당신이 그에 대하여 하나님께 감사하고 찬양한다면 그것은 축복으로 변할 것이 확실하기 때문이다."[93]

다음은 1948년 손양원 목사의 아들 형제가 공산주의자 안재선에게 순교당하고 아들의 장례식장에서 고백한 9가지 감사 기도문이다. 최악의 재앙과 같은 사건이 발생하였을 때 드린 감사기도문을 돌이켜 보자.

---

93 Law, W. (1999) A Serious Call to a Devout and Holy Life. Logos Research Systems.

❶ 나 같은 죄인의 혈통에서 순교의 자식들을 나오게 하셨으니 하나님께 감사합니다.

❷ 허다한 많은 성도들 중에 어찌 이런 보배를 주께서 하필 내게 주셨으니, 그 점 또한 주께 감사합니다.

❸ 3남 3녀 중에서 가장 아름다운 두 아들, 장자와 차자를 바치게 된 나의 축복을 하나님께 감사합니다.

❹ 한 아들의 순교도 귀하다 하거늘 하물며 두 아들의 순교라니요, 하나님 감사합니다.

❺ 예수 믿다가 누워 죽는 것도 큰 복이라 하거늘, 하물며 전도하다 총살 순교 당함이리요, 하나님 감사합니다.

❻ 미국 유학가려고 준비하던 내 아들 미국보다 더 좋은 천국 갔으니 감사합니다.

❼ 나의 사랑하는 두 아들을 총살한 원수를 회개시켜 내 아들 삼고자 하는 사랑의 마음 주신 하나님께 감사합니다.

❽ 내 두 아들 순교로 말미암아 무수한 천국의 아들들이 생길 것이 믿어지니 우리 아버지 하나님 감사합니다.

❾ 이 같은 역경 중에서 이상 여덟 가지 진리와 하나님의 사랑을 찾는 기쁜 마음, 여유 있는 믿음 주신 우리 주 예수 그리스도께 감사합니다.

❿ 나에게 분수에 넘치는 과분한 큰 복을 내려 주신 하나님께 모든 영광을 돌립니다.

이후, '사랑의 원자탄'이라는 별명을 가진 손양원 목사는 아들들을 죽인 안재선을 양자로 삼았다.

바라보기와 기쁨

1960년대 중반, 미국의 한 잡지 편집인이었던 노만 커즌스 Norman Cousins 는 강직성 척추염에 걸려서 뼈마디마디에 염증이 생기고. 손가락이 굽혀지지도 않고, 침대에서 몸을 돌리기도 힘든 극심한 고통을 겪어야만 했다. 약을 사용해도 낫지 않고 부작용이 심한 가운데 현대의학으로는 그 병을 고칠 수 없다는 것을 알게 된 그는 한 가지 의문을 가지게 되었다.

"우울하고 부정적인 감정과 스트레스가 병을 일으킨다면 반대로 마음이 즐거우면 병을 고칠 수 있지 않을까?" 하고 스스로 자문하였다.

효과 없는 병원 치료에 지친 그는 코미디 비디오테입들을 구해다 놓고 하루 종일 웃으며 스스로 웃음으로 치료하기 시작하였다. 그런 가운데 그는, 진통제와 수면제가 없이는 잘 수 없었던 자신이 배꼽을 잡고 10분간 웃고 나면 2시간 동안 통증 없이 잠을 잘 수 있다는 사실을 발견하였다.

그의 상태는 점차 나아갔고, 오래지 않아 직장에 복귀하였고, 그는 테니스도 치고 골프, 승마도 즐기고 피아노도 치게 되었다.

결국 웃음치료로 스스로 병을 치유한 그는 웃음치료의 선구자가 되었고, 일반인으로 UCLA 의대 교수로 초빙되어 갔다.

노만 커즌스와 함께 UCLA에서 웃음치료에 대한 연구를 해 온 이 분야의 권위자이며 나의 논문 지도교수이기도 하였던 로마린다대학교 리 벅 Lee Berk 박사는, "긍정적 감정들은 우리 몸 안에서 양약을 만들어 내는 놀라운 원천이다. 긍정적 감정들과 행동들은 우리의 세포들을 재생시키고, 우리의 삶에 활력을 불러일으킨다."고 하였다.[94]

2차 세계대전이 끝난 해인 1945년 여름 시카고에서 일어난 일이다. 도나 Donna 라고 하는 한 젊은 간호사는 어느 날 병원에 출근했을 때 자신의 눈을 믿을 수 없었다. 왜냐하면, 어젯밤까지 중환자였던 환

94 Berk, L. (2004). Mind, body, spirit: Exploring the mind, body, and spirit connection through research on mirthful laughter. In S. Sorajjakool & H. Lamberton (Eds.), Spirituality, Health, and Wholeness: An Introductory Guide for Health Care Professionals (pp. 37-46). Binghamton, NY: Haworth Press. 46p.

자들이 그들의 침대에서 나와서, 옷을 입고, 침상을 정리하고, 환성을 지르면서 집으로 가는 것이다. 도나는 궁금하여서 어제만 하더라도 언제 죽을지 모르는 상태에 있었던 한 환자를 붙잡고 물었다.

"아니, 이게 어떻게 된 일이지요? 어제만 해도 당신은 중태였는데요."

그 환자는 이렇게 대답했다.

"이제 전쟁이 끝났어. 삶이 시작되었어. 내 아들들이 집으로 돌아올 거야. 4년간의 숨 막히는 두려움은 이제 끝났고, 살아갈 희망이 생긴 거야."

이 실화는 가정의학의이며 전인의학 全人醫學 의사인 맥게리 글래디스 Gladys McCarey 박사의 『당신 속에 있는 의사 The Physician Within You, 2000』라는 책에 담긴 사례로 환자가 희망과 기쁨을 느낄 때, 어떠한 놀라운 치유가 일어날 수 있는지를 잘 보여준다.

이 사건은 지속적인 스트레스가 사람을 병들게 하고 죽이는 것임과 반면에 희망과 기쁨은 놀라운 치유력을 가지며 회복시키는 힘이 사람 속에 잠재해 있음을 여실히 보여 준다.

긍정적 감정이 치유에 미치는 효과에 대하여 이미 오래전부터 알고 있는 전문가들이 있었다. 14세기 프랑스의 앙리 드 몽드빌 Henri de Mondeville 의대 교수는 다음과 같이 가르쳤다.

"의사로 하여금 환자의 친척들과 친구들이 환자를 즐겁게 하고, 유머를 하여, 즐거움과 행복을 위한 전인적인 치유법에 신경 쓰도록 하라."[95]

그만큼 환자가 즐거운 마음을 가지는 것이 중요하다는 것을 알려주는 말이다. 또한, 프랑스 철학자이며 사상가였던 볼테르 Voltaire 는, "의학의 예술 Art of Medicine 은 환자로 하여금 즐겁게 하여 자연이 치유케 하는 것이다."라고 하였다.

즉, 의학이 최고의 경지에서는 환자가 즐겁게 하여 환자 스스로 낫게 한다는 것이다. 한 연구에 의하면, 유방암이 재발한 여성들 가운데 기쁨을 느끼고 보고하였던 여성들은 생존기간이 7년 더 길었던 것이 조사되었다. 그러므로 우리는 성경의 "항상 기뻐하라 빌립보서 4:4."는 말씀이 영적·정신적 건강뿐 아니라 신체적 건강을 위한 명령임을 깨닫게 된다. 그러면, 걱정되고 우울한 현실 가운데서 어떻게 항상 기뻐할 수 있을까?

감정은 우리가 통제하기 어렵기 때문에 '슬퍼하라', '우울하라', '즐거워하라'고 명령하지 않는 것처럼 '기뻐하라'고 명령하는 것은 이상해 보인다.

그러나, "항상 기뻐하라"고 하나님이 말씀할 때는 그것이 가능하기 때문에 명하신다!

여기서 우리는 보이는 것이 아닌 보이지 않는 것을 보아야 한다. 영적이고 신앙적인 방법이 필요한 것이다.

"주 안에서 항상 기뻐하라. 내가 다시 말하노니 기뻐하라 빌립보서 4:4."

---

95 Walsh J. (1928). Laughter and Health. New York NY: Appleton.

우리는 주 안에서는 기뻐할 수 있는 선택권이 있다. 주 안에서는 기뻐할 수 있다. 세상의 힘으로는 할 수 없으나 하나님의 자녀는 어떤 상황에서든 선택이 가능하다. 다음과 같은 이야기가 전해지고 있다.

오래전에 한남동에 어느 돈 많은 부자가 있었다. 시골에서 올라온 아주머니를 가정부로 두고 있었는데 이 부자 사모님은 돈 문제도 있었지만, 가정문제도 복잡했다. 항상 큰소리로 다투고 싸우다가 주먹이 날아가고 밥상이 엎어지고 그런 난리가 없었다. 그 사모님은 세상을 온통 염려와 근심 속에 살면서 수면제를 먹어야 잠을 잘 수 있었고, 술을 마셔야 잠을 자는 형편이었다.

그러나 가정부 아주머니는 언제나 편안하였고, 늘 찬양하며 명랑했다. 안방은 지옥이고 골방은 천국이었다. 주인은 술에 살고, 가정부는 찬송에 살았다.

어느 날 주인은 "나는 내 집에 살아도 기쁨이 없는데, 아주머니는 남의 집에 살면서 늘 기쁘니 그 이유가 대체 무엇이냐?"고 묻자 아주머니는 자신 있게 말하였다. "저는 주님 안에 살기 때문에 늘 기쁩니다."

주 안에 사는 사람은 남의 집 가정부로 살아도 늘 기쁘고 행복하다. 영어로 '행복'이라는 단어 'happy'는 고대 영어 어근 'hap'으로부터 생긴 단어인데, 이것은 'happening' 즉, 어떤 일이 '생긴다'는 단어와 같은 'hap'이란 어근으로 만들어진 단어이다.

그 의미는, 행복은 어떤 일이 생길 때 만들어진다는 것이다. 즉, 환경과 조건에 의해 만들어지는데, 좋은 일이 생기면 행복하고, 좋은 일이 없으면 행복하지 않다는 것이다.

그에 반해, 성경에서의 기쁨은 잠깐 있다 사라지는 조건적인 즐거움이나 세상에서의 한시적限時的인 행복보다 더 깊은 무엇에 근거한다.

산악가이며 저술가인 팀 한셀Tim Hansel은 자신의 경험을 통해 기쁨은 선택이며, 헌신인 것을 발견하였다. 청소년 신앙을 위한 산악훈련원을 운영하였던 팀 한셀은, 등반 도중 갑작스런 추락사고로 인하여 척추를 심하게 다쳤고, 심한 통증으로 인하여 평생 고통 가운데 살았다.

그렇지만, 그는 신앙으로 그 시련을 이겨나가고 오히려 그 가운데서 기쁨을 찾고 다른 사람들에게 기쁨을 전달하였다. 그는 고통과 기쁨은 함께 간다고 한다.

그는 그의 책 중 가장 알려진 책, 『당신은 계속 춤추어야 한다 You Gatta Keep Dancing』에서 시련 가운데서도 계속 기뻐하여야 함을 다음과 같이 말한다.

"기쁨은 느낌이 아니다. 그것은 선택이다. 그것은 환경을 바탕으로 하는 것이 아니라 태도를 바탕으로 한다. 그것은 무료이지만, 값싼 것이 아니다. 그것은 예수 그리스도와의 깊어 가는 관계의 부산물이다. 그것은 약속이지 거래가 아니다… 그것은 헌신과 용기와 인내를 필요로 한다."[96]

---

96 Hansel, T. (1985). You gotta keep dancin'. Elgin, IL: David Cook Publishing.

상황이 어떠하든지 간에 우리는 기쁨을 선택할 수 있다.

신부이며 학자이고 저자였던 헨리 나우엔 Henri Nouwen 은 이 기쁨에 대해 이와 같이 말한다.

"기쁨은 거룩한 선물로 질병, 빈곤, 압제, 핍박 가운데서도 우리에게서 떠날 수 없는 것이다. 그것은 세상이 비웃거나 고문하거나 강탈하거나 수족을 짜르거나, 싸우거나 죽인다 할지라도 나타난다. 그것은 진정 황홀한 것으로 우리를 두려움의 집으로부터 사랑의 집으로 이끌며, 더 이상 죽음이 마지막 선고가 아니라는 것을 언제나 선언한다."[97]

이러한 기쁨에 대해 3세기 사람 Cyprian Magnus 사이프리안 매그누스 는 친구 도나투스 Donatus 에게 서신을 보내며 다음과 같이 묘사한 기록이 전해진다.

"도나투스여, 세상은 악하며 정말로 악한 세상이다. 그러나 나는 그 가운데서 삶의 위대한 비밀을 배운 조용하고 좋은 사람들을 발견하였다. 그들은 죄악 생활의 즐거움보다 천 배나 더 나은 즐거움과 지혜를 발견하였다. 그들은 멸시당하고 핍박당하였지만, 그들은 아랑곳하지 않았다. 그들은 그들 영혼의 주인이다. 그들은 세상을 극복하였다. 이 사람들은 그리스도인들이다… 그리고 나는 그들 중의 하나이다."

---

97 Nouwen, H. (1966). Lifesigns: Intimacy, Fecundity, and Ecstasy in Christian Perspective. New York: Image Books, p. 99.

하나님 앞에는 기쁨이 충만하기에 우리가 하나님의 영에 의해 감동되면 상황이 어떠하든지 간에 기뻐하게 된다. 그것은 시편 16:11에서 묘사하듯이, 주의 앞에는 기쁨이 충만하고 주의 우편에는 영원한 즐거움이 있기 때문이다.

사실, 나 또한 중병으로 인한 극심한 통증 가운데 아무런 희망이 없이 차라리 죽는 게 낫다고 생각하다가 금식기도로 굶어 죽든지 아니면 하나님을 만나 살길이 열리든지 둘 중 하나라고 생각하고 기도를 시도한 후에 하나님의 응답을 받고 마치 하나님을 만나는 것과 같은 경험을 하였을 때, 너무나 기뻤다.

병은 그대로 있었지만, 그것은 더 이상 문제가 되지 않았고 기쁨이 넘쳐서 여러 달 동안 찬양이 마음속에서 절로 우러나왔다. 하나님이 살아 계시고 나를 지극히 사랑하신다는 사실을 확인하였을 때, 세상 모든 것을 다 가진 듯하였다. 더 큰 즐거움이 없었다. 그래서, 사람이 어떤 상황에서도 진정 기뻐할 수 있다는 사실을 깨닫게 되었다.

성경의 기쁨은 역설적인 면을 보여 준다. 시련과 기쁨이 어떻게 연결되었는지 살펴보자.

"사랑하는 자들아 너희를 연단하려고 오는 불 시험을 이상한 일 당하는 것 같이 이상히 여기지 말고 오히려 너희가 그리스도의 고난에 참여하는 것으로 즐거워하라. 이는 그의 영광을 나타내실 때에 너희로 즐거워하고 기뻐하게 하려 함이라 베드로전서 4:12-13."

"인자를 인하여 사람들이 너희를 미워하며 멀리하고 욕하고 너희

이름을 악하다 하여 버릴 때에는 너희에게 복이 있도다. 그날에 기뻐하고 뛰놀라 하늘에서 너희 상이 큼이라 누가복음 6:22-23 ."

"형제들아 하나님께서 마게도냐 교회들에게 주신 은혜를 우리가 너희에게 알게 하노니 환난의 많은 시련 가운데서 저희 넘치는 기쁨과 극한 가난이 저희로 풍성한 연보를 넘치도록 하게 하였느니라 고린도후서 8:1-2 ."

"전날에 너희가 빛을 받은 후에 고난의 큰 싸움에 참은 것을 생각하라. 혹 비방과 환난으로써 사람에게 구경거리가 되고 혹 이런 형편에 있는 자들로 사귀는 자 되었으니 너희가 갇힌 자를 동정하고 너희 산업을 빼앗기는 것도 기쁘게 당한 것은 더 낫고 영구한 산업이 있는 줄 앎이라 히브리서 10:32-34 ."

"내 육체에 가시를 주셨으니 이는 나를 쳐서 너무 자만하지 않게 하려 하심이라. 이것이 내게서 떠나가게 하기 위하여 내가 세 번 주께 간구하였더니 내게 이르시기를, '내 은혜가 네게 족하도다 이는 내 능력이 약한 데서 온전하여짐이라.' 하신지라. 이러므로 도리어 크게 기뻐함으로 나의 여러 약한 것들에 대하여 자랑하리니 이는 그리스도의 능력으로 내게 머물게 하려 함이라. 그러므로 내가 그리스도를 위하여 약한 것들과 능욕과 궁핍과 핍박과 곤란을 기뻐하노니 이는 내가 약할 그때에 곧 강함이니라 고린도후서 12:9-10 ."

엘렌 G. 화잇 Ellen G. White 의 다음 묘사와 같이 그리스도께서도 시련을 통하여 기쁨을 보셨다.

"그리스도께서는 언제나 당신의 사명의 결과를 보셨다. 그분께서는 당신의 지상생애가 어려움과 자아희생으로 충만해 있었지마는, 그 모든 수고가 헛되지 않으리라는 생각으로 기뻐하셨다. 그리스도 께서는 당신의 수고의 결과를 보시고 만족하셨다. 그분께서는 먼 장래를 보시고 당신의 굴욕을 통하여 용서와 영생을 받을 사람들의 행복을 보셨다. 그분께서는 구속받은 자들이 부르짖는 환성歡聲을 들으셨다. 비록 피의 침례를 먼저 받아야 하지만, 그분께서는 당신 앞에 놓여 있는 기쁨을 위하여 십자가를 참으시고 부끄러움을 개의 치 않으시고 그 길을 택하셨다. 이 기쁨은 그분을 따르는 모든 사람 이 나누어 가져야 할 기쁨이다."[98]

한 믿음의 형제는 한국에서 항공기 기술자로 안정된 직장 좋은 자리에서 높은 수입을 얻고 있었는데 신앙적인 문제로 호주로 이민을 가게 되었다. 그런데 호주 항공사가 있는 지역에는 교회가 없어서 교회 가까운 곳에 자리를 잡았는데, 일자리를 갖지 못하여 여러 해 심한 어려움을 겪기 시작하였다. 그는 내게 보낸 편지에서 다음과 같이 말하였다.

"지난 1년간의 소모로 재정적인 여유는 없어지고, 산업구조가 틀린 이곳에서 알맞은 일자리를 찾을 수 없었으며, 갈등과 기도밖에 없었습니다. 이제는 막노동판에서 일을 하면서 현실을 유지하며 아주 소규모의 공구 수리하는 개인업을 시작하였습니다. 주중의 힘든 어려움을 견딜 수 있는 강한 힘은 주말의 봉사와 헌신, 기쁨의 신앙

---

98 Ellen G. White, 치료봉사, 504쪽

제 2부 보이지 않는 것을 바라보라

생활이 있는 것이 나의 자랑입니다.

저의 삶은 이제 나의 선택이 아니요, 그분께서 나에게 주신 길임을 믿고, 건축공사장에서 험한 막노동 일을 하면서 참안식일의 기쁜 그 시간을 기다리며, 또 나를 연단시키시는 그분이 오실 그때를 기다리며 감사와 찬양으로 승화시키고, 육신의 일로 인해 너무 지치고 힘들 때 그분께서 그분이 창조한 피조물에 의해 십자가를 지시고 넘어지시는 그 모습을 상상하면서 힘을 얻고 있습니다.

지난 과거의 그 직장, 직책, 권위, 재력을 대조해 볼 때 지금의 나의 비천한 모습은 표현할 길이 없으나 내 마음에 평안과 기쁨이 넘침은 하늘 유리바닷가를 거닐면서 지금 일어나는 일들을 이야기할 것을 생각하기에 힘있는 것입니다. 그분의 다정한 음성을 들으며 어린양의 노래를 부를 것이기에…."

이 땅에서의 현실이 고달프고 고통스러워도 영적 존재인 사람은 보이지 않는 것을 바라보며 견디고 감내할 수 있다. 그는 후에 큰 회사를 운영하고 재정적인 복도 받게 되었지만 시련 가운데서 보이지 않는 것을 바라보고 힘을 얻고 평안과 기쁨을 느끼는 것 자체가 복된 일이다.

앞서 언급한 나치 강제수용소에 수감되었던 정신과 의사 빅토르 프랭클은 1990년, 캘리포니아 애나하임에서 많은 청중에게 그의 경험을 전달하였다. 그 가운데 그는 다음과 같은 특별한 한날의 경험을 전하였다.

극심히 추운 어느 날, 강제노역 장소로 발에 생긴 상처들로 인해 극심한 통증으로 다리를 절며 장거리를 걷던 때였다. 그는 영양실조와 혹사로 병들어 기침을 심하게 하였고 무릎을 꿇게 되었다. 경비병이 와서 그를 때리며 일어나 걷지 않으면, 남겨져 죽게 될 것이라 하였다. 그런 광경을 많이 봐온 그는 그것이 자신의 마지막인 것을 감지하였다. 그는 다시 일어날 수가 없었다.

땅 위에 앉아 더 이상 갈 수 없는 상황에서, 그는 갑자기 자신이 더 이상 그곳에 있지 않고 전쟁 후 비엔나의 따뜻하고 편안한 강의실에서 '포로수용소의 심리학'에 대한 강의를 하는 모습이 떠올랐다. 200명의 청중이 그의 강의에 몰두하고 있었다. 그는 강제수용소에서 어떤 사람들이 정신적·감정적으로 더 잘 극복하고 살아남는지에 대해 강의하고 있었다. 그것은 그의 마음의 눈 안에서 아주 훌륭한 강의였다.

그는 더 이상 절반쯤 죽은 사람이 아니라 강의 속에 살아있었다. 그리고 그는 그의 상상의 청중들에게 놀랍게도 그가 일어설 수 있었다고 말하였다. 경비병은 그를 때리는 것을 멈추었고 그는 처음에는 힘들게 걷다가 점차 보다 힘있게 걸을 수 있었다. 그가 이것을 그의 청중들에게 말하는 것을 상상하면서 몸을 일으켜 걸을 수가 있었다. 그는 일을 하는 동안과 캠프로 돌아오는 내내 이 강의를 계속하여 상상하였다. 그는 이 뛰어난 강의를 마치고 청중들의 기립박수를 받는 것을 상상하면서 그의 침상에 쓰러졌다.

그 후 여러 해가 지난 후에 프랭클은 이 강연을 한 후 7,000명의 사람들에게서 기립박수를 받았다.

즉, 혹독한 현실의 어둠 가운데 밝은 미래를 바라본 것이 그가 시련을 이기게 한 원동력이 된 것이었다.

이와 같이 우리가 어떤 형편에 처해 있던지 상상의 눈으로 밝은 미래를 바라보는 것은 놀라운 힘을 얻을 수 있다.

18세기 미국인 신학자 조나단 에드워드 Jonathan Edward 목사는 다음과 같이 말한다.

"하나님은 그분의 영광을 볼뿐만 아니라, 그 안에서 기뻐함으로 인하여 영광을 받으신다."

그것은 하나님은 우리가 그분 안에서 가장 만족하고 기뻐할 때 가장 큰 영광을 받으신다는 의미이다. 그 반면에, 우울하고 원망과 불평만을 하는 그리스도인은 다른 사람들에게 하나님과 그리스도인 생애를 잘못 드러내게 된다. 저들은 하나님께서는 그의 자녀들을 잘 돌보지 못하다는 인상을 주어서 하늘 아버지에 대하여 그릇된 증거를 하고 있다.

사람을 창조하신 목적이 하나님께 영광을 돌리기 위해서라고 한다. 그러면, 하나님은 자신의 영광만 위하는 이기적인 존재인가? 하는 질문이 나온다.

사람이 하나님께 영광을 돌리기 위해서는 사람에게 영광이 있어야 한다. 그래야 하나님께 영광을 돌려 드릴 수 있다. 하나님께서 영광을 주셨으니 돌려드리는 것이다.

현대 소나타 차가 미국 자동차 고객만족도 조사에서 최고점으로 오토퍼시픽 특별상을 수상하였다. 그렇게 소나타가 수상하여 영광을 받으면 제작사인 현대에게 영광이 된다.

즉, 피조물의 영광은 창조주의 영광이며, 사람의 영광은 하나님의 영광이 된다.

사람이 행복하면, 심지어 어떤 상황에서도 행복하면, 하나님에게 영광이 되며, 사람이 불행하면, 사람을 지으신 하나님에게 수치와 모욕이 된다. 그래서 사탄은 사람이 불행하도록 이끌어서 하나님이 수치를 당하시도록 이끈다.

우리가 이 땅에서 진실된 그리스도인으로 살면서 당하는 어려움은 어떤 것이든지, 그것이 질병이나 경제적 어려움이나 인간관계나 어떤 것이든, 우리를 시험하려고 오는 불시험은 우리가 그리스도의 고난에 참예하는 것이다. 그리스도의 고난에 참예하는 것은 하늘이 인간에게 줄 수 있는 가장 큰 영예이다.

예수께서 십자가를 앞두고, "아들을 영화롭게 하사 아버지를 영화롭게 하소서 요한복음 17:1 ." 하고 기도하셨다.

이것은 십자가를 통하여 예수님이 영화롭게 되시고, 하나님께 영광을 돌리시는 것을 말한다. 그와 같이 하나님의 백성은 고난으로 인해 영화롭게 되고 하나님께 영광 돌리게 된다. 그래서 고난 가운데 즐거워할 수 있다.

감독교회 성직자 사무엘 슈메이커 Samuel Shoemaker 는, "그리스도인의 가장 확실한 표징은 믿음, 혹은 심지어 사랑도 아니고, 기쁨이다."고 하였다.

그러므로 어려움이 있는가?

기뻐하라!

큰 어려움이 있는가?

크게 기뻐하라!

하나님의 약속을 확인하고 하나님의 위대하심을 경험할 기회이기 때문이다.

큰 어려움일수록 그 가운데서도 기뻐할 때 하나님께 더 큰 영광을 돌리게 된다.

사람의 힘으로 어찌할 수 없는 한계에 부딪쳤는가?

기뻐하라!

불가능이 없으신 하나님을 체험할 절호의 기회가 왔기 때문이다.

'너머 보고 기뻐하라'
치유모델과 효과

캐나다 몬트리올 Montreal 대학교 연구가들은 부정적이거나 긍정적인 감정은 직접적으로 통증에 영향을 미치는 것을 발견하였다. 매티우 로이 Mathieu Roy 박사팀은 13명을 대상으로 감정에 따라 고통의 정도가 어떻게 달라지는지 관찰하기 위해 즐거운 느낌을 주는 그림 수상스키, 아무 느낌을 주지 않는 그림 책, 불쾌한 느낌을 주는 그림 악독한 곰 을 보여 주면서 작은 전기충격을 가했다.

그리고 감정과 관련된 뇌 활동을 촬영해 전기 충격에 대한 반응을 측정했다. 그 결과 즐거운 사진을 봤을 때는 통증이 줄어드는 반면 불쾌한 사진을 봤을 때는 통증이 늘어났다.

로이 박사는 굳이 진통제를 사용하지 않아도 기분 좋은 사진이나 음악만으로 통증을 경감할 수 있다는 사실을 증명해 주는 연구 결과라며 이러한 방법은 비용이 적게 들 뿐만 아니라 많은 분야에서 적용하기도 쉽다고 했다. 이렇게 보는 것은 감정을 변화시키고 그것은 체내 호르몬 변화를 통해 통증을 느끼는 강도가 달라지게 만든다.

하버드대학 데이비드 맥클랜드 David McClelland 교수팀은 1988년 132명의 학생들에게 마더 테레사 수녀 Mother Teresa 가 인도에서 가난한 사람들을 돕고 있는 영상을 보여주었다. 그런 후, 침 속의 면역 이뮤노글로블린 A 수치 변화를 측정한 결과 영상을 보기 전보다 50%가 증가했다는 사실을 발견하였다. 게다가 영상을 보고 난 여러 시간 후에 사랑을 주거나 받는 것을 회상해 보도록 하였을 때에도 이뮤노글로블린 A 수치는 높았다.[99]

즉, 선행에 대한 감동적인 영상을 보거나 생각하는 것만으로도 면역이 높아진다는 것을 보여 주었다.

로마린다대학교 리 벅 Lee Berk 박사는 실험 결과, 행복하게 웃는 것을 예상하고 바라본 참가자들에서 3가지 스트레스 호르몬인 코르티솔 호르몬 39%, 에피네프린 호르몬 70%, 도파 호르몬 38%가 각각 감소하였다. 또 다른 한 실험에서는 크게 웃는 것을 미리 예상한 참가자들에게서 2가지 유익한 호르몬 베타엔돌핀이 27% 증가하였

---

99 McClelland, D. C., & Kirshnit, C. (1988). The effect of motivational arousal through films on salivary immunoglobulin. Psychology and Health, 2, pp. 31-52.

고, 성장호르몬이 87% 증가하였다.[100]

이렇게 즐거운 사진이나 감동적인 영상을 봤을 때, 그리고 행복한 모습을 바라보고 상상하는 것만으로도 통증이 줄어들고 면역력이 크게 증가하였다. 그렇다면, 하나님을 바라보고 하나님의 사랑과 은혜를 깊이 느끼고 감동받았을 때 그 치유 효과는 얼마나 크겠는가?

성경은 이미 3500년 전에 '마음의 즐거움은 양약 잠언 17:22'이라 하였다. 과학의 발전은 스트레스가 병을 일으키고 마음의 즐거움이 양약이 된다는 사실을 발견해 왔다. 그리고 영성과 신앙이 건강에 미치는 긍정적인 효과에 대해서도 많이 밝혀졌다.

리 벅 Lee Berk 박사는, 웃음을 통한 마음의 즐거움이 스트레스 호르몬을 감소시키고 유익한 호르몬을 증진시킴으로써 면역계를 강화시키는 것을 많은 과학적 연구들을 실시하여 보여 주었다. 리 벅 박사의 웃음이 야기시키는 신체변화와 질병 치유 효과에 대한 연구들은 나의 연구와 직접적인 연관이 되었고, 그는 나의 박사논문 지도교수로서 여러모로 도움을 주었었다.

외과의사이며 전인치유 방식으로 암환자들을 많이 치료한 버니 시걸 Bernie Siegal 박사는 그의 베스트셀러 책『기적, 사랑, 그리고 의약 Love, Medicine and Miracles』에서 다음과 같이 말한다.

---

100 Berk, L., Tan, S. A., & Berk, D. (2008). Cortisol and catecholamine stress hormone decrease is associated with the behavior of perceptual anticipation of mirthful laughter. Peer reviewed Presentation at the American Physiology Society Section of the Annual FASEB 2008 Meetings, San Diego, CA.

"나는 진정 여기서 책을 마칠 수 있는데, 왜냐하면, 이런 마음의 평안은 무엇이든 낫게 할 수 있기 때문이다. 나는 믿음이 핵심으로, 간단한 해결책이라 믿지만, 대부분의 사람들에게는 실천하기가 너무 어렵다."

내가 깨닫게 되었고 이 책을 통해서도 전하고자 하는 것은, 이런 믿음의 치료가 실천하기에 어렵지 않고 아주 쉽다는 것이다.

바라보는 것만 변화시키면 되니까. 하늘은 치유와 구원을 위해 가장 쉬운 길을 제공해 주었다.

사실, 믿음은 바라보는 것이다. 그래서 베스트셀러 저자인 랍비 헤롤드 큐슈너 Harold Kushner 는 다음과 같이 말한다.

"종교는 단순히 신념이나 기도가 모인 것이거나, 의식적인 것을 모아놓은 것이 아니다. 신앙은 먼저 무엇보다도 보는 방식을 말한다… 신앙은 사실을 보는 방식을 변화시키며, 흔히 그러한 변화 자체가 진정한 차이를 만들어 낸다."[101]

성경은 다음과 같이 말한다.

"우리의 잠시 받는 환난의 경한 것이 지극히 크고 영원한 영광의 중한 것을 우리에게 이루게 함이니 우리의 돌아보는 것은 보이는 것이 아니요, 보이지 않는 것이니 보이는 것은 잠깐이요 보이지 않는 것은 영원함이니라 고린도후서 4:17-18 ."

---

101 Kushner, H. S. (1989). Who needs God. New York: Summit Books.

그래서 보이는 것 육체적 을 보며 사는가 아니면 보이지 않는 것 영적 을 보며 사는가에 모든 것이 달렸다. 지난 20여 년간 서구의학은 이전에 밝지 않은 분야를 탐구하고 있다.

그것은 영성·종교의 치유력에 관한 것인데, 이런 연구들은 영성이 높은 사람들이 우울증이 적으며, 병 회복이 빠르고, 생존율이 높으며, 역경을 잘 극복하는 등을 보여 주며, 영성이 전통적 의료 치료 이상으로 면역을 높이고 치유를 촉진하는 주요 요소인 것을 보여 준다. 그로 인해 1992년에는 미국 내 3개 의과대학에서만 있었던 '영성과 건강' 강의가 이제 143개 의과대학 대부분에서 개설하고 있다.

이러한 변화는 나 자신에게 특히 놀라운 것이었는데, 그것은 내가 아내와 함께 1992년에 발간하였던 '재창조' 건강지 창간호 사설에서 의학계에서 치유에 가장 큰 영향을 미치는 영성·신앙과 건강 분야를 도외시함에 한탄하고 아쉬움을 표한 바 있었기 때문이다.

'너머 보고 기뻐하라' 치유 모델

이러한 과학계의 변화가 나로 하여금 영성·신앙으로 암 등 현대병 환자들을 치유하는 프로그램을 개발하고 실행하여 분석하는 박사학위 논문을 쓰도록 이끌었다.

현대의학·과학계가 영성과 신앙의 큰 치유력을 발견하였지만 나 자신 이미 경험하였던 바와 같은 강력한 성서적 치유법을 환자 치유를 위해 제대로 프로그램화한 것이 없어서 나는 박사논문으로 '너머

보고 기뻐하라: 생명을 위협하는 질환들과 만성 통증 환자들을 위한 영적 개입 Look Beyond & Rejoice: A Spiritual Intervention For Patients With Life-Threatening Illness or Chronic Pain' 프로그램을 개발하였다.

특히, 안타깝고 심히 개탄스러웠던 것은 대부분의 영성과 신앙의 긍정적 효과가 대부분 기독교 신앙을 가진 미국인 환자 및 일반인 대상으로 조사된 결과인데도 불구하고, 다양한 대학병원 및 치료센터에서 영성 치료로 일반적으로 실시하는 것은 동양종교식 명상, 요가, 뉴에이지 등 기법들을 통한 것이었다. 치유와 평안을 찾으려고 그런 영성 기법을 추구하다 보면 신앙을 떠나게 되는 것이 자명한 결과로 보였다. 그리고 후에 그렇게 명상을 하다 기독교 신앙을 중단한 미국인들 여러 사람을 실제로 만나게 되었다.

'너머 보고 기뻐하라' 프로그램 개발을 위하여 나는 먼저 이론적 기초로 '너머 보고 기뻐하라 치유 모델 Look Beyond & Rejoice Healing Model' 이론을 개발하고 그 바탕 위에 '너머 보고 기뻐하라' 프로그램을 개발하여 실시하였다.

이 프로그램은 나 자신의 불치병 투병 체험들 중 치유에 가장 핵심적인 요소들을 담았고 그 심신의학적 요소들을 이 책에 담았다. 식생활과 같은 생활습관 요소들은 책 『가장 가까운 치유』에서 다루었다, 여러 사람들의 체험들, 과학·의학적 발견들, 그리고, 성서적 치유 원칙 및 방법들을 토대로 하여 만들어졌다. 성경에서의 치유 방법은 간단하다.

'위를 보는 것이다.'

광야에서 이스라엘 백성들이 불평하고 원망하여 불뱀에 물려 죽어갈 때, 놋뱀을 만들어 높이 들게 하였고 그것을 바라보는 자들은 살게 되었다. 신약에서는 놋뱀이 상징하는 예수를 바라보는 것이다. 성경은 "땅 끝의 모든 백성아 나를 앙망하라 Look Up. 그리하면 구원을 얻으리라 이사야 45:22."고 한다.

'너머 보고 기뻐하라' 영적 전인치유 프로그램은 이렇게 바라봄으로 치유되는 성서적 치유 방법을 세계 최초로 과학적이며 이론적인 체계로 만든 프로그램이라 할 수 있다.

이 프로그램은 생명을 위협하는 질병과 만성통증을 가진 환자들을 대상으로 그들의 보는 것을 변화시키는 영적 치유가 그들의 전인적 신체적·정신적·영적 건강에 미치는 영향을 살펴보았다.

그러한 환자들은 다양한 어려움을 겪으며, 미래에 대한 불안감과 무력감 등 인간으로 극복하기 어려운 스트레스로 말미암아 자신을 넘어서는 대처방법을 찾게 된다. 생명을 위협하는 질병과 만성통증을 가진 환자들은 종종 부정적인 생각을 가지게 되는데 그것은 그들의 건강에 있어서 부정적인 영향을 미친다. 그리고 자신도 모르게 앞날에 대한 부정적인 모습을 마음속에 떠올리고 시각화, 부정적인 말로 표현함 언어화 으로 건강이 악화된다. 참고 도표 1-1

'너머 보고 기뻐하라 치유 모델'은 이러한 부정적인 과정을 긍정적인 건강 예후로 이끄는 긍정적인 과정으로 전환시키도록 디자인된 것이다. 참고 도표 1-2

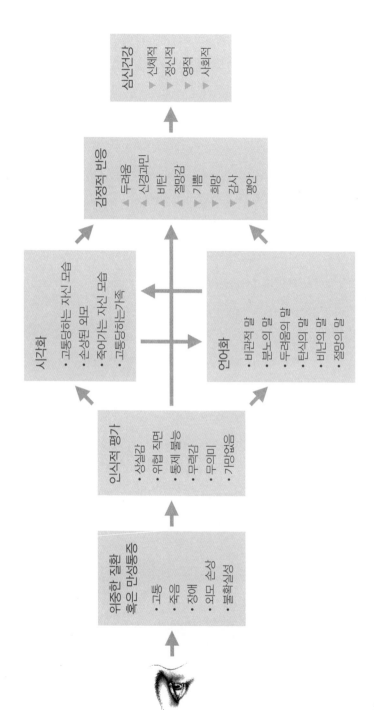

심신건강
▶ 신체적
▶ 정신적
▶ 영적
▶ 사회적

감정적 반응
◀ 두려움
◀ 신경과민
◀ 비탄
◀ 절망감
▶ 기쁨
▶ 희망
▶ 감사
▶ 평안

시각화
• 고통당하는 자신 모습
• 손상된 외모
• 죽어가는 자신 모습
• 고통당하는가족

언어화
• 비관적 말
• 분노의 말
• 두려움의 말
• 탄식의 말
• 비난의 말
• 절망의 말

인식적 평가
• 상실감
• 위협 직면
• 통제 불능
• 무력감
• 무의미
• 가망없음

위중한 질환
혹은 만성통증
• 고통
• 죽음
• 장애
• 외모 손상
• 불확실성

[도표 1–1] 환자의 부정적인 인식적 평가 및 그에 따른 부정적 감정 반응과 건강 예후

289

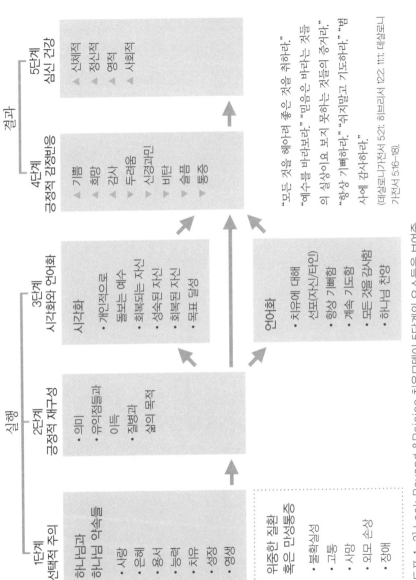

[도표 1-2] Look Beyond &Rejoice 치유모델이 5단계의 요소들을 보여줌

이 치유 모델은 다음 두 가지를 포함한다.

Ⓐ 환자가 질병으로 위협받고 있다는 생각과 느낌을 도전과 희망과 기쁨의 생각과 감정으로 변화시킬 수 있도록 질병 고통에 대해 긍정적으로 재인식함

Ⓑ 이를 위해 시련을 넘어 하나님과 하나님 약속을 바라봄으로 매일 초월적이고 긍정적인 시각화(視覺化)와 언어화(言語化)를 함.

이것은 생명을 위협하는 질병과 만성통증을 가진 환자들이 눈앞의 부정적인 것들(통증·악화·죽음 등)을 보는 대신 하나님과 그 약속 안에서 얻을 수 있는 보이지 않는 유익들을 보고 긍정적으로 바라보고 기뻐할 수 있도록 교육하며 돕는다. 그리고 그 결과 그들의 변화된 생각과 감정이 면역력을 강화시켜서 치유를 활성화하고 촉진시키는 것이다.

'너머 보고 기뻐하라' 프로그램 실행 및 효과

이를 실행하기 위해 2007년 9월부터 11월까지 캘리포니아 로마린다와 LA 지역에서 뇌졸중, 암 등 생명을 위협하는 질병을 가진 23명의 환자들과 만성통증 환자들을 모집하여 소그룹으로 나누어 '너머 보고 기뻐하라' 프로그램을 실시하였다. 환자들은 9회 1주 3회, 3주간 매회 2시간 가운데, 교육 시간 동안 배운 것에 대한 생각과 그것을 개

인적으로 적용할 계획을 적는 시간, 찬양 시간을 가졌다.

환자들이 참석했을 때, 처음에는 그분들의 얼굴이 어둡고 힘을 잃고 낙심한 모습들이었다. 그러나 참석하면서 그들의 병과 고난을 보는 시야가 변하였고, 지치고 어둡던 모습들이 감사하고 기뻐하면서 얼굴이 밝아졌으며, 부정적 감정이 줄어들고 긍정적 감정이 증가함으로 몸과 마음의 놀라운 치유를 경험하는 것을 볼 수 있었다.

그들의 변화를 3주 프로그램 전후와 그 후 3주 후를 비교 분석하여 보았는데, 프로그램 전과 비교하여 후에는 참가 환자들의 통증과 약 사용이 통계적으로 유의미하게 Significantly 줄었고, 또 신체적, 정신적 건강이 유의미하게 증진된 것이 관찰되었다.

여러 환자들이 그들의 통증 두통, 위통, 관절통 등이 감소하거나 사라진 것을 보고하였고, 어떤 환자들은 불면증이 있었는데 마음이 편안해짐으로 인해 잠을 잘 잘 수 있었고 그로 인해 몸의 상태가 좋아졌다고 하였다.

한 암환자는 다음과 같이 보고하였다.

"암 치료 후 정신적, 육체적으로 우울해졌던 나에게 이 프로그램은 상상을 초월한 수퍼파워를 주었다. 지금 회복 중이지만, 항상 재발할까봐 걱정하며 지냈다. 그런데 이 프로그램은 걱정으로부터 자유케 해 주었고, 매일 아름다운 미래의 건강한 나의 모습을 상상하면서 마음이 편안한 것을 느끼며 나 자신이 더 즐겁고 활기찬 것을 발견한다."

환자들은 좋게든지 나쁘게든지 그들 자신이 예상하는 방향으로 변화하는 경향이 있다. 어려움에 대해 긍정적으로 반응하게 되면 그것은 신체 자연치유력을 높여 주고 건강을 향상시킨다.

이것은 우리가 보는 것을 선택하고 제어함으로써 우리의 감정을 조절할 수 있고 면역을 높여 건강을 증진시킬 수 있음을 보여 준다. 환자가 고통의 의미를 발견하고 미래에 대한 희망을 갖게 된다면 그것은 놀라운 기쁨과 치유의 힘을 가져다줄 수 있다.

'너머 보고 기뻐하라' 프로그램에 참가한 환자들에게 희망을 갖게 하고 시각화 치료에 대하여 가르쳐 주었는데, 그것을 환자들이 좋아하였고, 실천한 환자들에게서 놀라운 치료 효과를 볼 수 있었다.

한 암환자는 암으로 인하여 좋아하던 산행을 하지 못하여 힘들어하였는데, 시각화를 하면서 산행을 하는 자신을 모습을 바라보며 힘을 얻고 즐거워하였다. 여러 날 시각화를 하고는, 실제로 올라갈 자신이 생겨서 산에 올라가서 여러 시간을 산행하였다면서 컨디션이 훨씬 좋아지고 건강해진 모습을 보여 주었다.

한의사 한 분은 이러한 영적 치유 원리에 대해 배운 후에 본인의 건강도 많이 좋아졌고, 그분이 치료하는 환자들에게도 적용하였다. 환자들을 위해 기도하고는 환자들에게 믿음으로 확신을 주고 회복되는 자신을 보도록 하고 힘을 주었는데, 휠체어에서 일어나지도 못하던 환자가 놀랍게도 일어나서 복도를 걸어 다니는 등 여러 환자들에게서 기적적인 회복 결과들이 나타난 사례들을 알려 주었다.

한 여성환자는 위장병과 불면증으로 고통을 당하여 왔는데, 프로그램을 참가한 후에 잠을 잘 자게 되고 위장도 크게 낫게 되었다.

그래서 이 프로그램을 위해 대학원이 재정적으로 지원하여 무료로 한다고 하였는데도 이 환자와 남편이 따로 감사의 사례를 하기도 하였다.

위스콘신 의대 세포생물학자 브루스 립튼 Bruce Lipton 박사가 발견한 바와 같이 개인의 세상을 보는 시야와 믿음에 의해 몸의 세포를 변화시킬 수 있으며, 사람이 유전자에 의해 영향을 받기보다 사람이 유전자를 변화시킬 수 있음을 보여 준다.

이제까지 살펴본 바와 같이 과학은 이제 사람이 가지는 생각, 감정, 시야, 태도에 따라 우리 몸이 어떻게 영향을 받고 얼마나 크게 달라질 수 있는지 알려 주고 있다. 같은 질병이라 할지라도 개개인의 반응에 따라 그 장래의 예후는 크게 달라질 수 있는 것이다.

그 후에도 나는 프로그램들을 통해 환자들의 보는 시야와 심령의 변화로 인한 신속하고도 놀라운 변화들을 많이 목격하게 되면서 역시 하늘의 치유는 세상 치유와 다른 것을 더욱 많이 느끼게 되었다.

스트레스를 받는 것은 어려운 일 자체 때문이 아니라 그것을 겪는 사람이 그것을 스트레스로 받아들이기 때문이다. 힘든 일이라도 그것을 스트레스로 받아들이지 않으면 스트레스가 되지 않는다.

심리학자 리차드 나자러스 Richard Lazarus 박사는 문제 사건 자체가 스트레스를 일으키기보다는 그에 대한 개인적 평가가 스트레스를 일으킨다고 하였다.[102]

---

102 Lazarus, R. S., & Folkman, S. (1984). Stress, appraisal, and coping. New York: Springer.

1차적으로 스트레스 사건이 자신에게 얼마나 큰 위협이 되는가 평가하고, 2차 평가로 그 사건에 대해 대처하는 자원이 얼마나 되는가로 평가한다는 것이다.

사람들은 어려움에 대한 대처 자원이 부족하다고 생각할수록 스트레스를 더 많이 느끼지만, 대처 자원을 가지고 있다고 믿을수록 스트레스를 느끼지 않는다는 것이다.

어려움을 겪을 때 자신이나 어려움을 바라보면 위협을 더 느끼고 스트레스를 더 많이 느끼게 되지만, 하나님을 바라보고 하나님을 대처자원으로 여기게 되면 스트레스가 감소하거나 스트레스를 받지 않게 된다.

시각화를 할 때, 사람마다 시각화 방법이 다를 수 있는데, 자신에게 맞는 방법으로 하는 것이 효과적이다. 시각화를 실시할 때 중요한 것은, 생생하게 오감을 살려서 보고 듣고 느껴야 한다. 그래야 효과가 있다. 매일 5~10분 정도씩 정한 시간에 할 수 있고, 또한 수시로 잠깐씩 할 수 있다. 그리고 늘 마음에 자신의 긍정적인 미래의 모습을 바라보는 것이 중요하다.

환자는 자신이 회복되는 과정을 하나하나 시각화할 수 있다. 또는, 회복된 모습이나 회복하여 자신이 즐기는 것을 하는 자신의 모습을 시각화할 수 있다.

그리고 예로, 암환자라면 자신의 면역세포가 암세포를 삼키는 장면을 시각화할 수 있다. 또, 바다나 산과 같은 평화로운 장면을 바라봄으로 긴장을 완화시키고 스트레스를 줄일 수 있다.

마지막으로, 자신을 돌봐주시는 예수님을 바라보고 그분 안에 쉬는 모습을 시각화할 수 있으며, 천국 모습을 시각화할 수 있다.

예수님께서는 이 땅에 계실 때, 그분에게 믿음으로 찾아간 병자들을 다 고쳐주셨다. 기도하고 믿음으로 바라볼 때, 결과가 어떤 것이든 하나님께서 가장 좋은 길로 인도하실 것이다. 그러므로 다 맡기고 감사할 수가 있다.

그리스도인들은 어떤 환경에서든 가장 긍정적 사람일 수 있다. 왜냐하면, "우리가 알거니와 하나님을 사랑하는 자 곧 그 뜻대로 부르심을 입은 자들에게는 모든 것이 합력하여 선을 이루느니라 로마서 8:28"고 약속하셨고 하나님이 허락하지 않으시는 고난을 당하지 않기 때문이다.

믿는 이에게 시련이 없을 것이라고 말씀하지 않으셨으나 그들의 어려움 가운데 하나님께서 함께하시고 임마누엘 어려움을 이길 힘을 주시고 오히려 선을 이루시겠다고 약속하셨기 때문이다.

하나님께서 우리에게 "항상 기뻐하라 쉬지 말고 기도하라 범사에 감사하라 이는 그리스도 예수 안에서 너희를 향하신 하나님의 뜻이니라 데살로니가전서 5:16-18."라고 하신 것은 우리의 건강과 행복을 위한 것이다. 그러면, 우리의 행복과 건강을 위한 이 말씀을 어떻게 실천할 수 있을까?

어떤 상황에서든 긍정적인 면을 바라보는 것이 중요하다. 어려움을 통해 내가 무엇을 배울 것인가, 내가 무슨 귀중한 것을 얻을 수 있는가, 이번 고난을 통해서는 어떤 성숙함을 얻고 강해질 것인가에 초점을 맞추는 것이 좋다. 수련하고 연단하지 않으면 크나큰 시련 앞에서 모든 것을 잃을 가능성이 크기 때문이다.

이러한 주제에 대해 생각할 때 나는 하나님의 선하심을 생각하게 된다. 왜냐하면, 하나님은 모든 부정적인 문제 사람과 환경 는 기도로 하나님에게 맡기고 우리는 좋은 것만 취하라고 하시기 때문이다. 죄와 사망의 값을 십자가로 지불하시고, 매일 우리의 짐을 지시고, 우리는 도우시는 그분을 바라보고, 그 결과로 밝아질 미래를 바라보고 감사하고 기뻐하도록 인도하시니 어찌 감사하지 아니한가?

위를 보고자 하는 사람들에게는 위가 보이고, 위로 올라간 사람들이 보이고, 위로 올라가는 방법들이 보인다. 찾고자 하는 자가 찾는 것이다.

위를 보지 않는 사람들에게는 위로 올라가는 방법이 있다 할지라도 결코 그것이 보이지 않는다. 부정적으로 보는 것이 습관인 사람에게는 항상 부정적인 것이 보인다.

하나님은 우리가 좋고 나쁜 것 가운데 좋은 것을 취하기를 바라신다. 부정적인 것을 계속 바라보면서 항상 기뻐하고 범사에 감사하는 것은 불가능하기 때문이다.

좋은 것을 바라보는 것 자체가 믿음이다!

그래서 나는 '좋은 것을 바라보라'는 메시지를 강조한다.

한 여자 한의사 한 분은 강의를 들은 후에 다음과 같이 적었다.

"나는 내가 가난한 집 장녀로 태어나 살면서 겪은 많은 어려움으로 인해 하나님을 원망했던 것에 대해 부끄러움을 느낀다. 그런데 그 어려움이 고난 많은 세상을 극복하도록 나를 강하게 하고 잘 살도록 해 주었다. 내가 고난 가운데 겪은 경험이 다른 사람들을 도울 수 있는 도구로 사용되었으면 한다. 그 쓰라리고 고통스럽고 낙담했던 지난날들이 하나님의 영광을 드러내도록 다듬어지고 빛을 발하게 되기를 바란다."

이분은 관절염으로 건강이 좋지 않으셨는데, 원망하고 불만스런 감정을 버리고 좋은 것에 초점을 맞춤으로 감사하고 기뻐하게 되었고, 건강이 좋아졌다. 또 다른 참가자들은 짧은 기간의 변화를 다음과 같이 나누었다.

"좋은 것을 바라보면서 스트레스가 줄고 위통이 사라졌고, 삶이 변하였다."

"마음을 비우니 기분이 좋아졌으며 관절염 통증이 사라졌고, 혈압이 정상이 되었다. 또한 당뇨, 고지혈증, 혈압약들을 반으로 줄이게 되었다."

"마음이 편하여 위궤양이 치유되고 식사를 잘할 수 있어 컨디션이 좋아졌다."

LA의 한 상점 여주인이 상점에 오는 한 여자 한의사에게 자신의 고민을 토로하였다. 가진 돈을 다 투자하였는데도 불운하게도 입지가 좋지 않은 상점을 분양받았고, 고객이 적어서 장사를 계속할 수도 그만둘 수도 없는 곤경에 빠져 있다고 하였다. 그와 함께 인근 가게 사람들과의 불편한 관계 등 삶 전체의 무게로 힘들다고 하였다.

한의사는 여주인에게 "행복은 선택이다."라고 하면서, 우선적으로 하나님께서 허락하신 그 고난 가운데 감사와 기쁨의 조건을 찾아보도록 권유하였다.

그리고 긍정적인 말과 창조적인 말의 힘을 강하게 인식시켜 주고 항상 부정적으로 향하는 생각과 말을 긍정적으로 바꾸고, 그 힘들어하는 하루하루를 자신이 발전할 수 있는 토대임을 알려주고, 매일 성경과 기도와 찬양으로 하루를 열어가도록 거듭 당부하였다.

또한, 매일을 하나님의 향기를 전할 수 있는 기회로 여기고, 상점에 들어오는 모든 사람들과 이웃들에게 친절하게 대하고, 그러한 시련을 통해 자신이 성숙하고 가게도 더 발전해 나가는 미래의 모습을 상상으로 보도록 하였다.

여주인은 그 말을 따라 매일 이것을 실천하고자 노력하였다. 그런 가운데 그녀는 고객들과 이웃들에게 더 밝고 친절하게 대하게 되었으며, 한 달 안에 삶에 많은 변화를 가져왔다. 즉, 고객이 증가하였고 이웃들과 관계가 좋아지고, 본인뿐만 아니라 가족이 평안과 기쁨을 되찾는 것을 경험하였다. 그러한 경험을 하고는 이 여주인이 한의사에게 "당신은 선지자입니다."라고 하였다. 하지만 한의사가 "아니오, 나는 선지자가 아닙니다."라고 대답하였다. 그랬더니 여주인이, "아니요. 당신은 나와 내 가족을 살렸으니 내게 선지자입니다."고 말하였다.

이 사례는 내가 LA에서 박사 논문 '너머 보고 기뻐하라' 프로그램을 진행한 후에 참석하였던 한의사가 프로그램에서 배웠던 내용을 상점 여주인에게 전한 결과라며 알려 준 내용이다. 이 한의사는 이와 유사한 경험을 두 번 하였다고 전하였다.

이 한의사는 배운 내용을 상점 주인의 상황에서 적용할 수 있도록 지혜롭게 전하였고, 그 결과 극적인 반전이 일어나 긍정적인 결과를 볼 수 있게 되었다.

이와 같이 영적 개입 치유의 법칙들을 따르고 조건을 채우면 그것의 긍정적 결과는 자연히 따라오게 된다. 왜냐하면, 그것은 하나님께서 정하신 법칙이기 때문이다.

두 세계의 시민

이 책을 마무리 지으면서 음악 역사상 가장 위대하고 존경받는 작곡가이며 악성 樂聖 이라고 불리우는 베토벤 Ludwig van Beethoven 의 생애를 돌아보고자 한다.

그는 어릴 때부터 일평생 가혹한 시련 가운데 살았다. 아버지는 알코올 중독자였는데, 어린 베토벤을 모짜르트와 같은 음악 신동으로 만들어 밥벌이로 삼으려고 혹독한 음악훈련을 시켰다. 방안에 가두어 놓고 주어진 과제를 제시간에 끝내지 않으면 끼니도 주지 않을 정도로 혹독하게 연습을 시켰다. 그리하여 어린 베토벤은 다락방에 갇혀 하루 종일 눈물을 흘리면서 건반을 두드려야 했기 때문에 피아노를 도끼로 부숴버리고 싶다고 어머니에게 자주 하소연했다고 한다.

그는 알코올 중독자인 아버지의 술값을 마련하기 위해 어린 나이에 돈벌이에 나서야 했고, 어머니가 결핵으로 세상을 떠난 17세부터 두 어린 동생을 돌보며 생계를 꾸려나가야 했다.

그리고 유럽 음악의 중심지였던 빈에 가서 귀족계층을 위하여 연주하기 시작하였다. 그는 오래지 않아 유럽의 최고 피아니스트로서 명성을 얻게 되었다.

어릴 때부터 힘들게 살아온 베토벤이 이제 막 재정적으로 안정되고 한창 피아니스트와 작곡가로서 인정받기 시작할 무렵인 26세가 되면서 그에게 절체절명의 시련이 닥쳤다. 귓속의 윙윙거리는 소리 때문에 들을 수 없었고 청각을 잃기 시작하였다.

음악가가 청각을 잃는 것은 그가 가진 모든 것을 잃는 것을 의미한다. 그는 몇 년 동안은 이것을 남에게 눈치 채이지 않기 위하여 애썼고 사람을 피하였다. 그는 점차 연주를 하지 못하게 되어 가난 때문에 시달려야 하였다.

베토벤에게는 또 다른 고난이 있었다. 그는 여러 여자를 사랑했지만 그의 사랑은 한 번도 성공하지 못하고 평생 독신으로 쓸쓸하게 인생을 마친 것이다. 그는 제자였던 줄리에타를 사랑하여 '월광 피아노 소나타'를 작곡하여 그녀에게 헌정하였다. 그러나 그녀 아버지가 베토벤이 귀족이 아닌 것을 이유로 반대하였고, 줄리에타는 귀족과 결혼해 베토벤을 떠나버리고 만다.

베토벤은 32세에 자신의 암담한 미래에 절망하여 자살하려고 두 동생에게 남기는 유서를 썼다. 다행히 베토벤은 자살하지 않았고, 오히려 하나님으로부터 받은 소명인 인류를 위한 창작에 몸을 바치리라 결심하였다. 그의 청각장애는 그가 피아니스트를 포기하고 작곡가가 되도록 이끌었고 그는 듣지 못하는 대신 진동과 울림을 감지해서 작곡했다.

그는 그 이후부터는 사람들에게 자신의 청각장애를 숨기지 않았고, 열정적으로 작품을 써나갔다. 그의 위대한 작품들은 오히려 서른이 넘어 귀가 들리지 않을 때부터 나타나기 시작했다. 베토벤은 평생 760곡을 작곡했는데, 그중 대부분을 귀가 먼 후에 작곡했다.

그가 죽기 3년 전인 54세에 그의 마지막 작품이자 가장 유명한 걸작품인 9번 '합창교향곡'을 작곡했다. 베토벤이 이 곡을 초연에서 직접 지휘를 하지 못하고 옆에서 악보를 넘기며 박자를 맞추었는데 연주는 대성공이었다. 관중들은 베토벤에게 아낌없이 커다란 박수를 쳐 주었다. 그러나 그에게는 박수소리가 전혀 들리지 않았다. 단원 중 한 사람이 베토벤의 몸을 돌려 관중석을 향하게 하였을 때에야 비로소 그는 성공을 거둔 것을 알고 눈시울을 적셨다.

베토벤은 거듭되는 실연失戀과 '귀머거리'가 되었다는 절망, 가난을 겪었지만 그의 마지막 9번 합창교향곡을 통해 음악적으로 희망과 환희의 세계를 만들어 인류에게 선사하였다.

자신의 작품과 삶으로 세상 사람들에게 용기와 희망을 주었으므로 그는 오늘날까지 '음악의 성인'으로 불리는 것이다.

생애 절반을 청각장애자로 산 작곡가가 수많은 사람들에게 영감과 용기와 기쁨을 주는 작품을 만들었다는 것은 얼마나 기적과 같은 일인가?

완전히 절망적인 상태에서 자살하고자 하였던 사람에게서 어떻게 이런 일이 가능하게 되었을까?

그가 무엇을 보았기 때문일까?

그의 생애를 조사하며 나는 다음과 같은 3가지 요인들을 발견하게 되었다.

하나님을 보았다

그는 기독교 신앙 가운데 자랐으나 젊은이로 빈에 갔을 때에는 자만하였고 신앙에는 거의 관심이 없었다. 그러나 그의 질병으로 인한 청각장애 고통으로 인해 서서히 그러나 확실히 그의 영적인 시야가 변화되었다. 그의 편지, 일기, 노트들에는 하나님에 대한 많은 글들이 담겨 있다. 그의 일기에 반복적으로 드러난 기도들은 그가 시간이 지나면서 자만심은 부서지고 신앙이 자라고, 하나님을 겸손히 의지해 나간 것을 보여준다.

"나는 친구가 없다. 그래서 홀로 살아야 하지만 하나님이 다른 사람들보다 나에게 더 가까이 계신 것을 잘 알고 있다. 그래서 나는 그분과 함께 두려움 없이 걸어갈 것이다."

베토벤은 하나님을 만났다. 그는 하나님을 느끼고 그분과 호흡했다. 만물에 충만한 신성을 그는 깨달았고 진리이신 하나님을 알았기에 비록 육신의 고통이 있다 하더라도 그토록 갈망하던 참 자유를 누리게 되었다.

삶의 목표를 바라보았다

베토벤은 어렸을 때부터 "나의 음악은 특히 가난한 사람들을 위하여 바쳐져야 한다."고 생각하였으며, 항상 가난한 이들을 위해 작곡하고자 하였고, 그러한 사명감이 그를 지탱시켜 주었다. 유서를 쓰면서도 절망과 희망 사이를 오락가락한 것을 보여 준다.

"나는 이제 나에게 부과된 모든 창작을 완성하기 전까지는 이 세상을 떠날 수 없을 것 같다. 이것 때문에 나는 이 비참한 생존을 견뎌 낼 수 있는 것 같다… 하나님은 내 마음 깊은 곳까지 통찰하시고 알고 계시니 내가 얼마나 인간애와 선행을 간절히 구하고 있는지를 알고 계신다…."

유서를 쓴 이후부터 그는 서서히 변한다. 자신을 신이 창조한 인간 중에 가장 비참한 인간이라고 여기며 은둔하여 살다가, 그 사실을 부끄러운 것으로 여기지 않게 되었다.

"이것이 나의 운명이라면, 나는 이 아름다운 음악을 이 세상에 내보낸다는 일생의 사명을 이룩하기 위하여 기꺼이 그러한 운명을 받아들여야 한다!", "네 자신의 운명을 받아들여라! 이것만이 너로 하여금 '봉사'가 요구하는 희생을 받아들이도록 만들 수 있을 것이다!"

그는 그 목표와 사명을 성취하기 위하여 자살로 생애를 마감하지 않고 끝까지 인내하고 시련을 이겨내었다. 그리고 결국 베토벤은 귀족들만의 전유물이었던 음악을 서민들도 들을 수 있는 기회를 만들어주었다.

고난을 통한 기쁨을 보았다

그의 삶의 모토는 '고난을 넘어 환희로'였다.

베토벤은 고통을 통해 성장했으며, 그의 고통은 오히려 그에게 창조적인 원천이 되었다.

가난이나, 상처나, 학대나, 질병이나, 장애나, 외로움이나 그 어떤 괴로움에도 굴하지 않고 아름다운 음악과 하나님 아버지의 사랑의 메시지를 세상 사람들에게 나누어 주고 간 베토벤의 삶은 치열하고 애절하며 위대하다.

고통과 역경을 통해 창조주 하나님을 만나게 되고 그 모든 절망과 번뇌가 이루 형언할 수 없는 환희로 바뀌는 삶, 그것이 베토벤의 삶이었다. 그리고 그 삶을 지금도 생생하게 들려주는 것이 그의 음악이다.

"우리 중에서 가장 뛰어난 사람은 고통을 통하여 기쁨을 얻는다."고 기록한 그는 고난을 극복하는 과정을 거쳐야 사람이 더 고귀해진다고 믿었다. 고통을 이긴 자만이 불행한 사람들의 인권을 지켜 주고 세상을 이끌어갈 수 있다고 믿었다.

신앙을 통해 그는 고통의 의미를 발견하고, 고통 속에서 하나님을 만나고 그 기쁨과 감격을 음악으로 승화시켰다. 그는 "나는 괴로움을 뚫고 나가 기쁨을 발견했다."고 기록하였다.

"신성으로 가까이 나아가 그 광채를 인류 위에 뿌려 주는 것보다 아름다운 일은 없다."고 기록한 그는 고통을 넘어 그러한 아름답고

숭고한 삶을 살았다.

이와 같이 음악인에게 사형선고나 다름없는 청각장애를 딛고 베토벤은 보이는 것을 넘어 보이지 않는 세계를 바라봄으로 불굴의 정신으로 위대한 업적을 이룩하였다.

미래의 이미지

네덜란드의 미래학자 프레드 폴락 Fred Polak 은 그의 기념비적 저서인 『미래의 이미지 The Image of Future 』에서 사람은 항상 '두 세계의 시민'으로 '현재의 실제 세계에 사는 시민이자 상상의 세계 우리의 지각, 감각, 반응에 의해 형성된 에 존재하는 시민'이라고 정의했다.

사회 변화는 '이상적인 미래의 매력적인 이미지들에 의해 끌려짐'과 '인식된 과거에 의해 뒤로부터 밀림'이 동시에 작용하는 사회에서 "밀고-당김" 과정으로 만들어지는 것으로 제시하였다. 미래는 이런 상반된 두 세계 사이의 상호 작용에 의해 만들어진다.

폴락은 "미래의 긍정적 이미지들과 비전들로 표현되는 긍정적인 사상들과 인류의 이상들이 역사를 만든다."고 믿었다. 그는 문화와 문명에 대한 이미지의 영향에 대해 다음과 같이 설명한다.

"미래 이미지의 성쇠 盛衰 는 문화의 성쇠에 선행되거나 동행한다. 한 사회의 이미지가 긍정적이고 번영하는 한, 문화의 꽃은 만개한다. 하지만 그 이미지가 쇠퇴하고 활력을 잃기 시작하면 문화는 오래 존속하지 않는다."

미래의 이미지가 우리의 앞날을 그와 같은 방향으로 이끈다는 사실은 우리에게 시사하는 바가 크다. 우리 자신이 개인적으로나 집단적으로 원하는 이상적인 이미지를 가지고 그것을 계속 바라보고 움직이므로 인해 자신과 공동체의 앞날을 발전시키고 번영시켜 나갈 수 있다는 의미이다.

이를 성서적으로 해석하자면, 사람은 보이는 세계 육적인 세계 와 보이지 않는 세계 영적인 세계 , 이 두 세계의 시민이다. 사람은 누구나 보이는 현실 세계와 보이지 않는 정신적·영적 세계를 살아가는 존재인데, 보이는 것만 보고 살아간다면 보이는 한시적 限時的 인 것에 좌우되고 결국 멸망당하게 되지만 보이지 않는 영적인 것을 보며 살아간다면 영원히 살 수 있다고 한다. 그리고 이 땅에서 이미 영생을 시작하고 하늘의 능력을 체험할 수 있다고 한다.

초월적 기쁨

'스톡데일 패러독스 Stockdale paradox'란 말이 있는데 이는 냉혹한 현실을 냉정히 받아들이고 대처하면서 그 결과에 대한 믿음과 소망을 버리지 않는 이중성을 의미한다. 이 말은 베트남전쟁에 참전했던 제임스 스톡데일 James Stockdale 미국 해군 장군의 이름에서 따온 용어다.

스톡데일은 8년 동안 20여 차례 고문을 당하며 베트콩 포로수용소에 갇혔다가 살아남아 종전 후 석방돼 가족의 품에 안겼다. 그리고 미 해군 역사상 해군 기념장과 의회 명예훈장을 동시에 받은 최초의 3성 장군이 됐다.

미국 경영학자 짐 콜린스 Jim Collins 의 책『좋은 기업에서 위대한 기업으로 Good to Great 』에는 스톡데일이 어떻게 베트콩 포로수용소 기간을 이겨 내었는지 알려 주는 말이 나온다.

"나는 결국에는 그곳을 나갈 수 있을 거라는 것을 결코 의심치 않았을 뿐만 아니라 더 나아가 결과적으로 그 경험을 나의 생애를 규

정하는, 돌이켜 볼 때 다른 것과 교환하지 않을 경험이 될 것임을 의심한 적이 없었다."고 했다.

포로수용소 생활을 살아남지 못한 사람들에 대해서는 놀랍게도 다음과 같이 말했다.

"그들은 낙관자들이었다. 그들은 크리스마스까지는 석방될 거라고 하다가 크리스마스가 오고 가고, 다음에는 부활절까지는 석방될 거라고 하다 부활절이 오고 가고, 추수감사절까지, 다시 크리스마스, 그리고 그들은 낙담으로 죽게 되었다."

즉, 스톡데일은 포로수용소에서 살아남은 사람들이 무조건적 낙관주의자들이 아니라 희망적 현실주의자들이었다는 것이다.

그는 수용소 내의 통솔 책임을 떠맡아, 자신을 체포한 사람들과 포로들을 선전에 이용하려는 베트콩의 시도에 맞서 싸웠다. 대화가 단절된 독방생활 속에서 서로 격려하고 이겨내기 위해 비밀 의사소통 방법과 고문에 견디는 방법도 개발했고, 체력 단련도 게을리하지 않았다.

결국 자신이 처한 냉혹한 현실을 그대로 바라보고 수용하되, 그 결과에 대한 믿음과 희망을 버리지 않았기 때문에 절망적인 수용소에서 벗어날 수 있었던 것이다.

우리가 살아가는 현시대는 과거 어느 시대와도 다른, 사람을 불안케 하고 고통스럽게 만드는 각종 스트레스, 테러, 자연재해, 파업 혹은 실업의 불안 등 재난이 많고 증가하는 시대이다. 시련과 재난이 이젠 지구촌적으로 시시각각 민감하게 다가오는 세대이니 그로 인한 스트레스로부터 피하기 어렵다.

기독교를 믿는 많은 사람들이 이 땅에서 복받고 번영하기를 바라며 신앙한다.

그러나 그것은 크나큰 오산으로 석방을 낙관하다 실망과 낙담으로 포로수용소에서 죽었던 사람들과 같은 결과를 가져오기 십상이다.

많은 사람들은 고난을 당하면 신앙에서 떠난다. 마치 예수께서 앞으로 지게 될 십자가를 예고하셨을 때 따르던 많은 사람들이 자신들이 기대한 바와 같이 왕으로 등극하셔서 좋은 세상이 오게 하는 것과 다른 열매로 인해 떠나갔던 것처럼….

하지만 성경은 믿는 자들이 시련을 겪을 것이라고 분명히 알려 주었다. 믿지 않는 자들에게나 믿는 자들에게나 시련은 모두에게 오지만 그에 대한 반응이 다르다.

그 다른 반응이 천양지차를 만들게 된다. 어떤 사람들은 낙담하여 하나님을 떠나고, 어떤 사람들은 믿음이 정금과 같이 다듬어지고 아름다운 결실을 맺는다.

우리가 살다 보면, 우리가 이해할 수 없는 시련들이 일어날 수 있다. 다음은 세계 많은 사람들에게 영향을 미친 쟌 윔버John Wimber 목사가 기독교 월간지 'Christianity Today'지에 기고한 기사에 담긴 사건이다.

한 LA 지역에 사는 한 기독교인 남자가 밖에서 다른 가족의 아이들을 돌봐 주는 일을 하는 중에 그의 10대 딸이 그녀를 겁탈하려고 한 젊은이에 의해 무참하게 살해당하였다.

그 아버지는 그 날 저녁에 완전히 처참한 마음으로 집으로 돌아와 서는 가족을 모아서는 함께 기도하였다. 그는 머리를 숙이고는, "아버지시여, 저는 모르겠습니다. 그러나 저는 당신을 믿습니다."라고 기도하였다.

그 후 시간이 가면서 그는 그리스도를 알게 하고자 하는 강한 동기를 마음에 가지게 되었다. 그의 딸의 살해와 젊은 살해자의 재판, 그리고 그 젊은이를 용서하는 아버지의 소식이 LA 지역 신문 표지에 여러 달 동안 나왔다. 사람들은 그에 대해 알게 되고, 그로부터 듣고자 하였다. 그리스도에 대한 그의 증언으로 인해 수백 명의 사람들이 그리스도를 믿게 되었다.

수년 후에, 그의 22살 된 이제 막 대학을 졸업한 훌륭한 그리스도인 청년이며, 운동을 잘하고 뛰어난 학생이었던 하나밖에 없는 아들이 교통사고를 당하여 그의 머리가 손상되는 부상을 입었다. 이제 이 아버지는 이 크고 잘 생긴 아들, 그렇지만 지금부터는 치명적인 장애를 가지고 매 순간 돌보아 주어야 하는 아들만이 남게 되었다.

하지만, 많은 사람들을 불신으로 이끌 이러한 형편에서도 이 남자는 계속하여, "아버지여, 저는 이해하지 못합니다. 그러나 저는 당신을 믿습니다."라고 기도하였다. 그는 사람들을 계속하여 그리스도에게로 이끌었다.

쟌 윔버 목사는 덧붙였다. "나도 그중 한 사람이다. 어느 날, 내가 이 남자의 거실에서 무릎을 꿇고 있을 때 그는 날 위해 기도해 주었는데 그때 나는 그리스도에게 나의 삶을 바쳤다. 이 남자 삶의 어떤 부분이 내게 전해졌고 하나님은 내게 복주시고 위대한 기회를 주셨다."

성경은 세상의 온갖 시련과 핍박에도 불구하고 하나님의 뜻을 추구하고 이루어 나가는 이들에 대해 "이런 사람은 세상이 감당하지 못하느니라 히브리서 11:38."고 표현한다.

이런 사람들은 믿음으로 보이는 이 세상의 제한을 뛰어넘어 보이지 않는 세계를 보며 하늘의 능력으로 살아가는 초월적 시민들이라 할 수 있다.

사실, 기독교인으로의 초대는 면류관으로의 초대이면서 고난으로의 초대이다. 그래서 성경은 다음과 같이 말한다. "사랑하는 자들아 너희를 연단하려고 오는 불 시험을 이상한 일 당하는 것 같이 이상히 여기지 말고 오히려 너희가 그리스도의 고난에 참여하는 것으로 즐거워하라. 이는 그의 영광을 나타내실 때에 너희로 즐거워하고 기뻐하게 하려 함이라 베드로전서 4:12-13."

나는 옛날, 그리스도의 고난에 참여하고 그리스도를 위해 고난받는 것은 해외 선교지에 가서 전도, 선교하다 핍박받는 일과 같은 사례를 의미하는 것이 아닌가 하였다. 그러면, 그리스도인이 아프다든지, 사고를 당한다든지, 생활고로 어려운 것도 그리스도의 고난에 참여하는 일이라 할 수 있는가?

물론, 그렇다.

이 땅에서 참된 그리스도인으로 살려고 할 때 닥치는 모든 고난과 고통은 그리스도의 고난에 참여하는 것이다. 왜냐하면, 이 땅은 사탄의 세상으로 적의 진영이며, 선교지이기 때문이다. 이 땅에서의 삶이 이방인이요 나그네 삶이라 때때로 고난이 다가온다.

그러나, "하늘이 사람에게 줄 수 있는 모든 선물 중에서 그리스도와 더불어 그분의 고난에 동참하는 것이 가장 가치 있는 신임이요 가장 높은 영예인 것이다 E. G. White, Desires of Ages, 224 ."

예수께서는 믿는 자들에게, "세상에서는 너희가 환난을 당하나 담대하라 내가 세상을 이기었노라 요한복음 16:33 "이라 하셨다. 그리고, "내가 세상 끝날까지 너희와 항상 함께 있으리라 마태복음 28:11 ." 하셨다.

하나님의 자녀는 죄와 함께 죽고 그리스도 안에서 거듭난 사람들로, 하나님의 뜻을 행하고 전하라고 하늘로부터 파송된 사람들이다.

애굽을 떠나 가나안을 향한 이스라엘 백성에게 광야를 지날 때 하늘에서 만나가 매일 내리고, 그리스도의 제자들이 선교 여행을 떠날 때 가진 것 없이 보내심을 받았지만 그들에게 부족함이 없었던 것은 그들을 보내신 분이 책임지리라는 약속이 있었기 때문이다.

오늘날 역시 마찬가지이다. 먼저 그의 나라와 그의 의를 먼저 구하는 자들은 하나님께서 그들의 삶의 필요를 아시고 다 채워주시는 것이 하늘의 섭리이다.

10대부터 병고로 많은 시련과 흔들림을 경험한 나는 예수님의 호수의 풍랑 속에서나 자신을 죽이고자 하는 권력자들과 폭도들 앞에서도 흔들리지 않은 평강을 지니신 모습이 가장 부러웠다. 그리고 그러한 평강을 갈구하고 구하였다.

삶의 가장 큰 위기와 시련의 시간들은 "믿음의 주요, 또 온전케 하시는 이인 예수를 바라보자 히브리서 12:2."는 말씀을 실천하고 실험하는 시간들이었다. 그리고 예수만 바라보았을 때 잊을 수 없는 구원과 하늘의 평강을 맛볼 수 있었다.

딸아이가 3살이었을 때, 함께 집 앞에서 놀던 옆집 애와 함께 갑자기 사라져 여러 시간 사람들과 찾아다닌 적이 있었다. 유괴범이 나타났었던 이야기도 들으며 자전거를 타고 찾다 허탕을 치고 돌아오던 나는 다시 기도로 하나님께 딸을 부탁하고는 갑자기 마음 깊은 곳에서 우러나오는 감사와 기쁨을 느꼈다. 그것은 천지만물을 지으신 하나님이 허락지 않으시면 유괴범이라도 딸의 머리털 하나 건드릴 수 없고 어떤 결과이든 하나님께서 가장 선히 인도해 주실 것을 깨달았기 때문이었다.

돌아가니 아내는 큰 소리로 울부짖는 옆집 엄마를 안고 진정시키고 있었다. 얼마 후, 경찰차가 멀리 있던 아이들을 발견하여 데리고 왔다. 아이들은 경찰이 준 막대사탕을 물고 신이 나 있었다.

그 경험은 창조주 하나님을 믿고 바라보는 것은 위기 가운데서 세상 어떤 다른 것이 줄 수 없는 평안을 줄 수 있음을 다시 한번 깨닫게 하였다.

이러한 경험들이 거듭되면서 나는 하나님은 경제적인 곤란 가운데서도 능히 구원하실 수 있으신 하나님이심을 알게 되었고, 세계적 경제 위기 가운데서도 가까이 있는 부자는 두려워 떠는데 가진 것이 없는 나는 조금도 걱정되지 않고 평안한 것을 발견하였다.

왜냐하면, 나의 하나님이 어떤 분인지 알았기 때문이다. 사실, 그분은 "날마다 우리 짐을 지시는 하나님 ^{시편 68:19}"이시다.

나의 지난 생애에 가장 놀란 일이 있다면 그것은 너무나 가까이 계신 하나님을 발견한 것이다. 그러한 경이로운 경험을 다윗은 다음과 같이 잘 묘사하였다.

"여호와여 주께서 나를 감찰하시고 아셨나이다. 주께서 나의 앉고 일어섬을 아시며 멀리서도 나의 생각을 통촉하시오며 나의 길과 눕는 것을 감찰하시며 나의 모든 행위를 익히 아시오니… 이 지식이 내게 너무 기이하니 높아서 내가 능히 미치지 못하나이다. 내가 주의 신을 떠나 어디로 가며 주의 앞에서 어디로 피하리이까… 하나님이여 주의 생각이 내게 어찌 그리 보배로우신지요, 그 수가 어찌 그리 많은지요 ^{시편 139:1-7, 17}."

이러한 하나님을 발견할 때, 지옥은 천국으로 변하게 된다. 기쁨과 평강이 넘치고, 우리는 죽어도 여한이 없는 심령을 가지게 된다.

그리고 이런 변화는 시련으로 인해 영혼의 어둠 밤 가운데서 심령이 가난하고 청결해질 때 경험할 수 있는 가능성이 더 높아진다. 그래서, 시련은 놀라운 축복의 통로가 된다.

성경은 "하나님이 세상에서 가난한 자를 택하사 믿음에 부요하게 하시고 또 자기를 사랑하는 자들에게 약속하신 나라를 상속으로 받게 하셨다 ^{야고보서 2:5}."고 한다. 즉, 시련이 클수록 더 큰 은혜와 능력을 체험할 절호의 기회가 될 수 있는 것이다. 세상에 거하고 세상의 시련들을 겪으나 그것들을 초월할 수 있는 하늘로부터의 힘과 능력을 얻을 수 있는 것이다.

이것이 불안과 낙망, 스트레스와 질병과 사망의 그늘 가운데 살아가는 현대인에게 하늘이 주고자 하는 완전한 치료제이다.

나는 홀로 혹은 아내와 함께 지난 30여 년 세월 동안 하나님의 약속이 맞는지 아닌지 다양하게 테스트하며 살았다. 개인적으로 지난 생애에 있어서 불치병을 포함한 다양한 생애의 시련들로 암담하고 절망적인 느낌을 주는 사건들이 많이 있었다.

하지만 돌아보면 그러한 모든 시련들의 경험으로 인하여 감사하게 된다. 그것들은 나를 더 깨닫게 하고 변하도록 하였으며 성숙하고 강하게 해 주었다. 그리고 동료 인간들을 이해하고 사랑하고 그들을 도울 수 있는 방법들을 배웠다.

내가 생각하고 계획하고 기도한 것보다 하나님의 계획과 응답이 훨씬 더 나은 것을 거듭 깨달았다. 기도가 원한대로 응답 되지 않았을 때, 내 길이 아닌 하나님의 길에서 더 많은 것을 배우고 은혜를 받았다. 그래서 내 소원과 계획대로 되지 않더라도 하나님께 맡겼을 때 그분이 더 나은 길로 인도하실 것을 알기에 마음의 평안을 얻을 수 있었다.

예수님이 온 목적은 양으로 생명을 얻게 하고 더 풍성히 얻게 하려는 것이라 하셨다 요한복음 10:10. 즉, 사람을 영생으로 끄는 것뿐만 아니라 더 흥미 있고 의미깊고 충만한 삶으로 이끌기 위함이다.

하나님은 오늘도 우리에게 그분의 약속을 시험해 보라고 하신다.

"너는 내게 부르짖으라 내가 네게 응답하겠고 네가 알지 못하는 크고 비밀한 일을 네게 보이리라 예레미야 33:3."

감사의 글

이 책이 나오기까지 여러분들의 도움을 받았습니다.

먼저 수년 전에 책 집필 계획을 이야기하였을 때, 선뜻 후원금을 주신 Barbara Mason, 그 후 후원금을 전해 주신 안애경님, 전완수 형님, 김재구 장로님 내외분, 김수연님께 감사드리며, 책이 속히 출판 되도록 큰 지원을 아끼지 않으신 김중만 장로님께 감사를 드립니다.

그리고 원고를 읽고 피드백을 주셔서 책 내용이 더 충실해지도록 도와주신 김대기 큰자형, 안애경 집사님, 성선재 목사님께 감사를 드립니다. 그리고 저희 부부 사업을 지원해 주신 서청태님 외 모든 분들께 감사드립니다.

또한, 이 여러 해 걸린 출판 프로젝트를 위해 물심양면으로 지원을 아끼지 않은 아내와 딸 재림에게 감사함을 전합니다.

이 책은 개인적 체험과 박사논문연구를 기초로 집필된 것으로 논문 지도교수로 도움을 많이 주셨던 제리 리 Jerry Lee, 리 벅 Lee Berk, 엘리자벳 테일러 Elizabeth J. Taylor 박사님께 감사를 표합니다.

또한, 제게 영감과 감화를 주셔서 공중보건학 분야로 이끄시고 오랜 세월 학문과 일을 위하여 큰 영향과 도움을 주신 은사되시고 부모님 같으신 헤롤드 샬 Harold Shull 박사님과 소냐 Sonya 사모님께 감사드립니다. 또한, 기도와 격려로 저희 부부가 추진하는 일을 위해 지원해주신 장모님과 장인 어른께 감사드립니다.

그리고 치유 프로그램과 세미나에 참가하셨던 다양한 참가자들의 반응과 조언들로 인해 많은 귀중한 것들을 배우게 되었기에 그분들께도 감사를 드립니다. 또한, 귀중한 연구들과 체험들을 남겨서 타인에게 유익이 되도록 하신 선구자들께 감사를 드립니다.

마지막으로, 이 책의 집필이 가능하도록 인생의 고난에 대한 질문에 응답해 주셨고, 그것을 고통받는 분들에게 나눌 수 있도록 놀라우신 손길들로 이끌어 주신 하나님께 감사드립니다.